GILBERT SINOUÉ

Il ragazzo di Bruges

traduzione di
Eileen Romano

NERI POZZA EDITORE

Titolo originale:
L'enfant de Bruges

Prima edizione, settembre 2000
Sedicesima edizione, giugno 2010

ISBN 978-88-7305-755-0

Il nostro indirizzo internet è: www.neripozza.it

1

Firenze, giugno 1441

Il caldo che regnava sulla Toscana dall'inizio dell'estate si era fatto ancora più afoso. Tra piazza della Signoria e Santa Maria del Fiore si aveva l'impressione di avanzare in una cortina di foschia. Perfino il campanile sembrava essersi afflosciato e il suo rivestimento in marmo verde e rosa rifletteva un unico colore, sbiadito dal sole.

In ginocchio davanti alla porta del battistero di San Giovanni, Lorenzo Ghiberti, la fronte madida di sudore, finì di applicare l'ultima foglia d'oro sul profilo di Caino.

Nonostante i sessantatré anni, le sue mani avevano conservato la forza d'un tempo. Anche i gesti erano quelli di quarant'anni prima, quando aveva partecipato al concorso con i maggiori artisti della città. Il regolamento richiedeva un battente identico al precedente, creato settantacinque anni prima da un altro scultore, Andrea da Pontedera, anch'esso diviso in ventotto pannelli. Il risultato aveva superato le speranze del comitato di esperti e Ghiberti aveva vinto il concorso e ottenuto il privilegio di realizzare la seconda porta in bronzo del battistero. Dopo vent'anni di lavoro, Lorenzo aveva creato un'opera sublime e tutta Firenze aveva acclamato il genio.

Oggi sapeva che il suo vero capolavoro, l'apoteosi della sua vita di orefice e di scultore, sarebbe stata la terza porta, all'ombra di Santa Maria del Fiore. Vi lavorava da diciassette anni. Tutto ciò che desiderava era che la morte gli concedesse il tempo necessario al compimento del suo capo d'opera. Dio solo sa che straordinaria creatività aveva dimostrato! Egli poteva dire senza vanto: «Poche opere importanti sono state realizzate nel nostro paese cui io non abbia messo mano, nel disegnarle o nel dirigerle».

Ovviamente i critici non mancavano. Non aveva forse resuscitato il bronzo, quella materia amata dagli antichi, per secoli relegata a un uso minore? E l'antichità non aveva forse l'impronta del paganesimo agli occhi degli stolti? Il drappeggio del suo *San Matteo* gli era valso aspre critiche. Di fronte alle sue figure, alcuni avevano strillato come vergini spaventate, e questo solo perché aveva voluto disporle con una cura particolare per l'equilibrio e per la simmetria, tipica della composizione antica.

Come fare a convincere i dogmatici che la fonte del sapere veniva da Roma, dalla Grecia, che non vi era nulla di blasfemo nel voler riesumare le sculture profane e nel diffondere nuovamente gli scritti di Plinio, Platone, Apuleio, Seneca? Come spiegare che era giunta l'ora di rinnovare il linguaggio della scultura, e di porre fine allo stile, sontuoso e pesante, che aveva dominato fino ad allora?

Lorenzo si rialzò ed esaminò ancora una volta il volto di Caino. Soddisfatto, fece segno ai suoi discepoli di fermarsi per la pausa. Li guardò sparpagliarsi sulla piazza del Duomo e, per una curiosa associazione di idee, gli tornò in mente l'oggetto stupefacente, visto la sera prima a cena dall'amico Michelozzo: un *astrolabium*, un "accalappiatore di stelle", che permetteva di determinare l'altezza di un astro. Il cuore di Lorenzo si riempì di una serena speranza. Questi giovani, che ora vagavano nelle strade di Firenze, un giorno non lontano sarebbero diventati "accalappiatori di stelle", di quelle stelle credute morte ma che, in realtà, non avevano smesso di scintillare sotto il moggio.

Si asciugò la testa calva e, dritto come un fuso, si diresse verso la locanda dell'Orso.

«Messer Ghiberti!»

Un ragazzo di una quindicina d'anni gli veniva incontro a grandi falcate. Lorenzo non lo riconobbe.

«Siete proprio messer Ghiberti?»

Lorenzo annuì.

«Mi manda il maestro Donatello».

«Donato? Lo credevo a Lucca».

«È appena tornato. Mi ha incaricato di dirvi che vi aspetta nella sua bottega».

«Bene. Digli che sarò felice di recarmi da lui, ma non prima di aver pranzato».

Il ragazzo era in controluce e la luce era accecante. Perciò Lorenzo non capì subito ciò che stava per accadere.

Nel momento in cui si voltò verso la locanda, il ragazzo barcollò, cercando di aggrapparsi al suo braccio. Ghiberti ebbe un moto di stizza: non sopportava i gesti di familiarità che aveva sempre considerato una mancanza di rispetto. Indietreggiò bruscamente, e il suo interlocutore perse l'equilibrio, si accasciò al suolo e sbatté la fronte sul selciato con un tonfo sordo. Lorenzo rimase come paralizzato non sapendo cosa fare. Finalmente, si chinò per aiutare il ragazzo a rialzarsi. Fu allora che vide la daga piantata fra le scapole. Scintillava come una brace. Verticale. Nella carne attorno alla lama si formava già una chiazza di sangue.

Pallido e terrorizzato, Ghiberti si guardò attorno, appena in tempo per vedere un uomo che fuggiva in direzione dell'Arno. Chi era quel pazzo?

Un gruppo di curiosi aveva fatto cerchio intorno a lui. Nella foschia intravide qualcuno inginocchiarsi. L'uomo, certo un farmacista, esaminò la ferita, palpò la gola e assunse un'aria cupa:

«È morto...»

Poi aggiunse fissando gravemente l'orefice:

«Siete stato molto fortunato, messer Ghiberti».

«Perché?»

«Ho visto tutto. Era voi che volevano colpire, non lui».

Bruges, lo stesso giorno

Un tanfo di olio fumante appestava la casa. Portato dalla brezza, saliva dal giardino, s'insinuava ovunque e impregnava le narici di un'insopportabile asprezza.

La fantesca, con il secchio in mano, il fazzoletto legato sotto il mento, si precipitò verso Jan imprecando:

«Non mi abituerò mai a questo fetore!»

In piedi accanto a uno strano arnese simile a un paiolo, il ragazzo le rispose dall'alto dei suoi tredici anni:

«Neanch'io, cosa credi! Se pensi che sia divertente respirare fumo e imbrattarsi le mani di questo liquido appiccicoso!»

La donna cincischiò nervosamente il vestito di cotone:

«Quante storie per dipingere uno stupido quadro! A che serve riscaldare l'olio di lino?»

Jan fu lì lì per strozzarsi:

«Stupido? Trovi stupida l'opera di mastro Van Eyck?»

«Dopo tutto, sono solo quadri. Per quanto belli, non meritano che si crepi in questo puzzo».

«Avresti preferito che il maestro usasse l'urina o il sangue di un giovane becco?»

«Baggianate!»

«No, è vero! È una formula usata dagli antichi per legare i coloranti. L'ho letto».

«Oh tu! Da quando il maestro ti ha insegnato a leggere, pensi che tutti i libri siano parole del Vangelo».

«È vero, checché tu ne dica. Ho perfino trovato una ricetta a base di api tritate, mescolate alla calce».

«Che porcheria!» disse sprezzante Katelina.

Jan non poté trattenere un sorriso. Lei aveva un bell'urlare, minacciare, le sue guance color madreperla, quasi rosa, la faccia di luna piena, i capelli dorati trattenuti dal fazzoletto o dalla cuffia di velluto esprimevano solo bonarietà. D'altronde, come avrebbe potuto ispirare a Jan altro che un'infinita tenerezza, lei che gli aveva rimboccato le coperte, e che l'aveva vegliato per notti intere, sempre pronta a ergersi come una barriera tra lui e i dolori del mondo? Quel volto poteva non somigliare – ne era certo – solo a quello della madre che non aveva mai conosciuto.

«Attento! L'olio sta bruciando!»

Jan si buttò indietro.

«Accidenti! Il maestro se la prenderà con me».

Si asciugò le dita unte sui calzoni e si avvolse frettolosamente le mani con vecchie pezze.

«E ora che fai? Sei impazzito?»

Senza darle retta, ignorando le scintille che si alzavano al cielo, Jan tornò al paiolo, prese per i manici il recipiente pieno di olio bollente e riuscì a posarlo sull'erba.

«Sei impazzito? Potevi bruciarti».

«Lo so».

«So come finiranno tutte queste diavolerie!» e concluse con fermezza:

«Vado immediatamente a parlare con mastro Van Eyck!»

Ma non andò lontano. Il pittore era appena sceso in giardino e si avvicinava a loro, con uno scodellino in mano.

«Lasciate che vi dica una cosa», cominciò Katelina. «Se ci tenete a friggere all'inferno, non contate su di me per farvi compagnia. Un giorno, appiccherete il fuoco alla casa!»

Van Eyck sbottò a ridere, come se avesse detto un'assurdità:

«Suvvia, calmatevi. Al massimo, bruceranno le mie opere. *Dopo tutto, sono solo quadri...*»

La fantesca arrossì. Socchiuse le labbra, ma non proferì suono. Con fare imbronciato, si buttò il secchio in spalla e si diresse verso casa.

«*Sic transit gloria mundi...*» mormorò il pittore dottamente.

Si inginocchiò sull'erba ed esaminò attentamente la consistenza dell'olio:

«Va bene, Jan. La densità mi pare buona. Aspettiamo che il fumo ricada e che il liquido si raffreddi».

Il ragazzo annuì e intanto guardò il maestro di sottecchi. Non lo aveva mai visto tanto stanco. Van Eyck aveva ancora gli occhi cerchiati e la pelle abbronzata dall'ultimo viaggio in Portogallo. Perfino la profonda ruga sulla guancia e la fossetta sotto lo zigomo sembravano più accentuate. A sessant'anni probabilmente, la resistenza di un uomo non è più quella di una volta: il ragazzo ebbe, suo malgrado, una stretta al cuore.

È difficile veder invecchiare chi si ama e Jan non aveva mai notato nulla prima di allora: né il passo più lento, né la memoria esitante, né le linee scavate dal tempo. Queste persone, le immaginiamo senza passato, senza tempo. Poiché furono la nostra prima visione, le crediamo eterne. Katelina e Van Eyck non potevano morire.

«A proposito, sei riuscito a leggere il manoscritto che ti ho dato prima di partire?»

«Lo *Schoedula*...? A fatica, lo ammetto».

«Allora, non sei ancora abbastanza bravo in latino: la lingua di frate Teofilo è particolarmente chiara. Le mie lezioni avrebbero dovuto fare di te un latinista provetto. Evidentemente, ho fallito».

«Ma no», protestò Jan. «Ho semplicemente avuto difficoltà a capire alcune spiegazioni. Quel Teofilo è...»

«Ne riparleremo», interruppe il pittore. «Adesso possiamo cominciare».

Lentamente, versò nel crogiolo il contenuto dello scodellino che teneva in mano: olio di spigo.

Il ragazzo si stupì. Era la prima volta che il pittore usava quel miscuglio.

«Vedrai. Così funzionerà meglio. Grazie alla sua volatilità, lo spigo essicca velocemente e sulla tela resterà solo una sottile pellicola di olio cotto. Inoltre, mi sono accorto che la combinazione dei due resta stabile sulla tavola, mentre l'olio cotto da solo tende a colare».

Decisamente, pensò Jan, il maestro lo sorprendeva sempre.

Bastava vedere lo strano paiolo che si era inventato per riscaldare l'olio di lino all'aria aperta; un arnese bizzarro composto di pezzi eterogenei, che somigliava a un grosso maggiolino nero. Che uomo straordinario! In fin dei conti, l'età non contava: il genio creatore di Van Eyck rinnovava continuamente la sua giovinezza interiore. Ogni volta che dipingeva un'opera, rinasceva, e nel rinascere dava vita. Sotto le sue dita, banali tele di lino, semplici tavole di noce si trasformavano in un'esplosione di colori. Forme e figure nascevano dal nulla, come nel brano della Bibbia che gli aveva letto il pittore, dove si diceva che Dio aveva plasmato l'uomo col fango.

«Adesso lasciamo riposare il miscuglio e torniamo a casa. Voglio vedere l'imprimitura che mi hai preparato».

Orientata a sud, la bottega era immersa in una luce cruda, impregnata di un odore persistente di resina, di sandracca e di trementina di Venezia. Su un lungo tavolo di legno erano disposti con cura scodellini, pennelli, contenitori per i colori e, in disparte, una lastra di marmo per frantumare i colori, sulla quale, come il re sulla scacchiera, troneggiava una mola di porfido; a destra, un'impressionante porta di quercia massiccia, chiusa con una grossa serratura, sembrava difendere un favoloso tesoro.

Jan prese una tavola poggiata a terra e la mostrò a Van Eyck. Questi ispezionò brevemente lo strato biancastro che ne ricopriva la superficie e arricciò il naso:

«Non hai stacciato né purgato bene il gesso. Quanto tempo hai aspettato prima di stenderlo sulla tavola?»

Il ragazzo esitò:

«Una settimana circa».

«Hai sbagliato. Avresti dovuto lasciarlo riposare nel mortaio almeno un mese cambiando l'acqua tutti i giorni».

Si avvicinò alla parete, prese una tela e tornò da Jan:

«Ecco un'imprimitura fatta bene! Il gesso è uniforme, liscio come l'avorio. Come puoi disegnare con mano leggera su un fondo granuloso? Nulla deve ostacolare il tuo movimento. Ricordati la frase dell'Alberti: "Nella mano dell'artista, perfino uno scalpello deve trasformarsi in pennello, uccello libero"».

Unendo il gesto alla parola, il maestro pose la tela sul cavalletto e prese un carboncino di salice. Con pochi tratti, tracciò un ovale, poi gli occhi, il naso, la bocca, la commessura delle labbra.

Jan, incredulo, esclamò:

«Ma quello sono io!»

«Sei proprio tu».

Van Eyck iniziò a ombreggiare le pieghe:

«Quando disegni, mettiti sempre a una luce temperata; meglio avere il sole a sinistra. Riponi il disegno per qualche giorno, poi riguardalo con occhi spassionati, ritocca dove ti sembrerà necessario e sottolinea i contorni. Oggi faremo un'eccezione».

Prese uno scodellino nel quale mescolò sapientemente giallo ocra, nero e terra di Verona, intinse la punta del pennello nel composto e dipinse un chiaroscuro sfumato, ottenendo i chiari con la sola trasparenza dello sfondo. Aveva una profonda padronanza del gesto: partiva dal fondo per arrivare progressivamente al centro. Quando ebbe finito lo schizzo, fece un passo indietro e parve soddisfatto.

«È magnifico!» disse Jan estasiato.

«Il modello o l'opera?» rispose scherzoso Van Eyck. «Per adesso non possiamo fare altro. L'abbozzo deve essere perfettamente asciutto, prima di potervi aggiungere le note più vivaci. Dopo, quando avrai terminato il tuo capolavoro, dovrai proteggerlo dalle offese del tempo. Adesso seguimi».

Si avvicinò alla porta di quercia, ma si fermò di colpo, contrariato:

«Ho lasciato la chiave nella scarsella. Hai la copia?»

«Certo, la porto sempre con me».

Jan frugò nella piccola borsa appesa alla cintura, ne tirò fuori una chiave che risplendette alla luce e la introdusse nella serratura facendo pressione sull'uscio che ruotò sui cardini.

Era il *sancta sanctorum* di Van Eyck. La sua "cattedrale", come la chiamava. C'erano oggetti stranissimi, come il forno alto un cubito, di ceramica, spesso tre o quattro dita con una finestrella di vetro quadrata al centro. Disposti su un tavolo di noce c'erano delle storte, un grosso alambicco, un atanor, pieni di strani liquidi grigiastri, sostanze dal colore cinerino coperte di macchie gialle e nerastre che sprigionavano un forte odore di muschio. Chiunque fosse entrato in quella stanza avrebbe certamente pensato che il pittore avesse commercio con qualche spirito infernale.

Jan ricordava la prima volta che Van Eyck gli aveva fatto l'onore di introdurvelo, e le strane parole che aveva detto di fronte al suo stupore. Con fare misterioso, l'indice posato sulle labbra, aveva mormorato: «Ragazzo mio, bisogna saper tacere, soprattutto quando si sa». Jan aveva dovuto accontentarsi di quelle parole sibilline.

La parete di fondo era tappezzata di scaffali pieni di manoscritti dai titoli ermetici: *Tabula Smaragdina*, *Speculum Alchimiae* di un certo Ruggero Bacone, mescolati con trattati di pittura che Jan conosceva bene: la *Schoedula Diversarum Artium* del monaco Teofilo, il *De Pictura* del toscano Leon Battista Alberti, o ancora *Il libro dell'arte* di Cennino Cennini, una copia estremamente rara, secondo Van Eyck. Ma c'erano anche – a testimonianza eloquente di uno spirito curioso di tutto – opere sull'oreficeria, sulla scultura, sull'ebanisteria e perfino sul ricamo. Più tardi, quando fossero venuti dei visitatori o dei modelli, la porta della "cattedrale" sarebbe di nuovo stata chiusa e nessuno, per nessun motivo, avrebbe avuto accesso alla stanza.

Van Eyck si avvicinò al tavolo e indicò al ragazzo, prima un recipiente colmo di un liquido tiepido e oleoso e poi un altro pieno di essenza di muschio.

«È sempre questione di equilibrio. Se non aggiungi la misura giusta all'olio, sbagli la vernice. E una vernice sbagliata, è un dipinto condannato. Ricordi l'incidente che mi capitò qualche anno fa?»

«Come potrei dimenticarmene? Quel giorno eravate talmente furibondo che io e Katelina pensammo che avreste bruciato tutti i vostri quadri».

Jan rivide la scena come se si fosse svolta il giorno prima. Era una giornata d'agosto. Un sole eccezionalmente caldo splendeva su Bruges. Il maestro ne aveva approfittato per mettere l'ultima tavola (un ritratto della moglie Margaret) ad asciugare all'aria aperta. Alla fine della giornata, il pannello era spaccato a metà. Van Eyck aveva giurato che non si sarebbe mai più verificata una catastrofe simile, avesse dovuto cercare una soluzione giorno e notte.

«Jan!»

La voce del pittore lo riportò alla realtà.

«Guarda come si applica la vernice».

Prese un quadro e lo pose di piatto sul tavolo. L'opera aveva sempre turbato Jan: raffigurava una ragazza bruna di diciassette anni, non di più, con un volto puro da madonna e occhi quasi neri. Seminuda, stava in piedi accanto a un catino di rame giallo posato su di una credenza e sembrava che avesse appena raccolto un po' d'acqua nel cavo della mano destra. Un telo celava parzialmente la sua nudità. Accanto a lei, una giovane donna vestita di rosso, con una cuffia bianca in testa, teneva per il collo un grande flacone di vetro a forma di pera. Un cane dormiva in primo piano. L'interno era quello di una camera illuminata da una grande apertura, davanti alla quale era appeso uno specchio convesso, nel quale si riflettevano le due figure. Secondo il metodo caratteristico di Van Eyck, tutte le zone chiare erano stese in strati lisci e trasparenti.

«L'ho dipinto quindici anni fa, ma non mi convince; per questo non l'ho mai verniciato».

Sotto l'occhio affascinato del ragazzo, il maestro fece scorrere la mano lungo il disegno, con piccoli movimenti circolari, accarezzando le linee, sfiorando teneramente le anche, i piccoli seni rivolti verso l'alto, le cosce. Sembrava che le sue dita aderissero al profilo e penetrassero la carne. Non si fermò finché lo strato di vernice non fu perfettamente liscio e uniformemente disteso.

«Ecco... Ora la tavola resisterà per sempre. Vorrei...»

Si interruppe. Katelina aveva fatto irruzione nella stanza.

«Vi prego di scusarmi, messer Petrus Christus chiede di voi».

«Petrus? Arrivo subito».
Si voltò verso il ragazzo:
«Vieni, usciamo di qui».
Jan richiuse con cura la porta della “cattedrale” e domandò:
«Mentre vi aspetto, volete che riordini la bottega?»
«No. Lavora piuttosto al disegno».
Indicò il ritratto del ragazzo:
«Riproducilo. Voglio che tu sia degno del modello!»

2

Jan prese la tavola e la sollevò come se fosse stato uno specchio.

Chi c'era dietro quel ritratto? Un ragazzo di tredici anni, dalla carnagione scura, il volto un po' tondo circondato da capelli neri come l'ala di un corvo, e grandi occhi scuri a mandorla. Era completamente diverso dai due figli di Van Eyck, rosei come fiori di biancospino. Da dove veniva? Van Eyck lo aveva trovato appena nato, che piangeva in un canestro abbandonato sull'uscio di casa. Aveva cercato di trovare qualcuno che potesse identificare il bambino, un padre, o una madre, ma inutilmente. Forse era caduto dalla torre campanaria. Alla fine, il maestro – ancora scapolo – lo aveva tenuto con sé, dandogli il suo nome di battesimo (probabilmente per mancanza di fantasia), e Katelina, la prosperosa fantesca nata nel profondo Nord, aveva accettato di occuparsene.

Appena Jan era stato in età di capire il linguaggio degli adulti, gli avevano spiegato il mistero della sua nascita. Di quel discorso aveva trattenuto solo l'idea di abbandono e la parola gli rombava ancora in testa come il rullo dei tamburi nella processione del Santissimo Sangue. Per consolarlo, Van Eyck gli aveva raccontato la storia di Mosè, anche lui abbandonato in una cesta galleggiante sul Nilo, e che più tardi avrebbe conosciuto un grande destino. Ma Jan non sapeva che farsene di un grande destino e lo Zwin, l'estuario che collegava Bruges al mare, non era il Nilo.

Da allora, si era rivolto a Van Eyck soltanto chiamandolo *minheere* o "maestro", e quel vuoto si era attenuato. In seguito, quando Jan aveva cinque anni, Van Eyck aveva preso in sposa madamigella Margaret Van Huitfange. Appena presentato alla giovane donna (che aveva vent'anni meno del pittore), Jan capì che l'avvenire sarebbe stato meno felice: aveva avuto ragione. Lei non lo amava. La nascita del primo figlio, Philippe, li allontanò ulteriormente, e lo costrinse a lasciare la camera che aveva occupato fino ad allora per la soffitta. Oggi, tutto lo divideva da quella donna imprevedibile, più agitata del mare del Nord.

Se nei primi tempi Jan aveva sofferto, ben presto la sua mente si era rifugiata dietro mura insormontabili. Né le vessazioni, né l'ingiustizia, né i rimproveri facevano presa su di lui. Resisteva, tanto più che Van Eyck, a modo suo, lo difendeva. Non smetteva di esprimergli affetto, e talvolta – il che non era poco – sembrava perfino preferirlo ai propri figli. Infatti era Jan, non Philippe, che lavorava con il maestro e condivideva i segreti della sua arte. Van Eyck aveva deciso di insegnargli a leggere e a scrivere, a padroneggiare il latino, la lingua degli eruditi, invece di mandarlo alla scuola di San Salvatore o a quella di San Donato. Mille volte avrebbe potuto sbarazzarsi di lui, affidandolo alla municipalità, e fargli fare la fine degli altri bambini abbandonati, che venivano portati in giro per le strade su di un carretto nella speranza di suscitare la compassione di qualche anima caritatevole. Ma l'idea non lo aveva mai sfiorato, Jan ne era certo.

Il ragazzo amava il suo modo di muoversi, il modo furtivo con cui gli accarezzava i capelli; ma gli rimproverava un riserbo esagerato. Più di una volta aveva sentito il desiderio di rannicchiarsi addosso a Van Eyck, di essere stretto fra le sue braccia, di restare immobile, al caldo. Tuttavia qualcosa di indefinibile glielo impediva. Un giorno, a pranzo, parlando degli uomini del Nord e di quelli del Sud, il pittore aveva spiegato la differenza del loro modo di esprimere i sentimenti. I primi, diceva, sono come fiumi il cui corso straripa e si prosciuga senza aver fertilizzato i campi; gli altri invece, sono più piccoli, ma scorrono a lungo e portano nutrimento. Van Eyck era certamente uno di questi.

Come qualsiasi apprendista, Jan era addetto ai compiti più umili: spazzare la bottega, lavare il pavimento, sorvegliare la cottura delle vernici e delle colle e soprattutto confezionare i pennelli: una vera corvée. Prima doveva scegliere con cura le setole, assicurarsi che fossero di un maiale domestico, un maiale bianco, preferibile secondo Van Eyck a quello nero. Poi doveva tagliare le punte e infine riunirle con un legaccio spalmato di colla.

In realtà Jan preferiva le code di scoiattoli, anche se unire i peli in ciuffi di diversi spessori, per poi infilarli in manici di piuma d'oca o di colomba tagliati, non era certamente un compito più divertente.

Nemmeno frantumare i colori con il pestello di porfido era una cosa da poco. Per ridurli in polvere aggiungendovi continuamente acqua di pozzo o olio cotto, ci volevano ore e una pazienza angelica. Jan ricordava bene la giornata passata a polverizzare due libbre di lacca di robbia! E poi, quel lavoro richiedeva grandi precauzioni: troppo olio ingialliva il pigmento, soprattutto quando si polverizzava la biacca. A contatto con l'aria, i colori rischiavano di raccogliere impurità. Bisognava agire velocemente, avere occhio, mantenere la composizione sufficientemente liquida perché scorresse bene sulla pietra. Fatto questo, doveva poi versare i colori in piccoli vasetti di stagno o di vetro, e riordinarli in una cassetta, lontano dalla polvere.

Ma presto, entro pochi mesi, un nuovo orizzonte gli si sarebbe aperto. Da apprendista, Jan avrebbe acceduto al rango di gregario. Per tredici anni – tale era la durata dell'addestramento imposta ai giovani pittori – Van Eyck gli avrebbe insegnato il significato e la legge delle tonalità e lo avrebbe iniziato ai misteri della pittura, altrimenti impenetrabili ai comuni mortali; strada maestra per realizzare il "capolavoro", prova indispensabile per l'aspirante al titolo supremo di maestro. Poi, chissà?, la gloria, la fama. Ma era davvero ciò che voleva?

«Petrus, amico mio! Come sono felice di rivederti!»

Petrus si alzò dalla panca dov'era seduto e tese calorosamente la mano al padrone di casa. Longilineo, elegante nel giaco di taffettà blu, tutto nel suo aspetto contrastava con quello di Van Eyck che, leggermente curvo per gli anni, il capo coperto da un cappuccio di stoffa, emanava rettitudine e maturità. Christus non era il suo vero nome, ma un soprannome datogli dai colleghi per la sua grande abilità nel dipingere, fin da ragazzo, i *Christus-beeld*, i Volti Santi. Oggi, a ventisei anni, quando stava appena cominciando a farsi conoscere, le sue prime opere lasciavano sperare in un reale talento.

«Siediti... Vuoi una coppa di vino?»

«No, grazie. Voglio restare lucido e godermi il nostro incontro. Sono esausto».

«Immagino che tu sia appena arrivato da Baerle. La strada è lunga, lo so. Nelle Fiandre, quale che sia la distanza, i viaggi mi sono sempre parsi infiniti. Tra il fango d'inverno e la polvere d'estate, le nebbie, le raffiche di pioggia e la collera del vento, tutto sembra allearsi per rallentare il tempo».

Petrus assentì.

«Insisto però perché tu rimanga a cena», riprese Van Eyck.

«Accetto con piacere. Come sta Margaret? E i bambini?»

«I piccoli crescono velocemente e mia moglie diventa più buona. Ma come posso spiegarti...»

Bisbigliò con un'aria da cospiratore:

«Tra Philippe e Pieter, è Jan in realtà, il mio figlio adottivo, il più dotato in tutto. È vero che Pieter non ha ancora cinque anni. Ma parlami di te. Perché sei a Bruges?»

«Un'occasione felice, o almeno lo spero. Un messaggero del duca di Borgogna mi ha convocato al Prinsenhof. Penso che questa convocazione faccia seguito a una richiesta che avevo fatto in autunno».

Petrus parve imbarazzato, poi proseguì:

«I tempi sono duri per i pittori. Soprattutto per coloro, come me, che non sono ancora usciti dall'ombra. Vivere della propria pittura, già non è facile per un uomo solo, ma diventa un incubo quando quest'uomo ha famiglia. Spero che il duca avrà la bontà di concedermi la sua protezione».

«Capisco la tua situazione. Io, lo riconosco, ho avuto la gran fortuna di attirarmi la benevolenza dei nostri signori di Fiandra: prima con Giovanni di Baviera, al Binnenhof, all'Aia, adesso, da quasi quindici anni, come scudiero del duca Filippo. Vedrai, non ti rifiuterà il suo sostegno. La sua generosità e soprattutto il suo profondo amore per tutto ciò che ha a che fare con le arti sono celebri. Avrai certo saputo che il duca non è a Bruges e tornerà solo fra una decina di giorni».

«Purtroppo me l'hanno detto quando sono arrivato in città. Aspetterò, non ho altra scelta».

«Sai dove alloggiare? Altrimenti...»

«Grazie, ho un amico a Bruges che ha la cortesia di ospitarmi. Forse lo conoscete? Si chiama Laurens Coster».

«Ho già sentito il suo nome. Non è un fiammingo ma un batavo, vero?»

«Sì. Viene da Harlemed, ha appena affittato una casa a Bruges».

«Ho sentito che si interessava alla cosiddetta "arte della scrittura artificiale"».

«Non è un interesse, è un'ossessione! Sono anni che lavora alla riproduzione di testi attraverso la stampa e l'uso di caratteri mobili. È anche convinto che il futuro del testo scritto appartenga al nuovo supporto venuto dal Catai, e messo a punto, dicono, dagli arabi: la carta».

«Interessante. Ho sempre sostenuto che la stampa tabellare aveva fatto il suo tempo. Resta da trovare la soluzione a tutti i problemi che si pongono. E sono tanti».

«Certo. Ma sono convinto che Laurens ci riuscirà».

«E tu? A cosa stai lavorando?»

Un barlume di indecisione passò nello sguardo di Petrus.

«Nulla di cui valga la pena parlare. Cerco. Mi cerco. Passo da momenti di intenso abbattimento a momenti di esaltazione. Ma immagino capiti a qualsiasi pittore agli inizi».

«Agli inizi o già esperto. Conosco queste ore di angoscia, che ci rodono l'anima e ci fanno dubitare di tutto. È una malattia indefinibile, che nessuno può capire se non ne è stato colpito. E dire che ci sono dei saccenti convinti che un artista non metta nulla di suo nella propria creazione, che ne sia distaccato, e che questo distacco gli impedisca di soffrire! Il solo consiglio che mi sento di darti è di continuare, di accanirti, di lottare senza cedere. Solo così potrai realizzare il capolavoro assoluto».

Christus non poteva che riconoscere la giustezza di quell'affermazione. Ma anche se avesse voluto discuterla, avrebbe comunque rinunciato per rispetto alla loro differenza d'età e, soprattutto, per l'ammirazione che provava per Van Eyck. Era indiscutibilmente il più grande, il "re dei pittori", come lo aveva chiamato il conte di Fiandra. Eppure, Petrus non aveva mai lavorato al suo fianco. Tutto ciò che aveva imparato in pittura, lo doveva a suo padre, Pierre. Poi, quattro anni prima, aveva scoperto da un notaio di Baerle, la sua città natale, un dipinto di Van Eyck. Era stata una rivelazione. Da allora, aveva fatto di tutto per incontrare il pittore, e c'era riuscito un anno prima, grazie a un amico scabino che viveva a Bruges. Giorno tra tutti il più glorioso! Ora, non perdeva occasione per andarlo a trovare e impregnarsi del suo genio. Sapeva di essere profondamente segnato dal suo stile e che doveva stare attento a non cadere nella peggiore trappola per un artista: copiare lo stile altrui.

«Ripenso al duca. Lo conoscete bene, nevvero?» disse Petrus cambiando discorso. «Non siete solo il suo scudiero, siete anche il suo pittore di corte. Il suo preferito».

«Ho questo privilegio, infatti. È questo il motivo per cui, sette anni fa, quando Margaret diede alla luce il nostro primo figlio, il duca ci ha accordato l'insigne onore di esserne il padrino. Da lì il nome di Philippe. Perché questa domanda?»

«Posso dirlo?» sospirò Petrus. «Vi invidio un po' la conoscenza di quel grande mecenate».

Van Eyck abbozzò un sorriso indulgente:

«Suvvia, Petrus. Basta con la malinconia. Anche tu conoscerai la stessa fortuna. Voglio darti una mano: parlerò al duca e intercederò in tuo favore. Sei soddisfatto?»

Si alzò senza lasciargli il tempo di rispondere:

«Ho fame... Questo aroma che emana dalla cucina turba crudelmente le mie riflessioni. Vieni con me».

E gridò forte: «Jan, Philippe, Pieter! A tavola».

Nella sala da pranzo aleggiava un profumo di zuppa di caprifoglio e di cera fusa. Benché fosse la fine di giugno, un fuoco di torba bruciava nel focolare, proiettando sui mobili i suoi riflessi giallastri. Da un lato, una credenza con gli angoli decorati a colonnette, dall'altro una cassapanca di legno scolpito, con alte gambe. I due bambini erano già seduti a tavola. Jan arrivò per ultimo, li salutò con un gesto della mano, senza attendere una risposta che sapeva non sarebbe venuta, e si sedette a destra di Philippe, il maggiore. Questi aveva sette anni. Era un ragazzo pallido, dalle gote incavate, che sembrava assorto in una perpetua fantasticheria.

Pieter, invece, era il ritratto di sua madre: volto allungato, capelli castani, labbra strette e mento sfuggente.

«Abbiamo fame, amica mia!» esclamò il pittore prendendo una caraffa di stagno. «È da due settimane che il mio stomaco patisce la carestia. Lisbona non è città per un fiammingo».

Margaret Van Eyck apparve sulla soglia, la cuffia seminascosta da una marmitta fumante.

«Ecco!» disse posandola in tavola. «Sentirai che buona. È la migliore zuppa che abbia mai cucinato».

«Ne sono convinto», disse, e chinandosi verso Jan, continuò:

«Dopodomani partiamo per Gand. E...»

«A Gand?» interruppe Margaret sedendosi. «Non dovevi incontrare il duca appena tornato da Lisbona?»

«È quello che stavo spiegando a Petrus: il duca è in viaggio e non sarà qui prima di parecchi giorni».

«Credi che ti verserà il compenso promesso? Cinquanta sterline, non è una somma da trascurare».

Van Eyck prese Petrus a testimone.

«Le donne sono davvero strane. Il duca mi versa un salario di cento sterline l'anno; ha pagato l'affitto della casa di Lilla e di questa, in cui abitiamo; ha lautamente retribuito tutte le missioni che ho compiuto per lui ed è stato molto generoso quando gli ho portato il ritratto di Isabella di Portogallo, oggi sua sposa».

Indicò sei coppe d'argento in fila nella credenza.

«E adesso quelle... Ti pare che sia in debito?»

Margaret rinunciò e si rivolse a Petrus:

«Dove alloggiate? Alla locanda?»

«No, da un amico, Laurens Coster».

Portò un cucchiaio di minestra alla bocca del figlio minore, guardando verso Jan:

«Dov'eri questa mattina? Contavo su di te per sorvegliare Philippe e Pieter in mia assenza».

«Vi chiedo scusa. Avevo dimenticato. Ma Katelina...»

«Katelina non può fare tutto! Immagino che fossi a Sluys».

Il ragazzo annuì.

«Un giorno mi piacerebbe sapere cosa ti attira laggiù. Dopo tutto è solo un porto».

Jan rimase in silenzio, non sapendo cosa dire.

Margaret lo fissò smaliziata, e riprese, con la voce improvvisamente tesa:

«Petrus, avete sentito parlare di quei due disgraziati sgozzati ad Anversa e a Tournai?»

«Sì, ne ho sentito parlare. Una cosa orrenda. Due omicidi a poche settimane l'uno dall'altro. E le vittime erano giovani pittori».

«Voi li conoscevate bene, credo», continuò, rivolto a Van Eyck.

«Per forza: Willemarck e Wauters erano stati miei apprendisti».

«La cosa più inquietante è che né i balivi delle due città né gli ufficiali civili siano ancora riusciti a scoprire il minimo indizio».

«Quello che è strano», osservò Margaret, «è il modo in cui l'assassino mutila le sue vittime. Non contento di tagliargli la gola, riempie loro la bocca con un pigmento». Si fermò, cercando il termine giusto.

«Terra di Verona», spiegò Petrus.

«Perché usare un pigmento?»

Van Eyck scrollò il capo stancamente:

«Che dirti, amica mia? Deve essere un pazzo, un vagabondo. Come spiegare il comportamento di un individuo del genere?»

«L'assassino è certamente un turco», disse Petrus Christus sogghignando.

«Cosa vuoi dire?»

«Una volta, voi avete fatto un parallelo tra simboli e colori. Quel giorno mi avete spiegato che, se la cristianità ha scelto l'azzurro per rappresentare il colore del cielo e ha associato il verde alla comunità terrena, l'Islam, invece, riserva il verde per la religione e il turchese per la comunità religiosa. E il verde non è il colore dello stendardo dell'Islam? I turchi non sono musulmani?»

«Non vedo il rapporto con l'assassino!»

«Ha ragione», intervenne Jan. «Infatti la terra di Verona è verde!»

Van Eyck ebbe un moto di fastidio.

«I turchi! I turchi! Da quando hanno preso Edirne e il Santo Sepolcro è in loro possesso, l'Europa intera trema come una vecchietta. In verità, la ragione per cui il sultano Mourad ha sostituito gli orchi nelle fiabe dei bambini è perché si è impadronito delle miniere di allume di Focea, privando i nostri medici e i nostri tintori di una materia preziosa. Già lo vedono alle porte di Costantinopoli, anzi alle porte di Bruges!»

«Ammetto di condividere quella paura», rispose Petrus in tono appassionato. «Credetemi, se fossi nato al tempo delle prime crociate, mi sarei certamente imbarcato con i prodi cavalieri che andarono a Gerusalemme».

«Mio caro Petrus, colgo nelle tue parole l'impeto della giovinezza. Ma non ci furono solo prodi cavalieri: accattoni, vagabondi, miserabili si sono fatti massacrare senza aver mai visto le mura della città santa. Sappi comunque che non è mai troppo tardi. Non passa giorno senza che l'uno o l'altro dei principi che ci governano lancino l'idea di una nuova crociata. Ho sentito che ci stava pensando seriamente anche il duca Filippo. Fossi in te, approfitterei del mio incontro per offrirgli i tuoi servigi».

«Vi burlate di me, ma dovete ammettere che il giorno in cui Costantinopoli cadrà, la cristianità sarà morta nel Mediterraneo».

Il pittore riprese il suo atteggiamento serio.

«Sono perfettamente conscio che abbandonare il Santo Sepolcro agli empi sarebbe una tragedia, ma sono convinto che i fiamminghi abbiano altre priorità: sopravvivere in un mondo instabile, crescere e difendere la loro potenza».

«E non credete che l'assassino sia un turco?» disse Jan tornando alla carica. «Io sì. Ho sentito le voci che circolano su quella gente: saccheggi, furti, incendi, omicidi. Si dice che ovunque passino, commettano le peggiori atrocità seminando terrore».

«Quali atrocità?» chiese Philippe.

«Sembra che, non contenti di uccidere le loro vittime, le sventrino, strappino loro le viscere, poi le facciano a pezzi e le diano in pasto ai cani».

E, trascinato dall'immaginazione, proseguì febbrilmente:

«Se, per disgrazia, rapiscono un bambino, gli strappano la lingua, e gliela infilano nella gola finché...»

«Basta!» tuonò Margaret.

«Cosa ho detto?» disse Jan sussultando.

«Non vedi che stai terrorizzando i miei bambini? Va' subito in camera tua!»

«Andiamo», protestò Van Eyck. «Non mi sembra una cosa così grave».

«Esigo che lasci la tavola».

Il pittore stava per replicare, ma Jan si era già alzato, orgoglioso, il mento alto.

«Tanto non avevo più fame. Buona notte *minen heere*. A domani».

Con un groppo in gola, salutò Petrus Christus e si avviò verso la mansarda situata nel sottotetto, che gli serviva da camera.

Dalla finestra, si vedeva un cielo avaro di stelle e un pezzetto di luna crescente. Jan salì sul letto e si mise in punta di piedi. Di sotto, si indovinavano le strade immerse nel buio. Le sole luci che occhieggiavano erano quelle delle lanterne, che tremolavano alla porta dei cittadini più fortunati. Il grande mercato dei tessuti, orgoglio di Bruges, innalzava la sua imponente facciata accanto agli edifici che ospitavano le corporazioni dei tintori, dei tessitori, dei misuratori di granaglie. La raganella della guardia notturna stridette nel silenzio. Con la puntualità delle campane della torre campanaria, questi camminava trascinando il passo, ripetendo la sua antifona: «Dormite in pace, buona gente». Una gabarra, col suo fanale pendente a prua, scivolava sulle acque tetre del canale. Jan la immaginò quando, fra poco, avrebbe puntato verso est, oltre le porte e le mura, avrebbe costeggiato le distese di dune color della paglia e i filari di pioppi, fino a Sluys, fino alla libertà.

Saltò giù dal letto e si avvicinò al grande baule rivestito di cuoio e disseminato di borchie. Sollevò il battente, tuffò la mano nell'interno e prese una piccola stella di vetro. Non era un vetro qualsiasi. Il marinaio veneziano che gliela aveva regalata due giorni prima gli aveva detto: «È il più bel vetro del mondo conosciuto, un millefiori, soffiato nel paradiso dei maestri vetrai, sull'isola di Murano, a Venezia».

Febbrilmente tornò a sedersi sull'orlo del letto, sollevò leggermente la stella e la pose davanti alla candela che illuminava la mansarda. Apparve allora un nugolo di galere che abbandonavano la laguna in un miraggio di orifiamme. Ornate col leone di San Marco, filavano verso Bisanzio, l'Egitto, le Fiandre. Vide palazzi drappeggiati d'oro che proiettavano le loro sagome svettanti verso l'azzurro; chiese dal nome cantilenante, San Lorenzo, San Salvador, San Nicolò, gli mostrarono la loro abside, tonda come il ventre delle donne incinte che incrociava nell'intrico delle stradine di Bruges. Spruzzi di mosaici gli macchiarono la chioma bruna e lo lasciarono estenuato e spossato. Come un vinto, si lasciò cadere sulla schiena, mentre ripensava alla frase detta da Margaret: «Un giorno mi piacerebbe sapere cosa ti attira a Sluys. Dopo tutto è solo un porto».

Come poteva capire? Un porto, certo, ma un porto che apriva sulla libertà, al di là dei cieli nebbiosi e delle piogge del *plat pays*, verso un golfo pieno di sole, di fronte a Venezia.

Jan non riusciva a spiegarsi la passione che aveva per quella lontana città. Venezia non era altro che la sorella latina di Bruges, gli aveva ripetuto Van Eyck. Entrambe vivevano con i piedi a bagno nell'acqua, entrambe erano costellate di ponti. Se Bruges con i suoi quarantamila abitanti, era più piccola di Venezia e di Gand, tuttavia essa era potente e ricca come Firenze, Londra e Colonia. E i porti di Damme o quello di Sluys erano forse meno affascinanti di quello della rivale veneziana? Quando arrivavano le galere, a settembre, il cielo delle Fiandre non aveva forse gli stessi sentori che aleggiavano sui moli della Serenissima?

Il suo innamoramento era cominciato solo pochi mesi prima: Van Eyck aveva appena finito di dipingere il ritratto a mezzo busto di messer Giovanni Arnolfini, rappresentante della ricca società tessile Guideccon, di Lucca. Rivedeva ancora quel volto stranamente conformato, col naso lungo e le orecchie a foglia di cavolo.

Quel mattino, Jan si era svegliato prima del solito. Si era recato nella bottega e, per far passare il tempo, si era messo a stendere l'inventario delle opere terminate, accuratamente riposte nella "cattedrale". Fino a quel momento, non aveva capito per quale misterioso motivo Van Eyck proteggesse così gelosamente i suoi quadri dagli sguardi estranei, anche molto dopo che i colori si erano asciugati. Quando glielo aveva chiesto, il maestro gli aveva dato una risposta vaga, affermando che occorreva aspettare settimane, se non addirittura mesi, prima di stendere l'ultima mano di vernice sulla tavola.

Tra la Vergine di Lucca e il ritratto di Jan de Leeuw, vide quella straordinaria composizione: una miniatura a tempera su una tavola di pino. Più che un'opera di Van Eyck, la si sarebbe detta quella di un debuttante. Oltretutto, sulla cornice, mancava il motto che il maestro amava scrivere: «*Als ich kan*», come posso, mentre in un angolo, in basso a destra, compariva una firma sconosciuta: A.M. 1440. Forse era un'opera giovanile di Hubert, il fratello del maestro, si era detto Jan. Ma la data sul quadro non corrispondeva: Hubert era morto quindici anni prima. E perché mai avrebbe firmato così?

La miniatura raffigurava curiose imbarcazioni dalle estremità rialzate e ricurve, simili a ippocampi neri. Coperte di raso di Damasco, di velluto e di tessuto d'oro, sospinte da rematori vestiti di seta a bande arancioni, azzurre e turchese, navigavano, sovrane, lungo un canale di giada scura. In secondo piano si stagliavano nobili palazzi ornati di logge. Ai loro piedi, brulicava una folla immensa, mentre, sporte dai balconi, donne dal fare gentile salutavano il corteo.

Jan stava ancora contemplando il quadro quando fu raggiunto dal maestro.

«Da dove viene? Chi è questo A.M.?»

«Non so. Mi fu regalato da un amico italiano l'ultima volta che sono stato a Napoli. Come ti sembra?»

Jan arricciò il naso.

«Imperfetto».

«Sbagli. Si capisce che il pittore ha talento».

Si inginocchiò e indicò il centro della miniatura:

«Come ti ho insegnato, la tempera non si presta al lavoro a fresco. L'hai visto anche tu, è difficile modificare le tonalità una volta asciugate. Eppure, qui c'è tutta la gamma degli ocra: più scuri e spezzati all'altezza dell'acqua, più chiari sugli edifici. È vera bravura. Certo, l'insieme è ineguale e manca di padronanza, ma se l'artista è giovane – cosa che credo – promette bene».

«E la città, qual è? Lisbona?»

«No. La Serenissima».

«La Serenissima?»

«È il nome che si dà a Venezia».

Da quel giorno, l'immagine del quadro non lo aveva più abbandonato. Ogni volta che gli capitava l'occasione, si precipitava nella "cattedrale", per ritrovare la miniatura. Conosceva ogni minimo dettaglio, anche il più insignificante. E l'emozione che provava si era ravvivata ascoltando i racconti dei marinai venuti dal Sud, che egli non mancava di assillare quando li incontrava a Sluys o a Damme. Oggi, ne sapeva sulla Serenissima più della maggior parte dei geografi.

Soddisfatto, Jan portò il millefiori alla guancia, come una carezza, e si lasciò vincere dal sonno.

3

Firenze, l'indomani

Lorenzo Ghiberti si asciugò la fronte per la terza volta continuando a parlare con padre Nicolò Cusano con aria afflitta:

«Non ci capisco niente, non ci capisco niente! Chi può volere la mia morte? Ho forse compiuto un'azione nefasta di cui non ho memoria?»

Il sacerdote, in piedi accanto alla finestra, gli voltava le spalle. Indifferente alle domande dello scultore, osservava le figure vestite di nero che andavano verso il monastero. Le acque dell'Arno, confuse nel sole di mezzogiorno, accompagnavano i loro passi. Il fiume era eccezionalmente agitato e tumultuoso in quel mese di giugno, a somiglianza del concilio appena concluso, dove per mesi si erano affrontate la suscettibilità dei bizantini e l'arroganza dei latini.

«Padre!» esclamò Ghiberti. «Mi avete sentito?»

Il prete si voltò, quasi a malincuore:

«Certo, Lorenzo. Ma non so rispondere alla vostra domanda. Credo sia stato semplicemente un pazzo che sperava di diventare famoso uccidendo uno dei più grandi artisti di Firenze».

«Non ha senso».

Il sacerdote andò a sedersi davanti allo scultore, emettendo un lungo sospiro:

«Ma secondo voi, amico mio, la logica appartiene a questo mondo?»

Indicò la finestra col dito: «Questo concilio non riflette l'assurdità che governa l'uomo? Sono dieci anni che Sua Santità Eugenio IV cerca di ristabilire l'unità perduta della cristianità, di riunire in seno alla Chiesa bizantini e latini. Questi tredici anni sono stati – Dio mi perdoni – solo una farsa, grandiosa e desolante».

Lorenzo Ghiberti fece del suo meglio per mostrarsi interessato, ma in fondo al cuore poco gli importava di quelle storie di prelati e di concili. Era ancora tutto preso dalla visione dello sconosciuto che aveva tentato di ucciderlo.

«Il Santo Padre avrebbe dovuto presenziare il concilio», commentò più per cortesia che per interesse. «Gli assenti hanno sempre torto».

«Non poteva venire. A Roma regnano il disordine e l'incertezza. Inoltre, il Santo Padre è malato. Comunque sia, la sua assenza non può scusare l'atteggiamento dei vescovi: è stato dei più odiosi. Approfittando dell'assenza pontificia, si sono affrettati ad affermare la loro superiorità su quella del vicario di Cristo; si sono comportati come se fossero i detentori del potere supremo, organizzando una curia, nominando legati, inviando ambasciatori».

«E i bizantini, quegli scismatici?»

«Non volevano andare a Basilea dove si teneva il concilio. Sono stato costretto a recarmi a Costantinopoli per convincerli a ritornare sulla loro decisione. Non è stato facile, come potete immaginare. Alla fine hanno ceduto, a una condizione: avrebbero partecipato al concilio, a patto che si svolgesse in una città non troppo lontana da Venezia».

«Una richiesta tutto sommato legittima, se si pensa alla minaccia turca che pesava e pesa ancora su Costantinopoli. Immagino che in caso di aggressione, i vescovi desideravano potersi imbarcare velocemente per tornare a casa».

«Ovviamente. È per questo che il Papa ha ceduto e ha proposto Ferrara. Ed è il motivo per cui parlavo di una farsa desolante: se la maggior parte dei vescovi latini ha capito la fondatezza della decisione, alcuni di loro, sostenuti da trecento ecclesiastici, hanno rifiutato categoricamente di inchinarsi davanti a quella che consideravano

– Dio solo sa perché – un'imposizione dei bizantini. Questi vescovi ammutinati hanno spinto l'arroganza al punto di eleggere un altro papa nella persona del duca di Savoia. Eravamo in pieno delirio...»

«E nel frattempo?»

«Nel frattempo, a Ferrara sbarcavano in pompa magna i patriarchi e le delegazioni delle Chiese orientali. Pensavamo che i dibattiti stessero finalmente per iniziare, ma malauguratamente, pochi giorni dopo, la peste si abbatteva sulla città, costringendoci a fare armi e bagagli e a trasferirci qui a Firenze».

Un sorriso complice passò sulle labbra di Lorenzo.

«Grazie a ciò, fortunatamente ci siamo incontrati. Vedete, spesso dietro un male si nasconde un bene. Ma continuate, vi prego. Mi è parso di capire che il concilio abbia ottenuto il suo scopo e che sia stata raggiunta la riconciliazione tra le due Chiese».

«Se così vogliamo dire», sentenziò Nicolò con una smorfia. «Ma nulla è risolto e io non sono mica uno sciocco. I bizantini hanno volontariamente eluso i dibattiti teologici, nella segreta speranza di ottenere dal Papato, e attraverso di esso dagli Stati occidentali, un sostegno militare in caso di aggressione ottomana. Ma se per sventura, un giorno, Costantinopoli dovesse essere attaccata e se l'Occidente si rivelasse incapace di difenderla o, nel caso, di riconquistarla, l'unione oggi votata andrebbe in frantumi».

Lorenzo si sporse, più attento.

«Permettetemi di rivolgervi una domanda, padre Nicolò. Perché vi appassionate tanto a questa storia?»

«Perché sono convinto che le due Chiese, quella d'Oriente e quella d'Occidente, non possono continuare a vivere separate. La parola di Cristo è una e indivisibile. Non esistono due versioni del Suo messaggio. I due fratelli devono unirsi, non combattersi. E, per dirla tutta, il mio ragionamento va ben al di là di un problema di scisma. Penso alle due civiltà e, di fronte alla minaccia turca, sono convinto della necessità di studiare il Corano se vogliamo capire meglio la filosofia dei figli di Maometto. Dopo tutto, il Profeta non è forse riuscito a imporre alle rudi popolazioni del deserto una verità in sé inaccessibile? La Trinità, l'Incarnazione, non sono forse esigenze implicitamente contenute nella rivelazione islamica?»

«Non sono d'accordo. Islam e cristianesimo, mondo orientale e mondo occidentale sono in contraddizione. Tutto li divide».

«Non lasciatevi ingannare, Lorenzo! Le contraddizioni sono solo apparenti. È un problema di punti di vista».

Prese carta e penna e si mise a disegnare una forma geometrica sotto l'occhio attento del fiorentino.

«Cosa vedete?»

«Un cerchio, beninteso!»

«Bene. Immaginate di essere al centro. Qual è la forma del contorno?»

«Curva, ovviamente. Ma dove volete arrivare?»

Ignorando la domanda, il prete disegnò un secondo cerchio, più grande del primo, un terzo e infine un ultimo che coprì tutta la superficie del foglio.

«Adesso, tenendo sempre ben presente che siete al centro, ditemi che parvenza ha il contorno?»

Lorenzo ebbe un attimo di esitazione.

«Direi che è meno curvo, più amplificato. Nient'altro».

Nicolò depose la penna:

«Supponete ora che questo cerchio abbia le dimensioni dell'infinito, che sia vasto come l'universo».

«Io...»

«Non vedreste più una linea tonda, ma dritta! Oggi sappiamo che la terra è rotonda. Eppure, l'orizzonte ci sembra un filo orizzontale teso sotto il cielo. Capite?»

Ripeté appassionatamente:

«Le contraddizioni sono solo apparenti. Se fossimo abbastanza saggi da guardare le cose con distacco, i conflitti ci apparirebbero da un'altra angolazione, e l'uomo metterebbe fine alle sue sterili divisioni. Questo modesto disegno lascia pensare che Dio esiste nonostante le opposizioni di cui è formato l'universo, e che le constatazioni, apparentemente contraddittorie, si riducono a un granello di polvere e possono entrare in armonia appena le misuriamo col metro dell'infinito».

«Ripeto le vostre parole: la logica appartiene a questo mondo?» disse Lorenzo ridacchiando divertito.

Si alzò e abbracciò il suo interlocutore.

«Permettetemi di ritirarmi. Ho un appuntamento con il nostro principe Cosimo. Nonostante il sangue freddo che cerco di dimostrare, sono terrorizzato».

«Cosa vi aspettate dal Medici?»

«La protezione della sua milizia. Desidero portare a termine la porta del battistero serenamente. Dopo, poco m'importa di morire ucciso da un assassino».

«Vi capisco, amico mio. Che Dio vi protegga».

Una volta rimasto solo, il sacerdote camminò su e giù per la stanza prima di sedersi alla scrivania.

Osservò i cerchi che aveva disegnato e ripensò a ciò che aveva detto. In realtà, la sua visione del mondo superava i limiti dell'Oriente e dell'Occidente. Cosciente dell'estensione della terra e della varietà dei suoi popoli, Nicolò amava fantasticare sull'unificazione dei loro contrari, su uno scambio continuamente rinnovato che rompesse con quei pensatori latini, ostinati a fare del mondo al quale appartenevano il solo modello di riferimento. Eppure Nicolò, che in realtà si chiamava Nikolaus Krebs, non poteva essere sospettato di appartenere a qualche cerchia levantina, lui che era nato quarant'anni prima, a Cusa, piccolo villaggio tranquillo sulle rive della Mosella, tra Trevi e Coblenza.

Quando ripensava al passato, si diceva che la fortuna gli aveva arriso. A soli sedici anni, si era iscritto all'università di Padova per studiare diritto. Ma Padova gli aveva portato ben più di un dottorato: lì aveva respirato un'atmosfera penetrata di ellenismo. Lì era nata l'amicizia con Benzi, che gli aveva rivelato le conoscenze mediche dell'epoca; lì, ancora, l'astronomo fiorentino Toscanelli lo aveva iniziato alle scienze matematiche e all'osservazione degli astri. Un'iniziazione che, da allora, aveva ispirato a Nicolò ipotesi sconcertanti. A forza di scrutare il cielo, aveva acquisito la certezza, senza poterlo provare, che l'universo era in movimento e che la terra non ne era il centro. Se un giorno fosse riuscito a dimostrarlo, avrebbe scatenato una rivoluzione. La Chiesa non diceva forse che la terra era il nucleo attorno al quale ruotavano il sole e gli altri globi celesti? Tolomeo, nel suo *Almageste*, non lo aveva scritto? E l'*Almageste* non era da oltre mille anni il libro di riferimento, mai messo in dubbio?

Un brivido gli percorse la schiena. Scacciò la visione apocalittica che una simile rivelazione avrebbe determinato in bocca a un prete. Riprendendo la penna, scrisse: «Io sono perché tu mi guardi». Se si smette di guardare l'altro, lo si uccide. Ignorare il resto del mondo, significa privarlo del diritto di vita. Nicolò aveva espresso le sue teorie in un'opera giovanile, *Concordanza cattolica*, ma sarebbe andato più lontano.

Pensò di nuovo a Lorenzo Ghiberti. Il fiorentino aveva ragione: dietro ogni male si cela un bene. Senza gli sconvolgimenti del concilio, senza la peste che aveva colpito Ferrara, probabilmente i due uomini non avrebbero mai avuto occasione di fare amicizia. Appena giunto a Firenze, Nicolò era corso a vedere il battistero e a incontrare l'artista che da diciassette anni lavorava alle *Porte del Paradiso*, e di cui tutta la Toscana vantava i meriti. Non era rimasto deluso. Nel vedere lo splendore che irradiava dai pannelli in bronzo della porta orientale, si era detto che, senza alcun dubbio, Dio dirigeva la mano dell'orefice. Chi poteva cercare di uccidere un uomo dotato di un simile talento? Solo uno spirito malato ne sarebbe stato capace.

Intinse ancora una volta la penna nel calamaio, certo un po' troppo bruscamente. Il calamaio si versò e l'inchiostro si sparse disordinatamente sul tavolo. Immediatamente, il sacerdote cercò di salvare le sue pergamene. Fu allora che scoprì la frase sotto uno dei fogli. Una frase scritta con grafia veloce e poco elegante:

«Rinuncia! Brucia i tuoi scritti che sono un'ingiuria alla Santa Chiesa e implora in ginocchio il perdono di Nostro Signore.

Altrimenti, morrai...»

Bruges

Le campane della torre suonavano a distesa. Era l'ora in cui i tessitori, i follatori, i venditori di tessuti e tutti gli artigiani tornavano a casa.

Van Eyck emise un sospiro di sollievo. Finalmente sarebbe tornato il silenzio nella città dove, per tutto il giorno, le orecchie erano assalite dal rumore ritmato delle seghe, dallo scorrere delle granaglie nelle tramogge, dal guaire dei cani – quelli senza collare, che fuggivano il randello degli *hondeslagers,* incaricati di ucciderli, quelli dei cavalieri che nessuno avrebbe osato toccare –, dall'urlo assordante dei gabbiani, dal ronzio delle mole per affilare i coltelli, dalla cadenza dei telai, dal baccano degli zoccoli sulle strade lastricate e dal rotolio delle carriole. Talvolta, gli capitava di pentirsi di aver acquistato una casa nel centro di Bruges, ma era troppo tardi.

Fece scorrere lentamente tra le dita alcuni grani di terra di Verona. Il contatto con la materia calda, quasi sensuale, risvegliò in lui un'ondata di ricordi: colline fiancheggiate da una vasta pianura, l'Adige illuminato dal sole e, in mezzo, Verona, la città di marmo rosa. Tre anni prima, era stato mandato dal duca alla corte di Alfonso V d'Aragona, allora in Veneto. Durante una sosta a Verona, aveva incontrato Antonio Pisanello. Benché i loro stili fossero agli antipodi, era nata un'amicizia spontanea tra il fiammingo e il pisano. Fiducioso, Pisanello lo aveva trascinato nella chiesa di Santa Anastasia per mostrargli il suo ultimo affresco. Che capolavoro quel *San Giorgio e la principessa*! Un uomo, una donna, immobili, riuniti in un addio commovente, sconvolgente lacerazione prolungata all'infinito dalla presenza di una strana città deserta, inquieta, coronata di torri dalle tinte cangianti. Soldati in armi, animali impiccati alle forche, e quelle comparse, quasi estranee alla tragedia.

La morte, il dolore, la perdita, la follia. Compagni eterni dell'artista. Non ci si può avvicinare impunemente a Dio senza pagare un tributo, così come esiste un diritto di pedaggio al passaggio delle chiuse.

A malincuore, Van Eyck lasciò che la polvere scivolasse nella scodella, e si avvicinò alla finestra aperta sul giardino. Un velo di nebbia nascondeva il cielo. Si riusciva a malapena a intravedere il tiglio tanto amato dal pittore. La luce era triste e pallida, senza vita. Tuttavia, egli doveva dare l'ultimo tocco alla tela commissionatagli da Nicolas Rolin. Non solo egli era uno degli uomini più influenti del regno di Borgogna, ma era anche l'eminenza grigia del duca, il suo primo collaboratore. Andiamo, pensò fra sé e sé, forza, coraggio e al diavolo la luce!

Stava per avvicinarsi al cavalletto quando si fermò di colpo, le sopracciglia aggrottate. Incollò il naso alla finestra. Strano... Una figura si era spostata lungo il muro di pietra tra la sua casa e quella dei vicini, i Vermeylen. Ci avrebbe scommesso, a meno che non fosse stata un'illusione. Decise di accertarsene. Uscì a scrutare la nebbia. Nulla. Andò in fondo al giardino. Niente. Alzò le spalle e tornò nel laboratorio. Al momento di entrare, fu colto da una nuova apprensione. Si voltò verso la "cattedrale" ed emise un sospiro di sollievo: la porta era chiusa, tutto sembrava normale. Rasserenato, prese il pennello di martora e lo intinse nello scodellino. Esitò, la mano in aria, poi, con un gesto di mirabile precisione, iniziò ad applicare i riflessi sulla zimarra di broccato scuro di Nicolas Rolin.

4

Giunto in piazza del Mercato, ai piedi della Gru, Jan rallentò il passo per contemplare a proprio agio la straordinaria macchina. Era sempre stato colpito dall'imponente struttura di legno. Le cime che, nel vento, beccheggiavano tra cielo e acqua, gli fecero fare un passo indietro: la prudenza non era mai troppa. Lungo il bordo del tetto a forte pendenza si stagliavano una decina di immagini, allineate le une dietro le altre, raffiguranti i trampolieri ai quali la macchina doveva il proprio nome.

Osservò le due enormi ruote scavate a timpano, a sinistra e a destra della base. Erano ferme. Ma, all'arrivo della prima gabarra, a un cenno del capomastro si sarebbero messe a girare, mosse dalla sola forza degli uomini all'interno. Come automi, i *kranekinders* avrebbero camminato senza avanzare per ore, chiusi nella circonferenza di legno, mentre sopra le loro teste sarebbero calate le funi di canapa sul ponte dell'imbarcazione per liberarla dei suoi involti.

La Gru era il simbolo di Bruges, come la chiusa era quello di Damme: non ce n'era un'altra di simile, né in Fiandra né altrove. Intorno regnava un'effervescenza insolita per quella stagione. Alcuni andavano e venivano urtandosi, altri allestivano bancarelle e banchi di cambiavalute. Le taverne si rimettevano a nuovo in vista del grande evento: l'apertura della fiera. Eccezionalmente, quell'anno sarebbe cominciata con due mesi di ritardo.

Jan esitò sulla direzione da prendere. La campana del coprifuoco avrebbe suonato fra due ore. Non aveva voglia di tornare a casa in via Neuve-Saint-Gilles. Avrebbe trovato Van Eyck assorbito dalla tavola di Rolin e gli sarebbe toccato stare con Philippe, Pieter o Margaret. E lei, vedendolo con le mani in mano, gli avrebbe certamente trovato qualcosa da fare, come al solito. No, non aveva voglia di tornare per ora. Per giunta, fin dal mattino sentiva uno strano malessere in fondo all'animo.

Attorno a lui, le facciate di legno, le finestre a crociera si rimandavano gli stessi rumori ovattati, prima che si spegnessero sulle acque calme della Reie. Bruscamente prese una decisione: risalì la piazza del Burg, costeggiò il molo del Rosario, si infilò nel dedalo di stradine e sboccò con i capelli spettinati davanti al Waterhalle. Eretto sopra la Reie, l'edificio era la sede del mercato marittimo della città.

Qui le gabarre venivano a scaricare le merci delle galere trattenute a monte, nell'antiporto, dal loro eccessivo pescaggio. Sempre qui, fiancata contro fiancata, venivano caricati i tessuti di Ypres o di Poperinghe, le pietre scolpite delle cave di Tournai e molte altre mercanzie.

Jan andava spesso a osservare i loro movimenti e conosceva a memoria il nome di ciascuna imbarcazione e perfino la tassa portuale applicata a ognuna di loro: *loseboyghe*, *scarpoise*, *hegboth*, *scuta*... In compenso, se ognuna aveva una sua dimensione, i suoi remi o il suo timone, avevano in comune il fatto di poter navigare fino al centro di Bruges, alla piazza del Mercato, dove nessun'altra galera avrebbe potuto arrivare. Nel Waterhalle, si vedevano anche barche che, a vostra richiesta, vi conducevano lungo la Reie, o fino alla foce dello Zwin. Jan ne vide una che stava lasciando il molo. Saltò a bordo rischiando di finire in acqua. Il marinaio lo rimproverò e gli ordinò di mettersi a sedere.

L'aria era tiepida, e i meandri della Reie appena increspati dalle onde sollevate dal viavai dei battelli. Superarono la chiesa di Santa Walburge e il palazzo della cancelleria. Ben presto sorse il campanile di San Salvatore, la sagoma austera del beghinaggio china sul lago Amour – il Minnewater – e il grosso macchinario che distribuiva l'acqua potabile nei pozzi pubblici. Più lontano, la chiusa aspettava. Appena si richiusero le doppie porte della vasca, sette saracinesche scaricarono le acque in un turbinio di schiuma. Sotto la spinta delle onde, l'imbarcazione si innalzò lentamente verso l'azzurro. Da un lato, c'era la torre campanaria di Bruges, dall'altro le grandi torri di Temuyden, di Oostkerke e di Lisseweghe, simili a fari allineati sulla costa. Superata la chiusa, si infilarono nel Lieve, il canale che portava a Sluys.

Sluys, era il sogno a occhi aperti...

Attorno al porto, le dune macchiavano lo specchio del mare con le loro ombre color pastello. In lontananza, oltre l'estuario, vibravano il mare aperto e la linea dell'orizzonte, che dita invisibili parevano tirare all'infinito. Qui Jan si sentiva veramente rinascere, qui il suo corpo si impregnava di ogni cosa: il profumo di salso e l'umida carezza degli spruzzi, lo schiocco delle vele, le grida dei marinai, il rumore sordo degli scafi che sbattevano contro i paracolpi, lo sciacquio nostalgico delle onde. Tutto per lui era fonte di miracolo. Si lasciò cadere sul bordo della chiatta di legno, i piedi nel vuoto, e bevve a pieni polmoni la vita che lo circondava.

Un giorno un marinaio gli aveva detto una frase che gli si era radicata nella memoria: «Anche le navi, come gli uomini, hanno la loro storia...» Quel *kog*, con la prua a forma di cucchiaio e la grande vela quadrata annodata al lungo pennone, ne aveva certamente una. Da che parte del mondo arrivava? Forse dalle isole della Frisia, se non dal mar Baltico. Di certo, era il superstite di una famiglia di navi quasi scomparsa, poiché era sempre più raro vedere un *kog* a Sluys, a differenza dei vascelli danesi, riconoscibili tra tutti dal loro fasciame sovrapposto, che sfoggiavano con orgoglio l'emblema del porto di provenienza: Yarmouth, Dover, Hastings, La Rochelle, con il cassero a poppa, a forma di torretta.

Da quando frequentava il porto, Jan era in grado di riconoscere a prima vista la provenienza di un vascello. Tra i segni distintivi, le sartie erano essenziali: se erano provviste di pulegge e lunghi paranchi, doveva trattarsi per forza di un'imbarcazione latina; se al contrario aveva griselle, era una barca del Nord. Tra le altre rivelazioni, Jan era rimasto affascinato soprattutto dalla sorprendente invenzione di cui gli aveva parlato un giorno un marinaio portoghese, la "pietra di calamita" che aveva la proprietà di rivolgersi verso nord. Permetteva alle navi di non perdersi nella notte o col tempo coperto. I marinai del Mediterraneo la usavano spesso; ma a nord pochi l'avevano adottata dato che riuscivano a orientarsi con la sonda nelle loro acque poco profonde.

Jan spostò la sua attenzione verso l'imbarcadero, poi ancora sulle barche. E dire che un giorno questo mondo sarebbe scomparso! Quel giorno, Sluys sarebbe morto e con esso anche Bruges. I vecchi marinai lo sapevano, loro che sapevano leggere nella spuma. Conoscevano il male terribile che, giorno dopo giorno, settimana dopo settimana, piallava il fondo del mare, la tremenda fine che attendeva l'estuario: l'insabbiamento. Si diceva che le autorità stavano pensando di scavare un canale verso Blankenberghe. Ma il progetto avrebbe mai visto la luce? Nonostante i continui dragaggi, certi piloti temevano già di entrare nello Zwin. Alcuni sostenevano che se l'insabbiamento fosse continuato, sarebbero stati costretti a trasferire su pontoni o perfino su carrette le merci destinate alla città! Che ne sarebbe stato di Bruges senza il mare? Immaginò il porto divorato dalla sabbia e vide una necropoli di galere incagliate nella sabbia. La fine del mondo.

Ma oggi, Bruges e Sluys vivevano ancora. Solo in quel momento, una trentina di vascelli sonnecchiavano nel porto. Poca cosa, in verità. In passato, Jan ne aveva contati più di quattrocento in una sola marea. Poca cosa, anche se confrontata con quell'avvenimento sublime che era il ritorno delle galere veneziane che giungevano ai primi di settembre.

Eccole... Le campane suonano a distesa lungo la costa. Le galere sorgono all'orizzonte. Piccoli punti disseminati nel mare, crescono piano piano, e diventano fortezze. Eccole! Sono a poche gomene e già si distinguono gli uomini affaccendati sui ponti, il leone trionfante di San Marco ricamato sulla seta degli stendardi. L'ammiraglia apre fieramente la marcia, e Sluys, febbrile, somiglia a una donna in attesa. Quante sono? Dieci? Quindici? Che importa il loro numero, poiché si sa che il contenuto delle loro stive appagherà i sogni degli abitanti per il resto dell'anno.

Dopo il lungo periplo che le ha portate lungo le coste della Spagna, del Portogallo e del Ponente, stanno per inondare la città con oro e argento, vini di Cipro, frutta secca, tessuti di Fenicia, pelli d'Ungheria, cotoni grezzi e filati, cera, gomme arabiche, aromi dai magici sentori, sete e vetri veneziani, miele di Narbona e vini di Guascogna. Passeranno l'autunno e l'inverno, e la flotta aspetterà pazientemente il ritorno della bella stagione. Un mattino, riprenderà la strada della Serenissima. Ma l'anno dopo tornerà ancora, sicuramente.

In meno di due mesi, per essere precisi...

Jan scattò in piedi. Caspita! Aveva completamente dimenticato di andare da messer Cornelis a prendere i pigmenti ordinati da Van Eyck. Corse all'imbarcadero pregando san Bavone di mandargli una chiatta in partenza per Bruges. Ma dove aveva la testa?

Quando il ragazzo imboccò la via dell'Asino Cieco, il tramonto si avvolgeva attorno alla guglia del campanile, e una leggera foschia si sfilacciava sulle strade lastricate. Come se volesse proteggersi da un pericolo invisibile, Jan si strinse al petto il cofanetto di messer Cornelis e allungò il passo; temeva l'ora in cui svanisce il sole.

Arrivato all'altezza di una volta che univa due case basse, credette di scorgere una figura che lo scherniva da una finestra a crociera. Sentì un brivido. In quel preciso istante il suo piede urtò qualcosa, perse l'equilibrio, cadde in avanti e sbatté la fronte per terra, mezzo stordito. Bestemmiando e imprecando, si rialzò, recuperò il prezioso cofanetto e cercò l'oggetto responsabile della sua caduta. In un primo momento non vide nulla: la penombra avvolgeva già la strada; poi notò il piede, un piede calzato di cuoio leggero, che spuntava da una rientranza.

Fece un passo indietro, vide le brache, la vita, il torso, poi il volto. Dall'orrore fece un balzo all'indietro così violento che rischiò di cadere di nuovo.

Era il volto spaventoso di un uomo terrorizzato dalla sua propria morte. Al di là del tormento riflesso nei lineamenti torturati, la cosa più terrificante era lo sguardo. Uno sguardo da scheletro. Vuoto. Le orbite con gli occhi strappati, piene di sangue coagulato, fissavano Jan con tale intensità che il ragazzo ebbe l'impressione di sentirsele penetrare nell'anima.

Il cadavere era afflosciato, la gola tagliata, la schiena appoggiata al muro come un ubriaco stanco e le braccia che pendevano penosamente lungo il corpo. Faceva pensare a quei fagotti abbandonati nella nebbia sulle banchine di Sluys. Al macabro spettacolo si aggiungeva un particolare curioso: dalla bocca dell'uomo colava una polvere verdastra che Jan riconobbe immediatamente: terra di Verona.

Pietrificato, non riusciva a distogliere gli occhi da quella visione: lo osservava nei minimi particolari con un fascino morboso. Era la prima volta che vedeva un morto. Aveva sempre pensato che la vista doveva essere poco piacevole, ma quel morto confermava le sue peggiori apprensioni. Vuoi per il tintinnio della campana, per il ticchettio degli zoccoli che si avvicinavano dalla via dell'Asino Cieco o per la pioggerella che era diventata una pioggia torrenziale, di colpo, si riprese e trovò la forza di mettersi a correre, di fuggire il più lontano possibile dall'uomo con gli occhi strappati.

Certo mai aveva percorso così velocemente la distanza che lo separava dalla via Neuve-Saint-Gilles. Giunto davanti alla porta, bussò ripetutamente con tutte le sue forze.

Dopo un'attesa interminabile, la porta si socchiuse, apparve Margaret con indosso il grembiule, i pugni sui fianchi. Lo squadrò con un misto di stupore e di rimprovero. Jan non le lasciò il tempo di protestare, si infilò in casa, attraversò il vestibolo e fece irruzione nel laboratorio, dove trovò Van Eyck e Petrus Christus.

«*Meester* Van Eyck! L'ho visto. Il morto. Gli occhi strappati... È...»

Il pittore corrugò la fronte.

«Cosa stai dicendo? Di solito non cerchi scuse. Sai che ore sono?»

«Vi giuro, è la verità! L'ho visto per davvero!»

Van Eyck scambiò un'occhiata con Petrus e prese il cofanetto dalle mani del ragazzo:

«Intanto mettiamo questo tesoro al sicuro. Adesso, riprendi fiato e spiegami cos'è successo».

Jan si mise a raccontare la sua avventura nei minimi particolari, cercando di non tralasciare niente. Quando ebbe finito, l'espressione del maestro non era più la stessa. All'atteggiamento superficiale dei primi istanti, si era sostituita una certa gravità.

«Si sta avvicinando. Anversa e Tournai, oggi Bruges».

Si accorse che la stanza si era fatta buia.

«Petrus, accendi le candele», ordinò. «Non si vede più niente».

Il giovane si affrettò ad accendere una fila di candele disposte in vasi di rame giallo e intanto mormorò:

«E ancora una volta, un uomo della nostra confraternita...»

«Andiamo», lo interruppe Van Eyck. «Anche se è probabile, non ne siamo ancora sicuri».

Aveva parlato senza alzare la voce, ma la sua padronanza tradiva una grande tensione.

«Cosa può spingere un individuo a uccidere dei pittori? Ammesso poi che si tratti di un pittore».

Petrus esitò.

«E... se voi conosceste la risposta?»

«Che dici?»

«Ne parlavamo ieri sera. Voi conoscevate le prime due vittime. Può esserci un legame tra voi e loro?»

«Certo che il legame esiste: si chiama pittura. Nient'altro».

Petrus stava per rispondere, ma Van Eyck proseguì:

«E d'altronde, se nella mente dell'assassino ci fosse un'altra relazione, ne deduco una sola cosa: il prossimo bersaglio sarò io».

«Ma no», farfugliò Petrus. «Non è...»

«Basta con le congetture, non ne sappiamo abbastanza. E poi, come dicevo prima, nulla prova ancora che la terza vittima sia uno dei nostri».

Assunse un tono più leggero e proseguì:

«Vediamo piuttosto cosa ci ha portato Jan da messer Cornelis, e speriamo che cadendo non abbia rotto nulla».

Posò il cofanetto sul bancone, lo aprì con precauzione e ne tirò fuori una decina di flaconcini multicolori chiusi con un tappo di sughero. Ne prese uno e lo avvicinò alla luce della candela. Di colpo, la fiamma si rifletté sulla superficie di vetro, animando un cosmo granulare di un bell'ocra gialla.

«Ammira, Petrus, la qualità di questa terra di Siena bruciata! È straordinaria. Devo ammettere che quella canaglia di Cornelis non ha eguali nello scovare i pigmenti più belli».

Prese un altro flacone di un magnifico azzurro.

«Sono certo che non conoscete l'origine di questo ammirevole lapislazzuli. Viene dall'altro capo del mondo, da una regione così lontana che probabilmente ci vorrebbero degli anni per arrivarci. Il Badaskan! Si racconta che la pietra sia stata portata a Venezia, molti anni orsono, da un commerciante veneziano di nome Marco Polo. Questo pigmento possiede una tale intensità che mi piace pensare contenga particelle di eternità».

In un pesante silenzio, Van Eyck tirò fuori uno dopo l'altro i flaconi e li allineò davanti a sé: il nero ottenuto dai tralci di vite calcinati, il rosso di Sinope, il giallo di Napoli, la terra rosa, l'orpimento di zolfo...

«Per il comune mortale, un colore vale l'altro. Ma noi pittori sappiamo che ognuno possiede un linguaggio in codice, un'individualità tutta sua. Limitarsi a vedere solo l'apparenza, significa immaginare che tutte le sfumature dei nostri dipinti sono indissociabili dai tre colori primari: il blu, il rosso e il giallo; eppure è chiaro che le combinazioni ottenute con due colori primari non potranno mai rivaleggiare con i pigmenti naturali che madre natura nella sua immensa generosità ci mette a disposizione».

Tacque per sondare l'effetto delle sue parole. Ma né Petrus né Jan gli prestavano attenzione. Il ragazzo era ancora sconvolto.

«Vedo che le mie parole non vi toccano», disse Van Eyck.

«No», protestò Petrus. «Ma sta per suonare il coprifuoco e la casa di Laurens è dall'altra parte della città».

«Capisco...»

Van Eyck si mise a riporre i flaconcini nel cofanetto:

«Vai pure. Non è piacevole essere fermati dai guardiani notturni».

Petrus salutò frettolosamente e si ritirò.

Van Eyck ripose l'ultimo flacone e mormorò fra sé e sé:

«In verità, non è piacevole vivere a Bruges di questi tempi».

Poi rivolgendosi a Jan:

«Ricordi che domani all'alba partiamo per Gand? Spero che lì l'aria sarà più respirabile...»

5

Avevano visto le pianure d'acqua e le maree, tenaci pattuglie di esploratori di un mare nemico, che giorno dopo giorno tentavano di vendicarsi dei polder vittoriosi; i filari di pioppi stanchi di lottare contro i venti; la strada, infinitamente monotona, che si snodava come un nastro verso un orizzonte disperatamente piatto. Soprattutto, avevano temuto di veder sbucare all'improvviso i terribili Scorticatori. Quei briganti, guidati dal grande Rodrigo de Villandrado, non solo si erano impadroniti di Charlieu, di cui avevano fatto il loro covo, ma da oltre un anno estorcevano denaro da città come Nuits e Auxonne. Perfino i contadini, si diceva, erano scesi a patti con loro. Secondo le ultime notizie, il duca, che fino a quel momento aveva chiuso un occhio, troppo preso da problemi diplomatici, adesso voleva lanciare le sue truppe contro i fuorilegge. Per il momento, in ogni caso, le strade erano più sicure d'inverno, per la ragione che erano impraticabili.

Fu con autentico sollievo che Jan e Van Eyck videro spuntare il campanile di Gand, grigia torre rettangolare che si innalzava nel cielo lattiginoso.

Incassata nelle fortificazioni, lambita dalle acque tranquille della Lys, la città, apparentemente opulenta e serena, celava in realtà un indomabile spirito di fronda. Il duca stesso se n'era accorto a sue spese, quando aveva ordinato di rifondere la moneta circolante nelle Fiandre e coniare nuove monete d'oro e d'argento, versando un terzo del peso nel tesoro borgognone. La reazione della popolazione di Gand non si era fatta aspettare: i tessitori si erano raccolti in cortei vocianti, avevano dato l'assalto alla prigione e massacrato gli scabini. Alla fine, il duca era stato costretto a porre freno alla sua avidità e a trattenere solo un settimo del peso delle monete fiamminghe. La vita di Gand era così, fatta di sussulti e di sedizioni, cui seguivano periodi di calma.

La chiesa di San Giovanni era incastonata tra i mercati coperti e la fortezza dell'antico signore del luogo, che la gente dei dintorni chiamava Gherardo il Diavolo, certo a causa del colore brunastro della sua pelle. Con una sacca di cuoio in spalla, Van Eyck salì i gradini del sagrato e si fermò davanti al portale. Sembrava esitare.

«Che succede?» chiese inquieto Jan.

Il pittore si portò la mano alla fronte, colto da una vertigine.

«Ho tanti ricordi legati a questo luogo. Ciò che ho vissuto qui ha cancellato brani della mia memoria per lasciarvi inciso solo l'essenziale: il polittico e mio fratello Hubert. Non so cosa la storia della pittura ricorderà a proposito di me, ma ho l'impressione che, se qualcosa dovesse conservare, sarebbe qui, nella chiesa di San Giovanni».

Van Eyck inspirò profondamente ed entrò. Quando arrivarono davanti all'altar maggiore, il pittore accese le candele e di colpo si illuminarono gli splendori dell'universo intero.

«Guarda!»

Dodici pannelli in quercia, dodici pannelli aperti, risplendevano di straordinaria magnificenza.

Dalle pieghe di un tessuto al risaltare di una vena, dal bronzo d'una fontana alla commovente fragilità di un merletto, ogni particolare emanava un'impressione di sublime perfezione, di soffio divino. Mai in tutta la sua giovane esistenza, Jan aveva visto tante bellezze riunite in una sola opera. Dio, il paradiso e l'inferno, di cui Katelina tanto spesso gli aveva riempito le orecchie, erano lì. Bastava allungare la mano per toccarli.

«È... è straordinario», balbettò.

L'aggettivo gli parve debole. Ma quali parole avrebbero potuto descrivere l'opera?

«Avvicinati. Voglio rivelarti un segreto di quest'opera. Guarda attentamente questo pannello. Vedi i due cavalieri?»

Jan indicò il più giovane dei due:

«Quelle narici spesse, quelle sopracciglia prominenti... Siete voi! Un po' più grasso dell'autoritratto che avete dipinto pochi mesi fa. Ma siete proprio voi!»

«Sei un fine osservatore. È vero, sono un po' dimagrito nel frattempo, con tutti i viaggi che ho fatto per il duca».

«Chi è l'uomo più anziano?»

«Mio fratello Hubert. Aveva vent'anni più di me».

Indicando da sinistra a destra, continuò:

«Questa tavola è la quintessenza dei Vangeli. Nel centro, in basso, sotto i raggi dello Spirito Santo, l'agnello sacrificale versa il proprio sangue nel calice. I pannelli di sinistra simboleggiano la Giustizia; quelli di destra, la Temperanza. Come vedi, il paesaggio sullo sfondo non ricorda in nulla il *plat pays*. È una vegetazione mediterranea, che mi è stata ispirata dai miei soggiorni nella penisola iberica. E lassù, in centro, il Padre eterno. La Vergine e san Giovanni Battista lo affiancano. Nei due pannelli laterali, i nostri progenitori ignudi: Adamo ed Eva. Quando abbiamo completato l'opera, ci siamo accorti che avevamo dipinto più di duecento personaggi».

«Noi?» si stupì Jan.

«Io e mio fratello».

Van Eyck si inginocchiò, aprì la sacca di cuoio e ne tirò fuori un pennello di martora, una ciotola chiusa e un flacone di trementina di Venezia. Cominciò a diluire il bianco d'argento contenuto nella ciotola.

«Temevo che il colore si fosse asciugato. Grazie a Dio, non è così».

Soddisfatto del miscuglio, tese il pennello a Jan.

«Prendilo e fa' quello che ti dico».

Il ragazzo pensò di aver capito male.

«Ma io so appena disegnare».

«Non devi disegnare. Siediti per terra e scrivi il testo

che sto per dettarti, qui, in basso sull'esterno dei pannelli».

Senza cercar di capire, Jan eseguì.

«Pictor Hubertus e Eyck major...», cominciò lentamente Van Eyck.

Con mano tremolante, il ragazzo si applicò a scrivere le parole sul legno. Aveva talmente paura di sbavare che ci mise un tempo infinito per scrivere le poche righe.

«Finito», disse il pittore. «Adesso puoi alzarti».

La fronte imperlata di sudore, Jan rilesse a bassa voce:

«Pictor Hubertus e Eyck major quo nemo repertus incepit. Pondus quod Johannes arte secundus frater perfecit Jodocus Vijd prece fretus. Versus sexta mai vos collocat acta tueri».

«Incredibile!» esclamò sbigottito.

Era così concentrato a scrivere, che solo ora capiva il senso delle parole:

«Il pittore Hubert Van Eyck, cui nessuno è superiore, ha iniziato la grande opera, e Jan, suo inferiore in arte, l'ha terminata ed è stato pagato da Jodocus Vijd. Con queste parole, il sesto giorno di maggio, egli vi invita a contemplare l'opera».

«Il tuo latino è migliore di quanto non pensassi».

«Chi è Jodocus Vijd?»

«Uno scabino di Gand, il fabbriciere della chiesa di San Giovanni. Era il committente della tavola».

«Se ho capito bene, vi considerate inferiore a vostro fratello?»

«Era il mio maestro. Il maestro di tutti noi. Tutto quello che so, me lo ha insegnato lui. Senza di lui, non sarei niente».

Jan indicò la tavola:

«Niente?»

«La maggior parte di questi pannelli non sono miei, ma di Hubert. Il suo stile mi ha talmente influenzato che nessuno saprà distinguere la sua mano dalla mia. Ecco perché, oggi, desideravo rendergli omaggio. Non voglio che la posterità mi attribuisca indebitamente ciò che in realtà è di un altro. Io ho contribuito a questo capolavoro, ma il ruolo più importante spetta a Hubert. E poi, non c'è solo il polittico. Molti altri quadri realizzati da lui rischiano un giorno di essermi attribuiti».

Proseguì, con una certa tensione:

«C'è un'altra opera che, è vero, è meno importante del pannello, ma che rischia anch'essa di essere attribuita a me».

«Qual è?»

«Un libro d'ore commissionato a Hubert da Guglielmo IV. Le miniature che ha dipinto sono uniche».

«Non l'ho mai visto sui vostri scaffali. Dove lo conservate?»

Van Eyck abbozzò un sorriso enigmatico.

«In luogo sicuro».

«Ma dove?»

«In luogo sicuro...»

Inutile insistere. Da tempo Jan si era abituato a quei misteri, per i quali il pittore pareva avere una predilezione.

Il ragazzo si sentiva pervaso da un'intensa emozione: era ad un tempo turbato dalle confidenze di Van Eyck, fiero di essere il depositario del suo amore per il fratello, ammirato di fronte a tanta umiltà.

«Il gesto che avete appena compiuto vi rende onore. Ma io credo comunque che voi siate il re dei pittori. Vostro fratello avrà forse avuto del genio. Ma nessuno può avvicinarsi al genio, a meno di non esserlo anche lui. Se anche domani dovessi mettermi a dipingere, lavorare senza sosta, votarmi anima e corpo alla pittura fino alla morte, non riuscirei mai a uguagliarvi. Non ho grande esperienza della vita, ma vivere al vostro fianco mi ha insegnato che nell'ambito artistico esistono due tipi di creatori: gli uomini e gli altri. Voi fate parte degli altri, mastro Van Eyck. Ve lo dico io!»

Un sorriso nostalgico passò sulle labbra del pittore. Si chinò su Jan, gli prese la testa fra le mani e lo fissò a lungo. Il suo viso rifletteva una profonda emozione che travolse il ragazzo molto più di tutte quelle parole. Era come se tutto ciò che nessuno dei due era riuscito a dire nel corso di quei tredici anni, si esprimesse di colpo in quello scambio muto. In Van Eyck c'era la malinconia che lo aveva riassalito al ricordo della morte di Hubert, malinconia così profondamente condivisa dal ragazzo da essere ancor più dolorosa; c'erano anche le domande, i dubbi dell'artista al crepuscolo della vita. Jan, d'altro canto, aveva sulla punta della lingua la parola che tanto a lungo aveva serbato nel più profondo di sé, e che adesso tutto il suo essere gli gridava di liberare.

«Padre...» sussurrò.

Lo sguardo di Van Eyck si velò. Attirò il ragazzo a sé, lo strinse a lungo, in silenzio. Senza parlare, l'uno e l'altro sapevano che né il tempo né la distanza avrebbero avuto potere su di loro.

Van Eyck si allontanò, raccolse la ciotola, il pennello e la trementina di Venezia:

«Vieni, andiamo».

Non ci misero molto a trovare la locanda del Cappone Rosso dove il maestro era solito scendere. Ordinata la cena all'albergatrice, Van Eyck si appoggiò con la schiena al muro, assorto nei pensieri.

Nella sala, la gente parlava forte e si sentiva un intenso odore di birra e di vino di Bordeaux. Nonostante il divieto della magistratura, dal ticchettio proveniente da un angolo nascosto si capiva che qualcuno giocava a tric trac, o forse a dadi. Nell'intrico di luci e ombre, si scorgevano profili rossastri di licciai, di follatori dalla carnagione smunta, facce dotte di notai, mercanti panciuti e banchieri lombardi. Con il suono delle risate arrivavano vaghi sentori di urina, emanati dai grembiuli che alcuni tintori poco educati – le dita macchiate di guado e di indaco – si erano tenuti indosso.

«Dimmi, Jan», chiese bruscamente il pittore, «sei felice a casa mia?»

Sorpreso, il ragazzo esitò prima di rispondere:

«Sì».

E si affrettò a precisare:

«Perché ci siete voi».

«Sai, Margaret è dura a volte, ma non devi fargliene una colpa. Ha i suoi alti e bassi. Credo che in fondo ti voglia bene».

Jan abbozzò un sorriso triste. Avrebbe preferito che quell'affetto fosse più palese, se davvero era reale.

«Non credo che mi abbia mai amato come una madre. Come ama Philippe e Pieter».

«Secondo me, tu chiedi troppo. Una madre è una madre. È naturale che faccia delle preferenze».

«Anche un padre. Eppure...»

«Sì?»

Jan chinò la testa, non osando continuare, poi con voce quasi supplichevole, chiese:

«Voi mi amate vero?»

Van Eyck gli strinse la mano:

«Ti amo, Jan, tanto quanto Philippe e Pieter».

Poi aggiunse scherzosamente, come per sciogliere una tensione eccessiva:

«Ma io sono un artista e un artista è sempre esagerato!»

Jan mordicchiò un tozzo di pane di frumento e chiese brusco:

«Credete che i miei genitori siano ancora vivi?»

«Cosa hai detto?» disse Van Eyck sussultando.

Il ragazzo ripeté la domanda.

«Che vuoi che ne sappia? Suppongo di sì».

«Non so mio padre; ma sento che mia madre è viva. Sono anche convinto che viva a Bruges».

«Come puoi esserne tanto sicuro?» domandò Van Eyck osservandolo turbato.

«Ci sono dei giorni in cui mi sembra di sentirla vicina, così vicina che potrei toccarla».

«Non immaginavo che tu avessi simili pensieri».

«Ne ho. Ma quando mi occupano troppo la mente, mi arrabbio».

Tacque come chi ha parlato troppo.
«Continua», lo incoraggiò Van Eyck. «Perché rabbia?»
«Vi ricordate di Lilia?»
«Sì... la gatta che abbiamo raccolto, vero».
«Quando ha avuto i gattini, ricordate come li proteggeva, e tirava fuori le unghie ogni volta che cercavo di prenderglieli? Vedete...» concluse l'adolescente con amarezza, «nemmeno le bestie abbandonano i loro piccoli».
Il pittore non rispose subito. Sollevò la pinta di birra, osservò i riflessi di luce sulla superficie di stagno, la sfiorò con le dita, poi la ripose sul tavolo.
«Sbagli, Jan. Non si giudica quando non si sa. Che ne sai di quella donna? Niente. È come se disprezzassi un mio quadro di cui hai solo sentito parlare, senza averlo mai visto. Parli dell'abbandono con disprezzo... Sappi che talvolta l'abbandono può essere uno straordinario atto d'amore».
La sua voce si fece dura e colpì con una forza inaspettata.
«Non condannare, Jan!»
E continuò:
«Non tua madre! Una madre non si condanna mai. Chi può sapere quale disperazione provasse?»
Le pupille di Jan si strinsero. Non aveva più l'espressione di un ragazzo, ma la serietà di un adulto. Rimase in silenzio a pensare. Pensò alle notti passate a inventarsi un volto dalla pelle diafana, incorniciato da ciocche brune, da capelli neri come l'ala di un corvo, come i suoi, che avrebbe potuto assomigliare a una di quelle donne della misteriosa miniatura veneziana scoperta nell'officina del pittore. Notti intere a immaginare una figura china su di lui, che gli accarezzava la fronte fino a quando si addormentava, ancora accanto a lui al suo risveglio.
«Forse avete ragione voi», disse alla fine. «Ma non mi sarei posto tante domande se solo...»
«Se solo?»
«Se solo Margaret avesse finto di amarmi».

Van Eyck non rispose. Fissò il ragazzo e affidò al silenzio la propria confessione: Margaret era avara d'amore.

Finirono di cenare in silenzio. Assorto nelle sue riflessioni, a malapena Jan si accorse degli sguardi inquieti che Van Eyck gli lanciava di tanto in tanto. Quando si alzarono, pronti a salire in camera, il pittore parve cambiare idea:

«Hai sonno?»

«Non molto».

«Meglio così».

Van Eyck si voltò e si diresse verso l'uscita.

«Dove state andando?»

«A fare un giro. L'aria è tiepida e l'estate dura poco. Approfittiamone».

In effetti, fuori la sera era dolce, senza nuvole, una di quelle serate generose di Fiandra che dalla cima dei campanili e dai canali scendeva sulla città. Vagarono per le stradine e si ritrovarono per caso davanti alla chiesa di San Giovanni. Van Eyck si fermò. Per un attimo, Jan credette che il dipinto lo stesse chiamando di nuovo, ma il pittore, dopo aver lungamente osservato l'edificio, indicò il firmamento:

«Vedi, Jan, qualunque cosa succeda, devi dirti che lassù c'è una stella che veglia su ciascuno di noi. Non siamo mai soli. E se lo siamo è per mancanza di memoria. Domani, inizia il tuo apprendistato», continuò con voce roca.

Il ragazzo sussultò.

«Credete che possa diventare un gregario, come Petrus e gli altri?»

«Di più. Farò di te il migliore».

Da tempo aspettava quel momento. Adesso che era giunto, provava un misto di orgoglio e di paura. E gli tornò in mente la domanda che da tempo lo assillava: sarebbe stato all'altezza del sogno di Van Eyck?

Quando all'alba ripresero la strada, il vento da est, anch'esso levatosi di buon'ora, già piegava la cima dei pioppi. Quando arrivarono in via Neuve-Saint-Gilles una vera tempesta soffiava su Bruges.

«Finalmente», esclamò Van Eyck.

Appena entrati, Margaret, col volto turbato, si precipitò verso di loro.

«Jan», disse. «C'è di là una guardia che vuole vederti».

«Di domenica? Perché?»

«Non so. Non ha voluto dirmi niente».

Van Eyck ebbe un moto di stizza:

«Non avevo ragione quando dicevo che non era piacevole vivere a Bruges di questi tempi!»

6

L'uomo aveva una cinquantina d'anni; era imponente, con il collo taurino, l'occhio di un azzurro intenso, la carnagione straordinariamente bruna per un fiammingo. Indossava una giacca nera che gli scendeva fino a mezza coscia e un cappello di castoro gli copriva la testa e gli disegnava un'ombra sul naso.

Impressionato dalla statura del visitatore, Jan lo osservò con attenzione come se fosse stato un gigante sbucato da una favola.

«Il mio nome è Idelsbad».

Con voce grave e velata, proseguì:

«Mi manda il balivo di Meunikenrede. Vorrei parlarvi, se non vi dispiace».

«Il balivo di Meunikenrede?»

«Saprete che due sere fa c'è stato un omicidio».

«Sì, purtroppo. Credo anche di essere stato il primo a esserne stato informato».

Van Eyck scompigliò i capelli di Jan.

«È stato mio figlio a scoprire il cadavere. Si conosce l'identità della vittima?»

«Sluter. Nicolas Sluter».

«Sluter? Che disgrazia! Ma l'indagine non dovrebbe dipendere dalle autorità di Bruges?»

«Sì e no. La vittima era cittadino di Meunikenrede, solo di passaggio da Bruges. Inoltre, la sua famiglia ha rapporti stretti con il balivo Van Puyvelde e vuole capire cos'è accaduto. Van Puyvelde ha chiesto e ottenuto il permesso del borgomastro di Bruges perché potessi svolgere un'indagine sul posto».

Fece un gesto come se volesse aprire la sua scarsella.

«Ho un documento ufficiale debitamente firmato. Se voi...»

Van Eyck lo fermò:

«Ascoltate, *minheere*, non capisco cosa c'entriamo noi con questa faccenda».

Idelsbad batté gli occhi, stupito.

«Sluter non era stato un vostro apprendista?»

«Certo. Quindici anni fa! E comunque all'epoca vivevo a Lilla».

«Comunque potreste parlarmi di lui. Oltretutto non si tratta solo di Sluter. Ci sono anche i morti di Tournai e di Anversa. Ne avete certamente sentito parlare...» Enumerò sulle dita:

«Willebarck, Wauders. Tutti hanno frequentato la vostra bottega. Capite che in questo caso...»

«Va bene», ammise Van Eyck a malincuore. «Tuttavia, permettetemi di correggervi. Non sono Willebarck e Wauders, ma Wille*marck* e Wau*ters*. Ma che importa! Seguitemi. Staremo più comodi in casa. Vi avverto però, non ho molto tempo».

«Non starò a lungo, ve lo garantisco».

Si volse verso Jan.

«La sua testimonianza potrebbe esserci preziosa. Avreste nulla in contrario se ci accompagnasse?»

Il pittore tese la mano verso il ragazzo.

«Seguici, vuoi?»

Van Eyck indicò uno sgabello al gigante, e si sedette su una panca con braccioli.

«Ditemi di nuovo il vostro nome, per favore».

«Idelsbad. Till Idelsbad».

Jan trattenne una risata.

«Till? Come Till il gabbamondo, l'eroe?»

L'uomo allargò le braccia, a significare che non ne aveva colpa:

«Io non c'entro. Mio padre aveva una vera e propria venerazione per il personaggio. Till Eulenspiegel incarnava tutte le virtù che amava: libertà, giustizia, coraggio».

«Avrebbe potuto scegliere un altro nome», disse Van Eyck divertito suo malgrado. «Ma torniamo a noi».

«Molto bene. Per quanto tempo Sluter ha lavorato da voi?»

«Quasi cinque anni».

«Perché se n'è andato?»

«Se ricordo bene, suo padre era malato e lo chiamava al suo capezzale».

«Pensate che si sia fatto dei nemici in quel periodo? Che abbia commesso un'azione suscettibile di provocare un desiderio di vendetta?»

«Quando divenne mio apprendista, aveva solo quattordici anni. È possibile suscitare tanto odio a quell'età? Un furore tale da spingere qualcuno a uccidervi quindici anni dopo?»

«Ma nel frattempo era tornato a Bruges. Avrà certamente cercato di mettersi in contatto con voi».

«Non che io sappia».

«Strano. Lavora con voi per cinque anni, torna a Bruges e non tenta di rivedervi?»

«Forse lo avrebbe fatto. Chissà?»

«Quando avete visto Nicolas Sluter l'ultima volta?»

«Qualche mese fa. Tre, cinque, non ricordo con esattezza».

«È importante. Fate uno sforzo».

Il pittore gli lanciò un'occhiata di impazienza.

«*Minheere*, se mi diceste dove volete arrivare piuttosto?»

«Voglio trovare l'assassino, naturalmente».

«Credete che si nasconda in casa mia?»

Il suo interlocutore si accontentò di ripetere con tono più deciso:

«Quando avete visto Nicolas Sluter l'ultima volta?»

«Vi ho già risposto!»

«Permettete», disse Jan. «Lo ricordo io. Lo abbiamo incrociato sulla piazza del Burg il giorno della processione del Santissimo Sangue. Andava di fretta, mi è quasi venuto addosso».

«Evidentemente la tua memoria è migliore della mia», commentò Van Eyck, e rivolgendosi con un vago sorriso al gigante:

«Eccovi la risposta precisa».

«Vi ha detto qualcosa di particolare?»

«Niente. Mi ha solo accennato al fatto che stava per sposarsi con una fiorentina incontrata durante un viaggio in Italia. L'ho preso in giro a proposito del temperamento focoso e imprevedibile delle donne del Sud e ho lodato la serenità rassicurante delle donne del Nord. Gli ho augurato buona fortuna e ci siamo salutati».

«Capisco...»

Portati dalla brezza, entrarono nella stanza degli effluvi nauseabondi.

«La chiatta dei rifiuti», spiegò Jan con una smorfia di disgusto.

Un'imbarcazione a cielo aperto scivolava sul canale con il suo carico quotidiano di maiali, animali domestici gonfi d'acqua e alghe putrescenti, ripescati dalle draghe della notte.

«Così sei stato tu a scoprire Sluter?» domandò Idelsbad a Jan.

«Sì. In via dell'Asino Cieco. Stavo tornando a casa».

«Ricordi un particolare che ti ha colpito? Qualcosa di strano?»

«Aveva la gola tagliata e la bocca piena di terra di Verona».

«Terra di Verona», ripeté Idelsbad.

Rimase in silenzio, gli occhi azzurri fissi in quelli di Jan.

«Non avevi appena acquistato un cofanetto di pigmenti?»

Jan lo guardò stupito:

«Sì, ma...»

«Erano per me», intervenne Van Eyck. «Qualora ve ne foste dimenticato, sono pittore. E se vi avessero informato bene, vi avrebbero detto che non c'era terra di Verona tra i pigmenti che ho ordinato».

Idelsbad si inchinò con una deferenza di cui non si sarebbe potuto dire se fosse sincera o simulata.

«So chi siete, *minheere*. Non vi chiamano forse il "re dei pittori"?»

«Mi sfugge un dettaglio! Perché avete finto di non sapere che era stato Jan a scoprire il cadavere di Sluter? Lo sapevate, visto che avete interrogato Cornelis».

«Ricredetevi. Se ho effettivamente interrogato Cornelis a proposito dei pigmenti, né lui né io sapevamo che vostro figlio era coinvolto».

«Non vi capisco».

«Me lo avete detto voi. "È stato mio figlio a scoprire il cadavere". Sono le vostre parole».

«D'accordo. E Sluter? Come sapevate che era stato il mio apprendista?»

«Dalla sua famiglia. Sono loro che mi mandano, ve l'ho già detto. E se anche Bruges è una grande città, per certi versi è ancora un villaggio».

Improvvisamente Idelsbad cambiò discorso.

«Credete nelle coincidenze? Tre morti, tutti e tre vostri apprendisti. Ammettete che c'è da sorprendersi».

Le dita di Van Eyck si strinsero attorno ai braccioli.

«Avete parlato di coincidenze. È l'unica spiegazione».

«Recentemente siete stato a Tournai o ad Anversa?»

«Che risposta sperate di ottenere? Willemarck non è forse stato ucciso ad Anversa? E Wauters a Tournai?»

E aggiunse, apparentemente in tono di rimprovero:

«Suvvia, *minheere*, siate serio. No, non sono mai stato in quelle città».

«Eppure viaggiate parecchio».

«Effettivamente».

«Perché?»

«Non sono fatti vostri».

«In Portogallo, fra l'altro...»

«Saprete anche che vi fui mandato dal duca Filippo per fare il ritratto dell'infanta Isabella».

«Una bella donna, oltretutto. Ma quel viaggio risale a

molti anni fa. Ho sentito dire che siete appena tornato da Lisbona».

Il pittore rimase muto.

«Siete appena tornato da Lisbona, dico bene?»

Nessuna risposta.

Il gigante lasciò passare qualche minuto prima di riprendere a parlare:

«Se non avete nulla in contrario, desidererei vedere la vostra bottega».

Questa volta, l'apparente calma di Van Eyck svanì di colpo:

«Neanche per sogno! Nessuno, tranne i miei familiari, può entrare in quella stanza. È da dieci anni che sono diventato borghese di questa città e non intendo essere trattato da straniero!»

«È buffo che ne abbiate parlato. Poco prima di venire qui ho esaminato i registri della città. Non siete iscritto».

«Cosa dite?»

«La verità. Non ho trovato nulla se non, in data 9 settembre 1434, un nome e un luogo di nascita simile al vostro: Jan. Ma Jan de Tegghe, nato a Maeseyck nel paese di Liegi. Nessuna traccia di un Van Eyck».

«È assurdo. Anch'io sono nato a Maeseyck e ho pagato la tassa: dodici sterline per l'esattezza. Tutto questo è ridicolo. Comunque sia, non metterete piede nella mia bottega!»

«Siate ragionevole. Il balivo ha pieni poteri».

«E Jan Van Eyck ne ha ancora di più! Nessuno, mi sentite, nessuno può ficcare il naso nella mia vita privata! Tanto meno nelle mie opere», disse il pittore inalberandosi.

«State commettendo un grave errore. Il balivo...»

«Non so che farmene del balivo! Ditegli che se insiste, non sarà più a me che dovrà rispondere, ma al duca in persona. È chiaro?»

«Chiarissimo. Conosco i vostri rapporti con il Borgognone. Siete intimo dei potenti, *minheere.* Lasciate però che mi rivolga alla vostra coscienza».

«Sono io il solo giudice della mia coscienza. E ora, vi sarei grato se ve ne andaste da casa mia».

«Padrone, *minheere*».

«Maestro! Maestro Van Eyck!»

Indicò la porta col dito e Jan notò che gli tremava la mano.

Il gigante rispose in tono glaciale: «Vi saluto. Ma tornerò...»

E sottolineò l'ultima parola:

«*Minheere*».

Solo quando sentì chiudersi la porta d'ingresso, Van Eyck si riprese:

«Quell'uomo è matto o è incosciente, che poi è la stessa cosa».

Strinse i pugni e concluse con voce imperiosa:

«Till Idelsbad... È un nome che il duca non dimenticherà!»

Jan non disse nulla. Gli era appena tornata in mente una frase detta il giorno prima da Petrus Christus: «Anche questa volta, un uomo della nostra confraternita...» Come diavolo poteva sapere che si trattava di un pittore? Fino all'arrivo della guardia, lo ignoravano tutti. Il morto di via dell'Asino Cieco avrebbe potuto essere chiunque. Come poteva saperlo?

Stava per chiederlo a Van Eyck quando Margaret aprì la porta, attratta dagli scoppi di voce.

«Cosa è successo, amico mio? Vi avranno sentito fino al Burg!»

«La colpa è di quello zotico! Mi ha fatto uscire di me. Ha un modo di porre domande insidiose che rasenta la scortesia».

Essa puntò un dito inquisitore su Jan:

«Voglio sperare che non sia per colpa sua».

«Per causa mia?»

«Suvvia, cosa dici? Jan non ha nulla a che vedere con questa faccenda».

La donna rimase dubbiosa:

«Se lo dici tu. C'è da aspettarsi di tutto da quel ragazzo».

E continuò, girando sui tacchi:

«È ora di andare a messa. Rischiamo di arrivare in ritardo».

Al ritorno dalla chiesa di Santa Chiara li attendeva il dramma. Arrivato davanti alla porta, il pittore introdusse la chiave nella serratura e si rese subito conto dell'inutilità del suo gesto: l'uscio era aperto.

«Ma cosa...» borbottò. «Possibile che Katelina abbia dimenticato di chiudere?»

Precedendo gli altri, varcò la soglia, colto da un cupo presentimento. C'era qualcosa di insolito nell'aria.

«Katelina!»

Il richiamo rimase senza risposta.

«Katelina!»

«Forse è andata al mercato», suggerì Margaret.

Van Eyck allungò il passo.

«Mio Dio...»

Il pavimento era ingombro di frammenti di lampade, la credenza era stata forzata e le sei coppe d'argento regalate dal duca erano scomparse. Sconvolto, Van Eyck si lanciò nelle altre stanze. Ovunque regnava un disordine incredibile; sembrava che un uragano avesse scosso la casa, svuotando cassetti e armadi. I materassi sventrati mostravano la lana, i vestiti erano sparsi qua e là. Lo spettacolo che trovò nella bottega era ancora peggio: pigmenti sparsi, ciotole rovesciate, cavalletti rotti, tavole fracassate. In un angolo della stanza, Katelina, le caviglie e i polsi legati, tremava, tutta rannicchiata, le labbra sformate da una matassa di borra infilata in bocca.

«Santo cielo!» urlò Van Eyck.

Si precipitò verso la fantesca e gridò a Margaret:

«Allontana i bambini!»

Strappò il bavaglio che le chiudeva la bocca, la liberò dei lacci e la aiutò a rialzarsi.

«Cosa è successo?»

La donna, singhiozzando, cercò di dire qualcosa, incapace di controllare i tremiti del corpo.

«Calmatevi... Va tutto bene».

Immobile sulla soglia, Jan tutto turbato osservava la scena, convinto di essere entrato in un incubo.

«Cosa è successo?» ripeté Van Eyck.

«È incredibile. Tre uomini si sono introdotti in casa pochi minuti dopo che siete usciti. Ho sentito un rumore di passi. Pensavo che donna Margaret avesse dimenticato qualcosa. Appena sono uscita dalla cucina, me li sono ritrovati davanti. Non ho avuto tempo di capire quello che mi stava succedendo: uno di loro, il più giovane, si è buttato su di me, armato di un bordone».

«Volete dire un bastone?»

«No», insisté Katelina, «un bordone. Sapete, quella canna con un'estremità a forma di mela, usata dai pellegrini stranieri».

«Continuate...»

«Ho cercato di fuggire. L'uomo mi ha colpito alla testa: tutto ha vacillato e io mi sono sentita scivolare in un pozzo scuro. Quando ho ripreso conoscenza, mi trovavo qui, nella bottega. Qualcuno mi urlava nelle orecchie, in pessimo fiammingo: "Dov'è la chiave?" Parlava ovviamente della chiave di...»

«*Lieve God!*» urlò Van Eyck, terrorizzato.

Si voltò verso la porta della sua "cattedrale". Era chiusa, ma lo scudetto della serratura pendeva, mezzo divelto, e la lama spezzata di un pugnale era incastrata nell'uscio.

«Tranquillizzatevi, non sono riusciti a entrare, e questo li ha mandati fuori dai gangheri; soprattutto quello che sembrava il capo. Non smetteva di ripetermi con quell'orribile accento: "Dov'è la chiave?" Gli ho giurato su tutti i santi – è la verità – che non l'avevo, che l'avevate solo voi. Alla fine mi ha creduto, ma questo non ha placato la sua ira. Al contrario! Ha preso il bordone dalle mani del compagno e si è messo a fracassare tutto quello che trovava».

«Ma cosa cercavano?» esclamò Jan. «Non ci sono tesori qui!»

Van Eyck gli fece cenno di stare zitto.

«Continuate, Katelina».

«È tutto. Mi hanno legata e lasciata come mi avete trovata».

Poi riprendendo fiato, indicò un punto dietro il banco da lavoro:

«Quando stavano per andarsene, il capo è tornato indietro e ha scritto quella roba».

Van Eyck si voltò e lesse sul muro:

«Tras las angustias de la muerte, los horrores del infierno! Volveremos!»

Rimase in silenzio prima di dire in tono commosso: «Doveva succedere...»

Sorpreso, Jan stava per chiedergli il significato della frase scritta in lingua straniera, ma preferì tacere.

Il pittore andò su e giù per la stanza con l'espressione di un uomo braccato. Nessuno avrebbe potuto dire cosa si agitasse nella sua mente, né quali idee si scontrassero dentro di lui. Finalmente, uscì dalle sue riflessioni ed esaminò la porta in quercia. Cercò di estrarre la lama piantata nella serratura, ma senza risultato.

«Jan!» ordinò, «vai subito a chiamare Van Bloeck, il fabbro. Digli di venire immediatamente. Hai capito? Immediatamente».

«E se non fosse disponibile?»

«Me ne infischio! Pagherò ciò che vuole! Muoviti, vai!»

Rimasto solo, sprofondò in una dolorosa meditazione: «Dopo i tormenti della morte, gli orrori dell'inferno! Torneremo!»

Gli spagnoli... Come? Chi li aveva informati? Doveva vedere il duca Filippo: forse lui avrebbe fornito qualche spiegazione. Nel frattempo, meglio stare in guardia. Aprì un cassetto, tirò fuori una pergamena, il calamaio, la penna e cominciò a scrivere...

7

Appoggiato alla spalletta di legno del ponte del beghinaggio, Jan si chinò per meglio osservare il viavai dei battelli. Assorto nelle sue riflessioni, aveva costeggiato la Reie fino a quel punto, a pochi passi dal lago Amour, che i flutti del fiume abbracciavano prima di ripartire verso la porta di Gand. Un'imbarcazione stava per attraversare la chiusa, un'altra si avvicinava al molo, una terza scivolava lentamente all'ombra delle due torri costruite a mezza luna, che delimitavano l'accesso al lago.

Non era stato facile strappare Van Bloeck al suo negozio. L'uomo non ne aveva voluto sentir parlare fino a che Jan non aveva pronunciato le parole magiche: sterline, scudi, monete d'oro... Tornato a casa, Jan aveva trovato il pittore chino sullo scrittoio. Non aveva avuto bisogno di parlare per capire che in quel momento la sua presenza non era gradita. Era uscito nuovamente e si era messo a vagare per le strade. Ma era proprio il caso a riportarlo sempre là dove vivevano i battelli, dove ribolliva l'acqua delle chiuse?

Cosa stava accadendo nella vita di Van Eyck? Perché di colpo le loro esistenze venivano sconvolte?

Stava esaminando distrattamente il paesaggio quando la vide.

Lei lo osservava da una finestra del beghinaggio. Improvvisamente il ragazzo ebbe la certezza di averla già vista altrove. Quanti anni poteva avere? Una trentina, non di più. Credette di scorgere un certo interesse nel modo in cui lo guardava. Possibile che anch'essa fosse vittima di quell'impressione di *déjà vu*? Jan continuò a fissarla, attratto dalla sua bellezza. Perché una donna così bella aveva scelto l'esilio dal mondo? Non era un segreto per nessuno che le beghine dedicavano la vita alla preghiera e alle opere di pietà.

La donna gli fece un cenno con la mano. Lui la salutò chinando la testa. Lei ricambiò e il copricapo che le nascondeva i capelli, evidentemente mal allacciato sotto il mento, si slacciò. Lunghe ciocche scure ne scivolarono fuori, libere, imponenti, rilucendo al sole, risvegliando nella memoria di Jan un altro volto: quello della giovane ragazza bruna dipinta da Van Eyck molto tempo prima, seminuda accanto a una bacinella in rame; quella raffigurata nel quadro che aveva verniciato pochi giorni prima. Naturalmente, la modella era molto più giovane.

Rivide la mano di Van Eyck che scorreva lungo il disegno, sfiorando le anche e i seni, le cosce, aderendo al profilo della modella. Ma no, era impossibile! Non poteva essere la stessa persona. Mai una beghina si sarebbe mostrata in un abbigliamento tanto leggero. Posare nuda non era conforme alle aspirazioni di un'anima destinata a Dio. Indubbiamente, tutte quelle storie di assassini gli creavano confusione in testa. Meglio tornare a casa.

Fu allora che notò la presenza del gigante.

Idelsbad era appena a una tesa da lui. Appoggiato al parapetto, osservava con indolenza il viavai dei battelli. Per caso?

«Come stai, ragazzo?»

L'uomo aveva posto la domanda continuando a guardare l'acqua.

«Ma voi... che ci fate qui?»

«Amo le barche».

Indicò un battello:

«Mi domando se è un *envare* o uno *scuta*».

«Un *envare*, ovviamente».

«Da cosa lo riconosci?»

«Dalla lunghezza dei remi. Quelli dello *scuta* sono molto più corti».

«Bravo. Sei un esperto».

«Diciamo che condivido la vostra passione».

«Sul serio? Credevo che ti interessassi solo alla pittura».

Continuò:

«Il vostro viaggio a Gand è andato bene?»

«Bene».

«Ma il ritorno a casa non è stato tranquillo».

«Come lo sapete?»

«Il mio compito non è quello di sapere? E poi, bastava sentire le grida di donna Van Eyck per capire che era successo qualcosa di strano a casa vostra».

«Hanno buttato tutto all'aria. I dipinti, i tavoli, gli armadi, tutto! Hanno perfino rubato le sei coppe d'argento che il duca aveva regalato a *meester* Van Eyck».

«Strano».

«Trovate? Le coppe valevano una fortuna».

«No, non pensavo alle coppe, ma al modo in cui chiami tuo padre: maestro. È insolito».

Jan alzò le spalle:

«È così».

Si riprese, aggiungendo con una punta d'orgoglio:

«Mi capita anche di chiamarlo padre!»

«Hanno preso altro?»

«Come faccio a saperlo? La casa era tutta a soqquadro».

«La stanza attigua alla bottega è stata forzata?»

«No, grazie a Dio. Il maestro ne sarebbe stato sconvolto».

«C'è da chiedersi se il maestro non vi conservi un tesoro. Immagino che almeno tu abbia il permesso di penetrarvi».

«Sono l'unico a possedere una copia della chiave».

«Stai attento. C'è tanta gente con cattive intenzioni. Spero che tu non la porti con te».

Jan gli lanciò un'occhiata divertita:

«Chissà...»

Una coppia passò vicino a loro ridendo forte. Emanavano un'idea di ricchezza e di eleganza leggermente ostentata, come si vedeva spesso a Bruges. L'uomo era avvolto in un broccato di seta di Firenze, con un copricapo a falde ripiegate, e aveva anelli a tutte le dita; la giovane, invece, indossava un vestito stretto in vita secondo la moda scozzese, con martora e vaio. Un'impalcatura di veli, costellata di spille dorate, le dondolava in testa. Jan si chiese come facesse quella struttura a resistere al vento.

Alzò gli occhi verso il beghinaggio. La sconosciuta continuava a guardarlo.

«Addio, *minheere*. Il tempo passa. Devo tornare a casa».

«Aspetta! Sai se Petrus Christus è stato apprendista di tuo padre?»

Jan rispose negativamente.

«E perché è a Bruges?»

Il ragazzo stava per raccontargli cosa aveva detto il giovane pittore due giorni prima: «Ancora una volta, un uomo della nostra confraternita...» Ma pensò che Van Eyck non sarebbe stato contento.

«Non ne so nulla».

«Secondo te ha intenzione di fermarsi a lungo in città?»

«Mi dispiace, *minheere*. Devo rientrare».

Non aspettò l'approvazione dell'uomo, e si voltò per andarsene.

«Se fossi in te, starei attento!» gli urlò dietro il gigante.

«Stare attento? A chi?»

«A tutto, a tutti».

E aggiunse:

«La morte vaga per Bruges ed è cieca. Ci rivedremo, ragazzo».

Tornato in via Neuve-Saint-Gilles, trovò Katelina da sola occupata a soffriggere un cuculo di Malines nel burro fuso. Jan prese una mela e indicò l'uccello:

«Come mai quest'onore? C'è qualcuno che si sposa?»

«Con tutto il tempo che cucino per voi, dovresti sapere che non aspetto i giorni di festa per preparare i piatti che mi piacciono di più».

«Hai ragione. Spero che tu l'abbia ben lardellato».

«Non temere. Conosco i tuoi gusti. Ne ho messo più del necessario».

«Dove sono gli altri?»

«Donna Margaret e i bambini sono andati dai Friedlander. La padrona è molto scossa. Spero che torneranno per ora di cena».

«E il maestro?»

«Che ne so io? Quando Van Bloeck se n'è andato, è salito a cavallo ed è filato via».

Jan la guardò con stupore:

«Si è messo in istrada? A quest'ora?»

«Perché no? Dopo le emozioni di questo pomeriggio, una cavalcata non gli farà male. La farei anch'io se sapessi andare a cavallo».

«È la prima volta. Di solito, quando è contrariato, non esce, dipinge».

Katelina sospirò:

«Jan, tesoro, quando smetterai di fare domande su tutto e su niente?»

Con infinite precauzioni, Laurens Coster prese l'ultima lettera ritagliata nell'argilla: una *s*. La bagnò d'inchiostro, la pose sul foglio di carta, dopo le altre sette lettere che aveva già disposto e la premette ben bene con il pollice. Poi si voltò verso William Caxton e Petrus Christus, rivolgendosi soprattutto a quest'ultimo.

«Capisci adesso perché questo metodo è tanto fastidioso da usare? Finché si trattava di distrarre i miei figli, mi sembrava divertente. Ma trascrivere un'opera intera esige una pazienza fuori dal comune».

Alzò il pollice ed esclamò:

«Guarda. Eccoti immortalato!»

Petrus esaminò il foglio. Il batavo aveva scritto, con la pressione, il suo nome, Christus.

«È sorprendente!» esclamò Caxton ammirato.

Vent'anni appena, piccolo, lo sguardo miope, il viso

pieno di lentiggini, l'inglese, con quella sua aria meravigliata, faceva pensare a un giovane adolescente più che a un commerciante, già abile negli affari. A sedici anni, aveva avuto la fortuna di diventare apprendista di un ricco mercante di tessuti del Kent, che, due anni dopo, era stato nominato sindaco di Londra. Alla morte del padrone, avvenuta l'anno precedente, Caxton era sbarcato a Bruges con l'eredità in tasca, deciso a far fortuna nel mondo tessile. Ma oltre alla passione per il commercio, aveva un altro amore segreto: la letteratura. E un'ossessione: la scrittura artificiale.

Petrus moderò il proprio entusiasmo:

«Certo, ma è meno riuscito delle nostre incisioni su legno o su tessuto. A questo proposito, il mio amico e maestro Van Eyck mi ha fatto scoprire un'opera molto interessante, *Il libro dell'arte*, scritto da un pittore padovano, un certo Cennino Cennini. L'autore raccomanda di usare una tavoletta in noce o in pero, grande come un mattone. Una volta scavato il disegno nel legno, suggerisce di spalmarlo con un guanto impregnato di nero di vite, precedentemente frantumato e diluito. Poi, basta posare la stoffa, ben tesa, sulla tavoletta».

Laurens alzò le spalle.

«Il tuo italiano non ha inventato niente. Tranne poche differenze, è così che hanno sempre lavorato gli stampatori su tessuto. Ma nel nostro caso, c'è il problema dell'inchiostro: deve essere più pesante e vischioso per aderire bene ai caratteri di metallo; non si può usare quello dei copisti o degli incisori. Tuttavia, credo che saprò modificarne la composizione senza alterare i tempi di essiccamento».

«C'è anche il problema dei caratteri», continuò con passione. «Finora, ritagliavo le mie lettere nella corteccia di faggio e ne facevo un calco in argilla. Il risultato – mostrò la *s* che aveva appena usato – non è male, quasi interessante. Ma è impossibile tirar via un carattere dallo stampo senza romperlo. Per giunta, dato che devo creare le lettere a mano prima di fonderle nell'argilla, non riesco a ottenere forme identiche e di conseguenza non posso riprodurre gli scritti come vorrei, ossia fedelmente e in gran numero. Le cose sarebbero diverse se le lettere fossero realizzate in un metallo come lo stagno o il piombo. Non solo potremmo reimpiegarle all'infinito, ma basterebbe comporre le pagine di un manoscritto una volta per tutte per riprodurlo molte volte».

Caxton si stupì: «E perché non si fa così?»

A mo' di risposta, Laurens aprì uno scrigno e ne tirò fuori un carattere che tese ai due: «Ecco. Questo è il futuro!»

Prima il pittore e poi l'inglese esaminarono attentamente la lettera prima di restituirla a Laurens.

«Non capisco», disse Petrus. «È di stagno. Ma non avevi appena finito di dire....»

«Mi ci sono volute ore di lavoro per incidere questa lettera con un bulino d'acciaio. Disponiamo degli strumenti per la riproduzione: i bulini e il torchio a vite, che per ora serve solo a spremere l'uva, il lino, il formaggio e la carta. In realtà, ciò che conta non è la stampa quanto la velocità d'esecuzione. Bisogna realizzare un piano solido, di metallo, regolabile a piacere e di alta precisione. Una sorta di stampo che permetta di creare velocemente caratteri identici e, soprattutto, di modificare a piacere la loro dimensione, in altezza o in larghezza. Tu capisci bene che la larghezza di una *w* non è quella di una *i*, e che l'altezza di una *l* non è uguale a quella di una *a*».

Fece una pausa prima di continuare con fervore.

«Comunque, se non sarò io, sarà un altro a trovare una soluzione. Mi hanno detto che un certo Gutenberg ci sta lavorando con accanimento, e che ad Avignone un praghese esiliato di nome Waldfoghel lavora nella stessa direzione».

Laurens pose amichevolmente una mano sulla spalla di William Caxton.

«Il nostro giovane amico accarezza l'idea di tradurre un giorno gli autori inglesi... in inglese. Un'impresa folle che non può riuscire se non si riproducono le opere in grande quantità e velocemente».

«In inglese? Ma non sono già scritti in quella lingua?»

«Non proprio», intervenne Caxton. «Esistono in Inghilterra tanti dialetti quante sono le contee, straordinariamente diversi gli uni dagli altri, al punto che un abitante del Sussex non capisce un contadino del Kent. Voglio prendere come riferimento la lingua di Londra, quella di corte, e imporla gradualmente a tutta l'isola».

«Nobile ambizione...»

«Comunque sia», riprese Laurens, «domani o fra dieci anni, certo uno di noi sarà toccato dalla grazia divina. Basta vedere come l'introduzione della carta ha già modificato l'universo della scrittura».

Petrus lo interruppe:

«Credi davvero che soppianterà la pergamena? Dopo tutto la pelle ha molte qualità: resiste abbastanza bene agli strappi, al fuoco, all'acqua. La pergamena è liscia, anche se la pelle di animale ha un lato più rugoso dell'altro. Infine la pergamena non assorbe l'inchiostro».

«Non hai del tutto torto: resta un ottimo supporto. Ma dimentichi il problema essenziale: il costo. Per realizzare un libro di circa centocinquanta fogli di pergamena hai bisogno di una dozzina di pelli. Il numero arriva a duemilacinquecento pelli per duecento esemplari. Per fare solo le *Vitae patrum* ne sono state usate più di mille! Tutto cambierà il giorno in cui potremo riprodurre le opere artificialmente. Più alta sarà la tiratura, più basso il costo».

Ripose il carattere di stagno nello scrigno e continuò:

«Amico mio, l'umanità sarà costretta a passare all'*ars artificialiter scribendi.* Mille ragioni le impongono questo cambiamento. Te ne citerò solo due: il compenso dei copisti è sempre più gravoso, e il numero di studenti va crescendo, a Bologna, Parigi, Cambridge, Salamanca, Padova o a Praga. Queste giovani menti hanno bisogno di libri in quantità sempre maggiori. Per rispondere alle loro esigenze, il genio umano sarà costretto a innovare, a dare prova di immaginazione. Esiste una forza più grande dell'immaginazione? Essa provoca le rivoluzioni, feconda l'amore, apre le porte che si credevano sigillate».

«E il giorno in cui queste porte si apriranno?»

Caxton rispose:

«La conoscenza si diffonderà nel mondo. Nessuno ne sarà privato. Tutti, fino ai più umili, accederanno all'arricchimento dello spirito. Nascerà un mondo nuovo, un mondo glorioso!»

Petrus fece una smorfia di scetticismo.

«Credete davvero che l'uomo volgare saprà capire ciò che leggerà? Avete riflettuto sulle conseguenze di una diffusione non selettiva del sapere? Questa rivoluzione cui aspirate potrebbe servire cause sbagliate. La Chiesa stessa potrebbe essere in pericolo e, di conseguenza, i fondamenti della nostra civiltà».

«Mio caro Petrus, non esistono trasformazioni senza rischi. Possiamo affermare che le esplorazioni marittime non siano prive di effetti? Quando gettiamo l'ancora in regioni sconosciute, quando andiamo incontro a popolazioni straniere, non esiste il pericolo di sconvolgere i loro costumi, le loro tradizioni, la loro quotidianità? Sappiamo davvero cosa potrebbe derivare da questo confronto tra due mondi? Alcuni vi vedono una minaccia, altri una speranza di condivisione. Comunque sia, dal punto di vista della conoscenza, sono convinto che il benessere, la libertà di diffondere il sapere, di farlo condividere ai più, sono tutti elementi che giustificano la sfida».

Ci fu un breve silenzio.

«Probabilmente hai ragione», disse alla fine Petrus. «Ma stiamo in guardia: non lasciamo che il mondo futuro distrugga quello presente».

8

Luglio 1441

In piedi, in mezzo alla bottega, Jan non osava dire nulla. Aspettava che Van Eyck si decidesse a uscire dal suo mutismo. Erano trascorsi due giorni da quando la casa era stata messa a soqquadro, due giorni durante i quali il nervosismo del pittore non aveva fatto che aumentare, al punto da trasformarlo fisicamente. I suoi tratti sembravano più segnati, più duri. Tutto era diventato spunto di polemica; la minima contrarietà, motivo di scontro. Si rifugiava nel silenzio senza motivo, l'espressione grave, l'occhio perso.

«Torniamo alla preparazione delle tinture», disse infine. «Ti ascolto».

Jan recitò timidamente:

«Bisogna prendere tre ciotole. Nella prima versiamo, per esempio, dell'ocra rosso puro e nella seconda un colore più chiaro; la terza, per i semitoni, conterrà un miscuglio delle prime due. L'ocra rossa servirà soprattutto a colorire le pieghe del volto, gli angoli più chiari...»

«No! È il contrario! Serve per le pieghe più scure».

«Avete ragione», si riprese il ragazzo. «Le più scure. Il colore più chiaro invece verrà applicato sul lato della luce. Con un po' di bianco si preciseranno i rilievi prominenti».

«È così, grosso modo. Ma non saprei dire se il tuo sapere deriva dalle osservazioni che hai fatto guardandomi lavorare o dal *Libro dell'arte* di quel caro Cennini».

La sua voce si fece più pressante:

«Imparare a memoria non serve a niente! Bisogna capire, assimilare. Dipingere non è un atto di memoria. E ora, parliamo di tavole. Non dimenticarti di scegliere sempre un legno nobile. Lo sai, io prediligo il noce. Deve essere ingessato da sei strati di colla fatta con i ritagli di pergamene».

Il pittore prese un panno di lino sottile:

«Dopo averlo impregnato e ben strizzato, devi applicarlo sul legno avendo cura di spingere verso l'esterno le bolle d'aria col palmo della mano. Deve aderire perfettamente. Saranno necessari almeno due giorni perché l'essiccazione sia perfetta. Mi segui?»

Jan, che beveva ogni parola, si affrettò ad annuire.

«Si può coprire anche il taglio del pannello?»

«Certo. In quel caso, ti basterà ritagliare un pezzo di lino più grande in modo da ripiegarlo sui lati».

«E se la tavola fosse troppo grande per essere ricoperta da una sola altezza di tela, cosa devo fare?»

Van Eyck sorrise divertito:

«Ti vedi già alle prese con un'opera grandiosa! Sii più modesto. Comunque voglio rispondere alla tua domanda. Basterà giustapporre i panni di lino in modo da farli accavallare leggermente. Poi, prima che la colla si raffreddi, inciderai per tutta la lunghezza lo spessore formato dalla sovrapposizione dei due bordi. Staccherai la striscia esterna e quella sottostante e premerai forte in modo che il raccordo sia invisibile».

Tacque bruscamente. Il suo volto si fece improvvisamente più serio:

«Jan, vorrei confidarti una cosa. Se un giorno mi dovesse capitare una disgrazia, se dovessi morire, ricordati del libro d'ore. Mi hai capito bene?»

Il ragazzo annuì, impressionato dalla solennità improvvisa e insolita del maestro.

«Vuoi ripetere?»

«Ricordati del libro d'ore».

«Benissimo. E ora...»

La frase rimase in sospeso. Il suo corpo si irrigidì. Era come se tutte le campane di Bruges si fossero messe a suonare contemporaneamente. Non c'era bisogno di spiegazioni: quel rintocco ripetuto, riconoscibile tra tutti, era la campana a martello, che annunciava la peggiore delle calamità: l'incendio! Le case, i ponti, i tetti, quasi tutti in legno, facevano della città una preda ideale per le fiamme. Dopo trent'anni, ci si ricordava ancora dell'incendio di via dell'Olio, divampato nell'intrico delle stradine, che aveva distrutto millecinquecento case.

«Dio ci protegga», mormorò Van Eyck. «Presto, seguimi!»

Incontrarono Margaret e Katelina che si dirigevano all'esterno, dove sorgeva la cisterna che la magistratura aveva recentemente imposto a tutti i capifamiglia. Era piena fino all'orlo. Attorno a loro, il panico: gente che correva in tutte le direzioni, riempiva secchi, preparava le scale.

Il pittore interpellò un uomo lì vicino:

«*Minheere*! Sapete dov'è divampato il fuoco?»

«In via San Donato, la casa di Laurens Coster!»

Van Eyck sospirò di sollievo. La strada si trovava nel quartiere nord, dall'altra parte della città.

«Va tutto bene», disse. «Non rischiamo niente, almeno per il momento. Venite, torniamo in casa».

«Aspettate!» disse Jan. «Coster! Il nome non vi dice nulla?»

Il pittore esitò per una frazione di secondo.

«Santo Cielo!» esclamò colpendosi la fronte.

«Che succede?» domandò preoccupata Margaret.

«Coster! Laurens Coster, è l'uomo che ospita Petrus. Purché non gli sia accaduto nulla. Meglio che vada in via San Donato».

«Ma è dall'altra parte della città», protestò Margaret.

«Non fa niente. Troverò bene una barca che mi ci porti».

«Vengo anch'io!» disse Jan deciso.

Prima che il pittore si opponesse, Jan era già partito in direzione del canale.

Le fiamme divampavano violente dalle finestre. Correvano lungo la facciata segnata dal fumo, gettando bagliori intermittenti verso il cielo crepuscolare.

Nonostante tutti i barili d'acqua versati dai *tyndraghers*, il fuoco avanzava. Van Eyck, col fiato in gola, dovette urlare a due riprese prima di riuscire ad attirare l'attenzione del bargello che dirigeva le operazioni.

«Dove sono gli inquilini? Dove sono?»

«Spostatevi!» gli urlò l'ufficiale.

«Sono Van Eyck! Ho un amico che vive qui».

Al nome del pittore l'uomo si fece più rispettoso.

«Mi dispiace, *meester*. Non so cosa dirvi. Non abbiamo ancora trovato nessuno».

«È impossibile! Erano almeno in due!»

Il bargello ebbe un moto d'impazienza:

«Messere, vi prego! C'è un incendio! Sapete il rischio che corriamo se non domiamo le fiamme».

«Capisco...» rispose il pittore facendosi da parte.

Lasciando l'ufficiale, Van Eyck prese Jan per mano e vagò tra la folla di curiosi, osservando i volti attraverso la cortina di fumo.

«Il fuoco deve essersi diffuso velocemente», osservò qualcuno. «Coster viveva circondato di carte».

«Sarà bastato un candeliere messo male o una scintilla di carbone di legna».

«Il borgomastro aveva ragione nell'insistere perché i tetti di stoppia fossero coperti di tegole...»

«Eccolo!» urlò Jan riconoscendo Petrus immobile, all'angolo della strada, lo sguardo fisso sulla casa in fiamme.

«Petrus!» urlò Van Eyck precipitandosi verso di lui.

Il giovane abbozzò un sorriso. Aveva tracce di ustioni sotto la maschera di fuliggine.

«Dio sia lodato! Avevo temuto il peggio. Ma dov'è Laurens?»

«Ho fatto di tutto per salvarlo. Aveva mezzo corpo schiacciato da una trave. Ci sarebbero voluti dieci uomini per sollevarla».

«Ho fatto di tutto...» ripeté, ma la sua voce era diventata un bisbiglio.

Van Eyck annuì.

«Vieni. Ti porto a casa. Hai bisogno di cure».

L'indomani, all'alba, mentre Van Eyck e Petrus stavano ancora commentando gli avvenimenti del giorno prima, si presentò il bargello in via Neuve-Saint-Gilles.

«Maestro, perdonate il disturbo a un'ora così mattutina, ma pensavo che la notizia vi avrebbe rallegrato. Abbiamo ritrovato Laurens Coster. È salvo».

«Cosa dite?»

Petrus si alzò di scatto, tanto da rovesciare lo sgabello sul quale era seduto.

«Ne siete certo?» domandò Van Eyck.

«Sì. Un vero miracolo. Il batavo è stato salvato da tre dei miei uomini che sono riusciti a penetrare in casa».

«Hai sentito?» disse Van Eyck, rivolto a Petrus. «Ma è meraviglioso!»

Poi di nuovo al bargello:

«Immagino che sia grave».

«Sì. È ferito alla testa e il corpo ha subito diverse ustioni. Ma il capochirurgo è ottimista: dovrebbe cavarsela».

«Dov'è stato portato?»

«All'ospedale San Giovanni».

Il bargello si rivolse a Petrus: «Potete dirci cosa è successo?»

«Purtroppo non so molto. Non ero con Laurens quando è scoppiato il fuoco. Avevamo parlato fino a tarda notte il giorno prima e mi ero addormentato in un'altra stanza. È stato l'odore di bruciato a svegliarmi. In pochi secondi, ero circondato dalle fiamme. Mi sono precipitato nel suo laboratorio. Laurens giaceva a terra, svenuto. Il fumo era sempre più denso, soffocavo: non avevo altra scelta, dovetti scappare».

«Capisco... In ogni caso, è salvo ed è quello che conta. Adesso vado».

Il maestro espresse la sua gratitudine al visitatore e lo

riaccompagnò alla porta. Al suo ritorno, trovò Petrus seduto, la nuca poggiata al muro, disfatto:

«Ebbene, amico mio! Hai una faccia ben triste per uno che ha appena appreso la resurrezione d'un amico».

Il giovane gli rivolse un sorriso forzato:

«Troppe emozioni, certamente».

«Capisco. Già morire non è piacevole, ma morire in un inferno di fiamme... Stasera non ci penserai più. Ti ho preparato una bella sorpresa. Immagino che tu conosca i nomi di Rogier Van der Weyden e Robert Campin?»

«Ovviamente! Due pittori geniali. I più grandi!»

E aggiunse in fretta:

«Dopo di voi, naturalmente».

«Lascia stare i complimenti. Saranno qui tra poco. Mi hanno fatto avvertire ieri sera».

Il volto di Petrus si illuminò:

«Ho sempre sentito parlare di loro. Mio padre non risparmiava gli elogi, soprattutto per Campin. Ma non ho mai avuto occasione di incontrarli».

«Fra poco sarà cosa fatta. Non dovrebbero tardare».

«Rogier è il pittore in carica della città di Bruxelles, vero?»

«Sì. E Campin è il decano della gilda di San Luca che riunisce i pittori e gli orefici di Tournai».

«Perché vengono a Bruges? Per la fiera, forse?»

Van Eyck alzò le spalle:

«Non so. Ho ricevuto una lettera nella quale si limitavano ad annunciarmi la loro venuta».

Robert Campin e Rogier Van der Weyden arrivarono in via Neuve-Saint-Gilles nel momento in cui la campana suonava mezzogiorno. Jan aprì loro la porta e li condusse da Van Eyck.

«Rogier! Robert! Che gioia rivedervi!»

Si fermò e indicò al ragazzo i due personaggi.

«Jan, ti presento il genio fiammingo! Un giorno, quando sarai vecchio, potrai dire ai tuoi nipoti: li ho conosciuti. Ho visto Weyden e Campin».

Fece un passo indietro:

«Lasciate che vi guardi. Tu, Rogier, non sei affatto cambiato, sempre la stessa eleganza e quella cura del particolare che si ritrova nei tuoi dipinti».

Tastò, da vero conoscitore, le maniche del suo mantello:

«Un taglio francese, ovviamente».

«Venduto a buon prezzo da un mercante di Tournai. Ma rassicurati, è il solo che possiedo di questa qualità. L'ho messo per te».

Van Eyck indicò una pietra color porpora che ornava il suo copricapo:

«Diamine! Un rubino! Vedo che le cose ti vanno bene a Bruxelles!»

«Non posso negarlo».

«Per un artista felice, dieci conoscono la miseria. Dio protegga i nostri mecenati!»

Voltandosi verso Robert, continuò:

«Quanto a te, hai messo su un po' di pancia, ma non hai nemmeno un capello grigio. Mi sembra di averti lasciato ieri».

«Adulatore! Ho più di sessant'anni. Non fidarti delle apparenze, è dentro che sono diventato grigio».

Ricordandosi di colpo di Petrus, Van Eyck esclamò:

«Un collega: Petrus Christus. È ancora giovane, ma credetemi, promette bene».

Petrus, manifestamente intimidito, salutò i due uomini, mentre Van Eyck urlava:

«Margaret! Vieni a vedere chi c'è!»

Poi, rivolto a Jan: «Adesso lasciaci. Vai a lavorare all'autoritratto che non hai ancora finito».

Il ragazzo sgattaiolò fuori nel momento in cui Margaret appariva sulla soglia.

«Che bello rivedervi! Come sta donna Ysabel?» chiese subito a Campin.

«Bene. Anche se le pesa non avere figli».

«Capisco. Ma detto fra noi, con una vita movimentata come la vostra, forse è meglio così».

Campin non sembrava convinto:

«Non vedo perché il mio ruolo politico dovrebbe impedirmi di essere un padre amoroso».

«Suvvia», fece Van Eyck, «manchi di giudizio. Non voglio pensare a cosa sarebbe accaduto ai tuoi figli dopo la condanna che hai subito per aver partecipato alla sommossa contro il potere aristocratico. Sei stato costretto a fare un pellegrinaggio in Provenza, sei stato allontanato dalle cariche pubbliche, bandito da Tournai per un anno».

«Sull'ultimo punto, sbagli. La sanzione fu commutata in ammenda».

Van Eyck approvò senza convinzione. Sapeva che la vita di Campin non era stata sconvolta solamente dalle disavventure politiche: l'ultima condanna l'aveva avuta per una relazione extraconiugale con una giovane francese, Laurence Polette.

«E voi, Rogier?» chiese Margaret. «Vivete sempre fra i *kiekenfretters*, i mangiapolli?»

«A Bruxelles, sì. Da cinque anni. Ma sto pensando seriamente di andare in Italia. Forse a Roma».

«Santo Cielo! Perché mai?»

«Perché ho appena compiuto quarant'anni, ed è tempo di vedere il mondo».

«Hai ragione», approvò Van Eyck. «Non c'è niente di meglio dei viaggi per arricchire la propria ispirazione. Sapete che creano opere straordinarie laggiù? Nel mio ultimo soggiorno, ho incontrato...»

«Perdonami», interruppe Margaret, «stasera cenate con noi, ovviamente».

Annuirono.

«Abbiamo anche intenzione di abusare della vostra ospitalità», aggiunse Campin. «Prima di venire da voi, abbiamo fatto il giro di tutte le locande senza trovare una sola camera».

«Non mi stupisce: la fiera comincia oggi e Bruges è invasa dai mercanti venuti da tutta Europa. Ma state tranquilli, ce la caveremo. Ora vado: la fantesca aspetta i miei ordini».

Appena Margaret fu uscita, Van Eyck riprese:

«Vi stavo dicendo che ho incontrato laggiù artisti degni di interesse. Certo, non padroneggiano ancora la pittura come noi, ma ciò che fanno con la tempera è degno di lode».

Stranamente, la passione del pittore non suscitava alcuna eco. I due uomini si limitavano ad ascoltarlo, ma evidentemente avevano la testa altrove. Il maestro pensò che fossero stanchi del viaggio, a meno che non si trattasse di quella sottile rivalità tipica di tutti gli artisti fiamminghi al sentire parlare di pittura del Sud; una rivalità reciproca d'altronde. Eppure, aveva di fronte a sé due straordinari pittori. Robert Campin aveva una bottega importante da cui erano usciti artisti di qualità indiscutibile, fra cui... Rogier. La sua fama era diventata sempre più vasta e nonostante oggi fosse al tramonto della vita, rimaneva comunque un riferimento per molti giovani artisti. Quanto a Rogier, benché fosse giovane, era già celebre, ricco e appagato, molto più di Campin.

Nel dubbio, preferì cambiare discorso:

«Dimmi, Rogier, è vero ciò che mi è stato detto? Tuo figlio maggiore è entrato dai certosini di Hérines?»

«Sì. Ha fatto ciò che avrei dovuto fare io da giovane».

«Avresti privato le Fiandre di un grande artista e noi non avremmo mai avuto la tua sublime *Annunciazione*».

Van Eyck stava per prenderlo in giro su due particolari dell'opera che considerava "presi a prestito" dal suo ritratto dei coniugi Arnolfini, cioè il letto color porpora e il lampadario cesellato, ma si trattenne, immaginando le reazioni che poteva provocare una simile osservazione.

«Quanto pensate di trattenervi a Bruges? La fiera...»

Lasciò la frase incompleta. Rogier Van der Weyden si era avvicinato alla finestra come chi è in agguato. Il suo movimento non fece che confermare a Van Eyck le sue apprensioni.

«Cosa hai? Cosa sta succedendo?» Poi rivolto a Campin: «Non siete qui per caso, vero? Né per piacere».

L'uomo di Tournai strizzò le palpebre come se uscisse da un torpore:

«Hai ragione. Stanno accadendo cose gravi. Ovviamente, sei al corrente degli avvenimenti che sconvolgono le Fiandre da qualche mese a questa parte».

«Vuoi dire la morte dei nostri colleghi. È una tragedia, lo so. L'opera di un pazzo, certamente».

«No, purtroppo. Non si tratta di un pazzo, tanto meno di un atto isolato. La vicenda ha ben altra ampiezza. Uno dei miei apprendisti è stato aggredito quattro giorni fa, lo stesso giorno in cui è stato assassinato Nicolas Sluter, quasi alla stessa ora. Ed è ancora tra la vita e la morte».

Van Eyck lo guardò allibito:

«È impossibile...»

«Eppure è così», confermò Van der Weyden.

Poi aggiunse:

«Penso che fra poco toccherà a me. Ecco. Leggi», disse tirando fuori una lettera dalla scarsella.

«"Non si va in Barberia. Rinuncia, o raccomanda la tua anima all'Onnipotente". Ma che significa?»

«Vi ho riflettuto a lungo. Penso che la minaccia sia legata al mio progetto di andare a Roma».

«In Barberia? A Roma?»

«Non vedo altre spiegazioni».

«Ma è allucinante! Perché? Per quale motivo? Un assassino...»

«*Degli* assassini», corresse Campin. «A meno di avere il potere di un demonio, non vedo come un solo individuo potrebbe trovarsi in due luoghi diversi, lo stesso giorno e alla stessa ora».

«In questo caso, quale è il legame con Roma? Con l'Italia?»

La sua domanda rimase senza risposta.

«Una vendetta?» suggerì Petrus.

«Poco probabile», disse Rogier. «A prima vista non

esiste alcun legame tra le vittime, se non la pittura».

Il sole aveva cominciato a scendere e si vedevano i volti solo parzialmente.

«E tu, Jan, sei stato minacciato?» domandò Campin.

«No», rispose il maestro dopo un'impercettibile esitazione. «Sembra che questi crimini siano legati all'Italia. Voi avevate intenzione di andarci, io no. È forse una pista?»

«Sluter ci voleva andare?»

«Per saperlo, bisognerebbe chiedere alla vedova. Solo lei potrebbe risponderci e...» si interruppe. «Ora che ci penso! Sluter aveva sposato una fiorentina...»

«Ancora l'Italia», osservò Rogier.

E rivolgendosi a Campin: «E il tuo apprendista?»

«Non mi ha mai parlato dell'Italia. Oltretutto mi parrebbe strano che volesse andare all'estero durante il suo ultimo anno di apprendistato».

Van Eyck allargò le braccia e le lasciò ricadere stancamente.

«Bene. Cosa proponete? Immagino che abbiate in mente una soluzione se avete fatto tanta strada».

«Effettivamente», disse Rogier.

Inspirò profondamente prima di dire: «Il duca».

Van Eyck sgranò gli occhi.

«Proprio così. Non sei sempre il suo scudiero? Da quasi quindici anni è il tuo protettore ed è un amico delle arti. Non potrà rifiutarci il suo aiuto, soprattutto se tu, il suo uomo di fiducia, intercedi in nostro favore».

«Scusami, non ho capito bene. Come potrebbe impedire all'assassino – o agli assassini – di colpire? Non penserai che metta un reggimento di arcieri a disposizione di ognuno di noi? O che circondi giorno e notte le nostre case con un cordone di guardie giurate?»

Questa volta fu Campin a prendere la parola:

«Il Prinsenhof. Se accetta di ospitarci lì, saremo al sicuro».

«State scherzando?» intervenne Petrus. «Poniamo che il duca accetti la vostra richiesta, potreste immaginare di passare il resto dei vostri giorni confinati dietro le mura del Prinsenhof? Con i vostri figli? Vostra moglie?»

«Ha ragione», approvò Van Eyck. «È impensabile!»

«Preferisci finire sgozzato?»

«La morte non mi fa paura. E poi, preferisco cento volte morire libero che rinchiuso in una prigione, foss'anche dorata».

«È un tuo diritto. Ma le cose non stanno così per noi, Jan».

«Ma santo cielo, riflettete! La vostra soluzione non ha senso. Quanto tempo vivrete a porte chiuse? Un mese, dieci anni? Che fine faranno le vostre botteghe? Senza contare che un giorno o l'altro dovrete pur uscire dal Prinsenhof».

«Non capisci. Dobbiamo guadagnare tempo. Presto o tardi, le autorità acciufferanno quegli individui. Non potranno continuare a uccidere impunemente; hanno già commesso un passo falso non riuscendo a uccidere il mio apprendista. Se sopravviverà, sarà in grado di fornirci la descrizione del suo aggressore. È già un inizio».

Benché non sembrasse soddisfatto della risposta, Van Eyck annuì:

«Molto bene. Farò ciò che volete. Dopo tutto, gli appartamenti del Prinsenhof sono lussuosi, i pasti ottimi e sarete circondati da fiori, frutta e profumi. Devo incontrare il duca Filippo domani a mezzogiorno. Vi trasmetterò la sua decisione».

I suoi tratti si distesero un poco, e aggiunse malizioso:

«State attenti però: se c'è una cosa che il duca apprezza ancora più delle arti, sono le donne. Se volete un consiglio, tenete d'occhio le vostre mogli». Poi alzandosi di colpo: «E ora, venite, il pasto non tarderà a essere servito. Abbiamo bisogno di una buona birra».

Nascosto dietro l'uscio, con il disegno in mano, Jan era impallidito. Lo scambio di battute che aveva sentito gli echeggiava nelle orecchie:

«Sei stato minacciato?»

«No. Sembra che questi crimini siano legati all'Italia».

Van Eyck aveva mentito! Di certo lo aveva fatto apposta. Ma perché?

Si allontanò dalla porta e l'occhio si posò sul muro dove si intravedeva ancora la traccia di quelle strane parole:

«Tras las angustias de la muerte, los horrores del infierno! Volveremos!»

9

Da ore si rigirava nel letto senza riuscire a prender sonno. Con fare rabbioso, scaraventò il cuscino dall'altra parte della stanza. Aveva la bocca secca e lo stomaco contratto; forse un po' d'acqua fresca gli avrebbe fatto bene. Si alzò, accese la candela. Sotto il lucore vacillante dello stoppino, la scala che scendeva al pian terreno sembrava un pozzo pieno di mistero. Appoggiò i piedi sugli scalini di legno, finché lo scricchiolio dell'ultimo gli segnalò che era arrivato.

Si infilò in cucina, facendo attenzione a non rovesciare nulla. In quel momento, nel silenzio assoluto, sentì un tonfo sordo. Si immobilizzò, tese l'orecchio. La casa dormiva profondamente. Ma quel rumore? Avrebbe giurato che provenisse dalla bottega. Forse Van Eyck stava ancora armeggiando attorno alle sue provette e ai suoi alambicchi. Jan esitò. E se avesse preso il coraggio a due mani e fosse andato a porgli le domande che tanto lo tormentavano? Cosa avrebbe rischiato? Nulla, se non di vedersi respingere.

Tornò indietro. Arrivato sulla soglia della bottega ebbe un attimo di esitazione. Dalla porticina a vetri, il tiglio formava una confusa macchia bianca in mezzo al giardino.

In fondo, a destra, l'uscio socchiuso della "cattedrale" lasciava filtrare un raggio di luce, ma non si udiva né il rumore di oggetti spostati, né il fruscio di pagine.

Jan sussurrò:

«Padre?»

Silenzio.

Un sentimento di angoscia lo pervase:

«Maestro Van Eyck?»

Ancora silenzio. Deglutì con difficoltà, socchiuse la

porta e sbirciò attraverso lo spiraglio. Non vide niente: solo un candeliere riluceva accanto all'atanor. Entrò.

Van Eyck era steso a terra, una mano sul petto, l'altra lungo il corpo.

Spaventato, Jan si precipitò verso il pittore, ma una mano sbucata dal nulla gli diede un violento spintone e gli fece perdere l'equilibrio. Cercò di rialzarsi e nel tentativo fece cadere l'atanor che andò in mille pezzi. Le gambe allora gli si piegarono, la fronte sbatté violentemente contro lo spigolo del tavolo: ebbe la netta impressione che la testa gli esplodesse.

Nella luce ocra dei candelieri, il velo di foschia si sollevò poco a poco. Jan sbatté le palpebre.

«Sta tornando in sé».

Le voci gli giungevano da lontano. Vedeva attorno a sé delle figure imprecise nel chiaroscuro, sagome che non riusciva a identificare. Lentamente si precisarono i contorni: riconobbe gli ospiti di Van Eyck e Katelina. La donna gli stava applicando un balsamo sulla fronte.

«Riprende conoscenza», ripeté Petrus.

«Come ti senti?» gli domandò la fantesca preoccupata.

Fece uno sforzo per mettersi a sedere ma fu preso da violente fitte alla testa e da un senso di nausea.

«Non muoverti. Devi riposare».

«Cosa è successo?»

«Avanti, sta calmo».

Cercò di rimettere ordine nelle idee e quasi subito gli tornò in mente l'immagine di Van Eyck steso a terra.

«Mio padre! Nella bottega!»

«Non preoccuparti», rispose Rogier. «Lo abbiamo trovato».

«Non è ferito?»

Il pittore ebbe un attimo di esitazione:

«Sì». Poi schiarendosi la gola: «Va tutto bene».

Rogier stava mentendo, c'era troppa tristezza nella sua voce.

«Dov'è adesso?»

«Riposa in camera sua. Donna Margaret è al suo fianco».

Indifferente al dolore, Jan si mise a sedere strappandosi il panno che gli copriva la fronte.

«Dove vai?» urlò Katelina.

«Voglio vederlo!»

«Non puoi!»

Lo afferrò per le spalle e ripeté:

«Non puoi! Lo vedrai dopo».

Le braccia di Petrus lo presero alla vita.

«No, Jan!»

«Lasciatemi!»

«Non puoi disturbarlo. Sta dormendo».

Un singhiozzo infantile risuonò attraverso la porta della camera da letto.

«Mentite!»

Ancora una volta cercò di liberarsi dalla morsa che lo teneva prigioniero.

«Lascialo, Petrus!» ordinò Robert Campin. «È inutile».

«Ma...»

«Lascialo!»

Il decano della gilda di Tournai si inginocchiò davanti a Jan e disse con dolore:

«Van Eyck è morto».

«Morto?»

«Ignoriamo la causa della sua morte. Abbiamo chiamato il dottore, ci darà una spiegazione».

Van Eyck? Morto? L'uomo che lo aveva accolto in casa, che lo aveva accompagnato per tredici anni non c'era più? La sua mano non avrebbe più sfiorato la tela. Mai più avrebbe infuso la vita nelle forme inanimate. Cavalletti, tavole, pigmenti, colori dell'universo sarebbero rimasti orfani, come Jan!

L'adolescente cercò Katelina. La fantesca chinava la testa, come se confessasse la sua impotenza. Tutto vacillò di nuovo attorno a Jan. Non fece alcuno sforzo per resistere all'immensa fatica che lo stava invadendo.

Il baccano di una carretta che scendeva la strada lo strappò dal torpore. Quanto aveva dormito? Il sole era alto e gli echi della fiera salivano dalla piazza del Mercato.

Per una frazione di secondo, Jan pensò di aver sognato e che l'angoscia che sentiva fosse solo il rimasuglio di un orrendo incubo. Tese l'orecchio: gente sussurrava al piano di sotto. Si passò la mano sulla fronte e sentì che qualcuno vi aveva applicato un impacco. Era stata Katelina, sicuramente. Con cautela, posò i piedi per terra. Rassicurato di non provare né dolore, né vertigine, si alzò e si avviò verso il piano terra.

I tre pittori erano sempre lì, riuniti nella sala da pranzo, ma non erano soli. Con loro c'erano altri quattro uomini, due dei quali tenevano in mano una mazza con le armi del conte di Fiandra, il terzo era vestito con l'uniforme degli *hooftmannen.* Leggermente in disparte c'era un quarto personaggio, che Jan riconobbe immediatamente. Se anche non lo avesse mai visto prima, dalla berretta di feltro che gli ricopriva la sommità del capo avrebbe capito che era un medico. Nella fattispecie, si trattava del dottor De Smet, che abitualmente lavorava all'ospedale San Giovanni. Né Margaret né i bambini erano presenti.

«Avvicinati», lo incoraggiò Petrus. «Non temere».

Indicò il gruppo:

«Quelle sono le guardie e questi è messer Meyer, il capitano della forza pubblica».

«Dove sono gli altri?» articolò Jan con voce incerta.

«Donna Margaret è in camera, veglia sul marito. Katelina e i bambini non dovrebbero tardare; abbiamo preferito mandarli fuori a distrarsi».

Petrus insisté:

«Vieni a sederti vicino a noi. Credo che lo *hooftman* voglia porti alcune domande».

«Come ti senti?» gli chiese il dottor De Smet.

«Meglio».

«Hai fame? Vuoi mangiare qualcosa?»

Gli offrì una coppa piena di frutta. Jan rifiutò.

«Siediti, ragazzo», gli disse gentilmente lo *hooftman*. «So che sei profondamente addolorato, ma abbiamo assolutamente bisogno del tuo aiuto per capire cos'è successo».

In poche parole Jan raccontò gli avvenimenti della notte, fino al momento in cui era precipitato nelle tenebre.

«Così sei stato tu a rovesciare l'alambicco?...»

Petrus precisò:

«È stato il rumore del vetro rotto a svegliarmi. Mi sono precipitato, ma era troppo tardi. La stanza era...»

«*Minheere*», lo interruppe seccamente il capitano. «Lasciate parlare il ragazzo». E rivolto a Jan:

«Dunque non hai avuto tempo di vedere il tuo aggressore?»

«No. Penso che dovesse nascondersi dietro la porta».

«Nulla? Nemmeno un particolare?»

«È successo tutto così in fretta...»

«Capisco. Ma come mai ti trovavi nella bottega a un'ora così tarda? I signori qui presenti mi hanno detto di aver chiacchierato ben oltre la mezzanotte».

Jan attese un po', come se dovesse riordinare i suoi ricordi. Doveva parlare dei dubbi che lo avevano angustiato nella notte, impedendogli di prender sonno? Accennare alle dichiarazioni contraddittorie di Petrus? Ripensò alla frase detta da Van Eyck pochi mesi prima: «Bisogna saper tacere, soprattutto quando si sa».

«Avevo sete».

«La cosa strana», riprese Meyer, «è che non c'è stata alcuna effrazione».

«In tal caso, come ha fatto quel farabutto a entrare?» domandò Van der Weyden.

«Non so capacitarmene. Comunque c'è da chiedersi che cosa facesse Van Eyck in quella stanza in piena notte. Che io sappia, un pittore ha bisogno di luce, e non abbiamo trovato né cavalletti né pennelli, nessuna tavola iniziata».

«Gli capitava spesso di stare alzato fino a tardi», disse Jan. «A quell'ora, non dipingeva: leggeva o scriveva».

«L'ho pensato anch'io. Ho scoperto su uno scaffale un

manoscritto rilegato, intitolato *Mappa mundi.* Sulla prima pagina, c'era la firma di Van Eyck».

«Avete ispezionato la sua stanza?»

«Ovviamente!»

«Non avreste dovuto! Mio padre non lo avrebbe mai permesso!»

«Un manoscritto?» si stupì Petrus Christus. «Sapete di che cosa si tratta?»

«Purtroppo non conosco il latino», rispose Meyer dispiaciuto.

Poi, rivolgendosi a Jan: «Forse puoi aiutarci tu?»

«No. Il maestro non mi ha mai affidato quel manoscritto».

«Se volete», propose Petrus, «posso esaminarlo io. Il latino non ha segreti per me».

Prima che lo *hooftman* avesse tempo di rispondere, Jan balzò in piedi, furioso:

«Non avete alcun diritto! Mio padre non sopportava che si mettesse il naso nelle sue cose. Gli mancherestedi rispetto».

«Perbacco!» brontolò Meyer. «Per qualcuno che parla di rispetto ti trovo molto impertinente. Ti ricordo che qui c'è stato un omicidio».

«Volete dire che il maestro è stato assassinato?» disse Jan vacillando.

Fu il dottor De Smet a rispondere:

«Mi dispiace smentire il nostro eminente *hooftman*, ma per il momento nulla ci permette di confermare quest'ipotesi. Non ho notato né contusioni né ferite, nessuna traccia di violenza sul corpo».

«Errore!» obiettò Meyer. «Dimenticate il veleno».

«È solo un'ipotesi. Ma sarà difficile, se non impossibile, provarla».

Jan sgranò gli occhi:

«Il veleno?»

L'agente eluse la domanda e chiese:

«Aveva l'abitudine di bere?»

«Sì. Ma non esagerava».

«Vino?»

«Soprattutto vino di Bordeaux, quando ne sbarcavano un carico da La Rochelle. Ma che cosa c'entra con il veleno?»

«Abbiamo trovato una coppa di vino sul tavolo. Purtroppo era vuota. Solo le pareti interne erano rosate, ma non c'era il minimo deposito».

«Perdonatemi», intervenne Rogier. «Ma anche se fosse stata piena, come avreste potuto stabilire se il liquido conteneva del veleno o no?»

Lo *hooftman* non poté trattenere un risolino:

«Sapete quanti cani vagano in questa città? Solo quest'anno, l'*hondeslager* ne ha soppressi più di novecento! Uno più, uno meno! Morire per un bicchiere di vino è meno penoso che morire con la testa fracassata a bastonate. Non trovate?»

«Permettetemi di correggervi», obiettò De Smet. «Un veleno che agisce su un animale non deve per forza avere gli stessi effetti su un uomo. Alcune piante velenose sono inoffensive su questa o quella bestia, ma sono mortali per l'uomo. L'euforbia, per fare un esempio, o altri funghi dello stesso tipo. Voi, *minen heere*, sapete che ogni giorno manipolate uno dei veleni più pericolosi che esistano?»

«Sì», ammise Robert Campin. «Lo si trova nell'orpimento che ci permette di ottenere il giallo oro».

«Se mi aiutaste a capire?» si impazientì lo *hooftman.*

«*Arsenicum!*» rivelò De Smet. «L'orpimento è composto da arsenico. Gli antichi lo conoscevano: Aristotele, Plinio che lo chiamava *auri pigmentum.* Uccide un uomo in pochi secondi».

Accompagnò le ultime parole con uno schiocco delle dita.

«Inoltre è fondamentale per gli alchimisti per via dei suoi legami con il re dei metalli. Sto parlando dell'oro: aggiunto al rame e riscaldato nel vaso filosofale, produce un metallo bianco che alcuni assimilano all'argento».

Si interruppe e levò le mani al cielo:

«Tutte stupidaggini, ovviamente! Tuttavia per gli alchimisti, questo risultato è già un primo passo».

«Verso cosa?» chiese Petrus.

«Ma verso l'oro, naturalmente! Il passaggio da un metallo vile a un metallo nobile. In una parola: la trasmutazione. Ma questo sogno...»

«Aspettate!» esclamò Meyer. «Avete parlato di vaso filosofale. Che cos'è?»

«È il nome che gli danno gli alchimisti. In realtà si tratta di una specie di forno».

«Sareste in grado di descriverlo?»

«Certamente. Ne ho visto uno al capezzale di una donna di Ypres che credeva di avere il male divino. In realtà si trattava solo di una brutta flussione. L'ho guarita, grazie a Dio. A mo' di ringraziamento, il marito, che si tacciava di essere alchimista, ha pensato di farmi un favore facendomi visitare il suo laboratorio. È lì che ho visto per la prima volta questo strano arnese. Era alto circa un cubito, le pareti erano costituite da un miscuglio di argilla e, state ben attenti, di sterco di cavallo. Nel mezzo era stata ritagliata una sorta di placca metallica attraversata da varie aperture e, un po' più basso, una finestrella di vetro che permetteva di seguire le metamorfosi della materia».

Lo *hooftman* era affascinato:

«Questa sì che è una novità. Poco fa, mentre ispezionavo la stanza, ho visto un fornello simile a quello che avete appena descritto. Dapprima non vi ho prestato grande attenzione, credevo che fosse uno dei tanti strumenti usati dai pittori. Ma questa sera...»

Prese gli altri a testimone:

«Voi che dipingete, potreste spiegarmi l'uso di questo fornello?»

I tre uomini si guardarono l'un l'altro con circospezione.

«Siamo spiacenti. Non ne conosciamo alcuno».

Scrutò Jan.
«E tu? Ne sai niente?»
Il ragazzo rispose negativamente.
Meyer tamburellò con le dita sul tavolo.
«Tutto questo è un mistero. A giudicare dalle rivelazioni che mi avete fatto, la vicenda si riassume così: a tutt'oggi sono stati commessi quattro omicidi nella nostra regione. Le prime tre vittime conoscevano Van Eyck. Tutte sono state uccise secondo il medesimo rituale. Tutte, tranne l'ultima: lo stesso Van Eyck. E ignoriamo...»
«No!» disse il dottor De Smet. «Scusatemi se insisto: non abbiamo alcuna prova che si tratti di un omicidio».
L'altro finse di non aver sentito e continuò:
«... e ignoriamo in che modo sia stato ucciso».
«E se è stato ucciso», sottolineò De Smet con fermezza.
«E adesso viene fuori questa strana storia di fornelli e di alchimia».
Rumori di voci giunsero dal vestibolo. Katelina e i bambini stavano rientrando.
Lo *hooftman* posò la mano sulla spalla di Jan:
«Messer Petrus mi ha detto che solo tu avevi il permesso di entrare in quella stanza. È così?»
Il ragazzo confermò.
«Saresti capace di dirmi se è stato rubato qualcosa? Un oggetto qualsiasi, un'opera, che so io».
«Se fosse così me ne accorgerei subito».
Meyer si alzò frettolosamente.
«Ebbene, andiamo subito a verificare». E voltandosi verso i pittori:
«Immagino che dormirete qui anche questa notte».
«Non abbiamo scelta», spiegò Van der Weyden. «È troppo tardi per partire e il funerale è previsto per domani mattina».
«Capisco».
Prese Jan per il braccio.
«Andiamo?»
Stavano per ritirarsi quando Margaret entrò nella sala

da pranzo. Le sue gote, di solito colorite, erano di un biancore cereo.

I tre pittori si alzarono immediatamente e le offrirono una sedia:

«Sedetevi», le disse Campin. «Vi prego».

«Avete bisogno di riposarvi», aggiunse Rogier. «Veglieremo il nostro amico a turno».

Lei non batté ciglio. Katelina accompagnata dai bambini entrava a sua volta. Philippe e Pieter. Il dolore aveva alterato i loro tratti. Per la prima volta forse, Jan provò compassione per loro. Per la prima volta, credette di scorgere nella giovane vedova lo stesso sentimento nei suoi confronti. Ma qualcosa gli diceva che era troppo tardi.

La voce dell'*hooftman* lo richiamò:

«Seguimi. È tardi».

La notte era calata da tempo e una calma assoluta regnava in casa. Jan era disteso tra Katelina e i due bambini. Rogier aveva sostituito Margaret presso le spoglie di Van Eyck. Sistematisi in cucina, Petrus e Campin riflettevano nell'attesa del loro turno.

Campin posò il boccale di birra sulla cappa del camino e mormorò:

«Così dobbiamo arrenderci all'evidenza: il furto non è stato il movente. Jan lo ha confermato all'*hooftman*, non manca nulla. Nemmeno un quadro».

«Il mistero resta fitto».

Dopo un breve silenzio, Campin riprese:

«Se le cose stanno così, trovo l'atteggiamento del duca nobile e generoso. Il fatto che abbia deciso di versare a Margaret una somma equivalente alla metà della rendita annuale di Jan è un gesto che suscita considerazione e rispetto».

«Non è tanto il gesto che mi ha colpito», rispose Petrus, «il duca è sempre stato un protettore delle arti e degli artisti, quanto la sollecitudine di cui ha dato mostra. Non ha aspettato la sepoltura per informarne Margaret».

«Questo dimostra la stima che aveva per il nostro povero amico».

«Certo. Ma sarebbe stato difficile immaginare che il duca si comportasse altrimenti visti i loro rapporti».

«Questo non sminuisce la sua generosità. Sai quanto versava a Jan per ogni servizio? Trecentosessanta sterline!»

«Una bella somma! Ma che genere di servizi erano?»

Campin alzò le sopracciglia perplesso:

«Che so io? Missioni, viaggi, negoziati... A dire il vero, il nostro amico era molto discreto in proposito. Mi ha solamente raccontato del viaggio che fece in Portogallo, una decina d'anni fa, del soggiorno al castello di Aviz e del ritratto che aveva realizzato dell'infanta. Come vedi, non era un gran segreto».

«Voi ne sapete certamente più di noi... Credete alla storia del veleno?»

«Che dire? Il medico non ne sembra molto convinto».

«Immaginiamo che sia stato avvelenato...»

«Cosa cambierebbe?»

«Come? Ma sarebbe terribile! Mostruoso!»

«Mio giovane amico, dovresti sapere che la morte già di per sé è una tragedia. Che importa come si muore».

«Perdonatemi, ma non sono d'accordo con voi. L'idea che Van Eyck sia morto assassinato è per me intollerabile».

«Quello che per me è intollerabile è la sua dipartita! La sua assenza, che già si percepisce. Per il resto...»

Petrus Christus si alzò e si avvicinò alla finestra. Evidentemente, gli argomenti di Campin non lo avevano tranquillizzato.

«Non ti ha colpito nulla nella conversazione che abbiamo avuto con lo *hooftman*?»

Petrus si voltò di scatto:

«No. A cosa volete alludere?»

«Ha sollevato un punto che mi è parso essenziale. Ha detto: "La cosa strana è che non ci sono state effrazioni"».

«Sì, è vero. E allora?»

«Suvvia, caro Petrus, non capisci che questa osservazione è molto più mostruosa dell'ipotesi di avvelenamento!»

«Continuate, vi prego».

«Se abbandoniamo la possibilità di un intervento esterno, si impone una conclusione: solo una delle persone presenti ieri sera avrebbe potuto aggredire il giovane Jan e forse assassinare Van Eyck».

Jan non dormiva: il dolore era insopportabile, gli impediva quasi di respirare. Era possibile soffrire tanto? Dov'era Van Eyck? Il suo corpo riposava nella stanza accanto, ma era vuoto. Era solo una forma, già del colore della cera, distesa su un letto. Una forma fredda nella quale si leggeva il nulla. Ma lui, il vero Van Eyck, dov'era? Dove vanno le persone che muoiono? In cielo, diceva Katelina, con gli angeli. Vicino al buon Dio. Non poteva essere vero. Da lassù, testimoni del nostro sentimento di perdita, di questo fuoco intollerabile che ci consuma, sarebbero tornati per tranquillizzarci. Foss'anche per ripartire subito dopo.

«Padre...» Almeno Jan aveva avuto tempo di dirgli quella parola. Padre...

Con tutte le sue forze, si concentrò sul momento in cui, nella chiesa di San Giovanni, ai piedi del polittico, il maestro gli aveva preso il volto fra le mani, prima di stringerlo tra le braccia. Vi pensò così intensamente che l'odore del mantello di Van Eyck sommerse i suoi sensi. E così, stretto al padre, riuscì finalmente a sprofondare nel sonno.

L'indomani la fiera era al culmine e tutta Bruges era in festa. Forse per questo nessuno prestò attenzione al corteo funebre che scivolava lungo le stradine fino alla chiesa di San Donato. In realtà, non c'era motivo di risvegliare la curiosità dei passanti: nessun carro funebre, solo pochi uomini vestiti di nero che portavano una bara ricoperta da un drappo viola, seguiti dai familiari. In prima fila, la moglie del defunto, i due figli e Lambert, il fratello minore di Van Eyck, arrivato da Lilla. Dietro, Rogier, Jan e Katelina, accompagnati da Robert e Petrus. Al passaggio del corteo, qualcuno aveva bisbigliato: «Van Eyck, Van Eyck...» Nient'altro.

La cerimonia fu breve. Il parroco di San Donato insisté sul rapporto privilegiato che univa il grande artista al conte di Fiandra, duca di Borgogna, margravio del Sacro Romano Impero, granduca di Ponente e d'Occidente. Terminata la funzione, la piccola folla si diresse verso il chiostro dove era stata scavata la fossa. Dopo l'ultima benedizione, fu calata la bara con tutto il rispetto dovuto ai defunti.

L'ultimo ricordo che Jan avrebbe conservato di quella giornata sarebbe stato il rumore sordo delle palate di terra sul coperchio della bara, la figura discreta di Till Idelsbad che scrutava la scena, appoggiato a un albero, e soprattutto la voce del maestro che gli mormorava all'orecchio: «Farò di te il più grande».

10

Non sarebbe mai diventato il più grande.

A capo chino, Jan continuò a camminare dritto davanti a sé, lungo il Burg gremito. I mercanti erano arrivati da Oosterlingen, da Colonia, da Amburgo, da Stoccolma, da Brema, da Londra, dall'Irlanda e dalla Scozia, dall'Italia e dalla Spagna. Alcuni avevano percorso la grande strada d'Oriente, la via di terra da Lubecca ad Amburgo, prima di discendere l'Elba per arrivare nello Zuiderzee. Altri erano arrivati per mare, dai porti di Genova, di Venezia o di Danzica.

L'occhio riusciva a malapena ad abbracciare quel viavai che, per otto giorni consecutivi, avrebbe invaso i moli e le piazze. Il grande mercato di tessuti risuonava di mille rumori, e nel palazzo Van der Beurze, la "Borsa", il mondo intero era messo all'asta.

Erano gli stessi mercanti che si ritrovavano, a seconda delle stagioni, in altre fiere, a quella di Champagne, di Ypres o di Stanford. Non erano abbandonati a se stessi: ognuno di loro apparteneva a un'hansa, chi all'onnipotente hansa di Bruges, chi alla non meno prestigiosa hansa teutonica. Nessuna pietà per chi avesse cercato di infinocchiare uno dei suoi membri: i compagni avrebbero rifiutato qualsiasi scambio con il poveretto, lasciandolo più solo che se fosse stato bandito dalla faccia della terra.

Jan si fece strada tra la folla, indifferente di fronte alle bancarelle e alle botteghe. Guardava senza vedere. Eppure c'era di che suscitare la curiosità dei più esperti: melarance e melograni, olive, limoni, zafferano, uva di Corinto, gomma, rabarbaro giacevano vicino alla polvere d'oro di Guinea, all'indaco e all'ambra prussiana. Per Jan, quella vertiginosa confusione non avrebbe mai uguagliato le scimmie smorfiose, i pappagalli burloni, gli orsi goffi e tutti quegli strani animali selvaggi che i portoghesi o gli spagnoli riportavano da contrade così remote che talvolta le navi vi si perdevano. In ogni caso, oggi l'immagine di Van Eyck offuscava qualsiasi altra visione. Jan cercava il pittore tra la folla. Era già passata una settimana da quando era morto, una settimana di dolore trascorsa in un'atmosfera insopportabile. Cosa gli rimaneva, ormai?

L'indomani dei funerali, Robert Campin molto cortesemente gli aveva proposto di accompagnarlo a Tournai per proseguire il suo apprendistato. Jan aveva declinato l'invito, e la domanda che si era posto mille volte era tornata più insistente che mai: voleva davvero diventare pittore? Ammirava le opere di Van Eyck, amava osservare la lenta progressione della mano sulla tela, il maturare delle ombre e dei colori ma, in fondo al cuore, non ricordava di aver mai sentito quel bisogno imperioso di creare. Ignorava tutto di quell'afflato misterioso che spingeva irresistibilmente l'artista a superare se stesso e che Van Eyck sosteneva di aver provato fin dalla più tenera infanzia. In fin dei conti, nulla scatenava il suo entusiasmo più della vista delle navi e dell'immagine sognata della Serenissima.

Immerso nelle sue riflessioni, era giunto nei dintorni dell'ospedale San Giovanni. Per un istante contemplò l'austera facciata crivellata di finestre, poi si voltò verso la Reie. Non era qui che era stato ricoverato l'amico di Petrus, Laurens Coster, quello che aveva rischiato di morire nell'incendio?

E lì... ai piedi dei gradini, quella figura longilinea, col volto inquadrato dai capelli biondi e quel gigante dalla carnagione bruna. Petrus Christus e Idelsbad! Sembravano immersi in una discussione molto interessante. Che ci faceva ancora a Bruges il pittore, che all'indomani dei funerali aveva annunciato a tutti che sarebbe tornato a Baerle?

«E ancora una volta, un uomo della nostra confraternita...» Gli tornarono in mente la frase detta dal pittore, i suoi silenzi, l'atteggiamento enigmatico di Van Eyck poco prima di morire.

«Sei stato minacciato?»

«No. Sembra che questi crimini siano legati all'Italia».

E soprattutto quella strana raccomandazione: «Ricordati del libro d'ore». Cosa significava?

Oggi era troppo triste per sciogliere tutti quei misteri. Ripartì verso il fiume.

Mezz'ora dopo, sbucava sulla riva del lago Amour. Un vascello senza albero stava per superare la chiusa. Uno dei marinai gli fece un cenno di saluto: Jan gli rispose immediatamente. L'uomo sorrideva, mentre l'ormeggio filava veloce tra le sue dita rugose. Oggi quell'uomo era a Bruges, domani sarebbe stato in viaggio verso le piogge della Scozia o il sole di Genova. Jan, invece, avrebbe continuato la sua vita sedentaria, orfano del solo essere che avesse mai contato per lui. Rivedeva scene alla rinfusa. Parole. Una carezza. Van Eyck che gli insegnava con pazienza come abbinare i colori, come frantumare i pigmenti, come applicare la tela alla tavola. Van Eyck era ovunque.

I tredici anni della sua vita disegnavano un turbine grigio sulla superficie del lago prima di colare a picco, come era successo molto tempo prima a Minna, la figlia di un ricco mercante di Bruges, morta di dolore, il cui corpo riposa – secondo la leggenda – sotto le acque del Minnewater. Sentì le lacrime offuscargli gli occhi e, lui che non piangeva mai, cominciò a singhiozzare.

Passata la burrasca, si asciugò le gote umide con il dorso della mano. Involontariamente, il suo sguardo si rivolse alla facciata del beghinaggio. La giovane donna non era alla finestra e la finestra era chiusa. Con passo incerto, si diresse verso via Neuve-Saint-Gilles.

I pennelli sonnecchiavano ancora nel barattolo di stagno, il ritratto abbozzato di Jan era appoggiato contro il muro. Il cavalletto in piedi accanto alla finestra gli fece pensare a una sentinella di guardia alla torre campanaria al cader della sera.

Van Eyck non sarebbe più tornato.

E di nuovo la domanda che lo assillava da una settimana: cos'era la morte? C'era qualcosa al tempo stesso di assurdo e d'incomprensibile in quel brutale arresto, in quel respiro troncato che riduceva un'esistenza al silenzio definitivo. Jan si posò la mano sul cuore per sentirne il battito. Era lì dentro la vita? I sogni, le aspirazioni, le folli speranze, il genio di Van Eyck, quello di Campin e degli altri? In quei toc toc un po' sordi, cadenzati e monotoni, simili al rumore ritmato dei telai. E poi un giorno, più niente. Scostò la mano, colto dal terrore di provocare l'arresto dei battiti solo per averli ascoltati.

La porta della "cattedrale" era spalancata. Jan penetrò nella stanza. Il disordine che regnava nella stanza non fece altro che accrescere il suo dolore; lo *hooftman* ci era andato giù pesante. Come un automa, si mise a riordinare i manoscritti sugli scaffali, impegnandosi a ricollocarli secondo le abitudini del maestro, ma presto rinunciò. A che pro?

Le tavole compiute erano ancora allineate contro la parete. Che fine avrebbero fatto? Margaret le avrebbe certamente vendute, a meno che Lambert, il fratello minore di Van Eyck, non avesse deciso di conservarle. E la miniatura che amava tanto? Si precipitò verso i dipinti, li spostò uno a uno e tirò un sospiro di sollievo nel ritrovare la misteriosa firma: A.M.

Sollevò la tela per meglio contemplarla, felice di constatare che, nonostante la nebbia nella quale si sentiva avvolto, il sole della miniatura non avesse perso il suo calore. Nel fare giocare la luce sulla superficie, le sue dita incontrarono un rigonfiamento dietro il telaio. Sorpreso, voltò il quadro. C'era una piccola borsa legata alla tavoletta di supporto. Già trovare un oggetto lì dietro era strano, ma ancor più strana era la presenza della tavoletta. Non c'era bisogno di essere un esperto per sapere che essa era del tutto inutile, viste le dimensioni della miniatura: perfino un apprendista alle prime armi sapeva che si fissavano le tavolette solo sulle tavole lunghe più di mezza tesa. Per giunta, era stata messa da poco. Febbrilmente, Jan slacciò il nodo, infilò la mano nella borsa e ne tirò fuori un pugno di fiorini. Una piccola fortuna! Perché Van Eyck – non poteva essere che lui – aveva scelto quel posto per nascondere il denaro? Perché dietro a quella miniatura?

Il ragazzo si sedette a terra, rimise i fiorini nella borsa e si mise a riflettere. Una voce interiore gli sussurrava che dietro quello strano gesto si celava un messaggio del maestro. Cercò di ricordarsi una parola, una frase che lo mettesse sulla strada giusta.

«Che ci fai lì?»

Jan sobbalzò violentemente. Margaret era entrata nella stanza. Con un movimento furtivo, richiuse la mano sul tesoro e lo nascose fra le gambe.

«Allora?» insisté Margaret.

Lui si schiarì la gola e rispose il più serenamente possibile:

«Volevo accertarmi che non mancasse qualche tela».

La donna scrollò la testa, l'aria assente.

Era incredibilmente invecchiata in quell'ultima settimana. Si avvicinò agli scaffali, accarezzò i manoscritti con aria sognante. Si voltò verso il grande tavolo dov'erano ancora sparsi gli oggetti cari a Van Eyck.

«Ho sentito lo *hooftman* e gli altri parlare di quel fornello. È un fornello, vero?»

Aveva posto la domanda in modo distaccato, quasi malinconico.

«Sai a cosa serve?»

«No. Mio padre non me lo ha mai detto».

Lei sorrise debolmente:

«Neanche a me. Alla fine mi rendo conto di aver spesso vissuto altrove; non ho mai cercato di capire la pittura, e tantomeno il modo in cui mio marito creava i suoi dipinti; mi bastava apprezzarli».

«Occorre capire per amare?»

Le parole gli erano sfuggite quasi senza che se ne rendesse conto.

Dopo una pausa Margaret rispose:

«No, ma forse si ama meglio...»

Il suo corpo si irrigidì, e si fermò, evidentemente imbarazzata per aver parlato troppo.

«A dopo», disse con voce assente.

Appena se ne fu andata, Jan prese la borsa e l'agitò nella mano come per soppesarla.

Katelina era in giardino con le mani a bagno in una tinozza piena di bucato.

Jan andò a sedersi accanto a lei e bisbigliò:

«Sai tenere un segreto?»

«Dipende dal segreto».

«Non sto scherzando, è molto importante. Promettimi di non parlarne con nessuno».

La donna smise di lavorare.

«Lo prometto».

Dopo essersi accertato che nessuno potesse vederlo, slegò la cordicella e le mostrò la borsa.

Sconcertata, la fantesca la afferrò e ne vuotò il contenuto sull'erba.

«Dove diavolo hai trovato tutti questi soldi?»

«Nell'officina, nascosti dietro un quadro. Ma non uno qualsiasi».

Le spiegò come il caso gli avesse permesso di scoprire la borsa, insistendo soprattutto sul punto che gli pareva più importante: Van Eyck sapeva quanto amava la miniatura.

La fantesca aggiustò nervosamente il copricapo di velluto che le scendeva a punta sulla fronte:

«Mi sembra tutto chiarissimo. *Meester* Van Eyck ha lasciato il denaro per te».

«È quello che penso anch'io. Ma c'è dell'altro: capisco il dono, ma non capisco il modo in cui me lo ha fatto avere. Perché nascondere la borsa dietro a un quadro, quando avrebbe potuto semplicemente darmelo di persona?»

«Non so».

«Ti sei mai chiesta se Van Eyck sapesse che stava per morire?»

«È possibile. E allora?»

Sospirò di sollievo.

«Allora niente».

Jan riprese le monete, e si alzò per rientrare in casa.

«Non andartene!» disse la fantesca. «Mi domando se...»

Cercò la parola giusta.

«Parla!» insisté Jan.

«Se tuo padre ha nascosto la borsa dietro la miniatura, vuol dire che sperava che l'avresti trovata tu. Certo, avresti potuto scoprirla mentre era vivo. In tal caso, si sarebbe inventato un pretesto qualunque e probabilmente ti avrebbe regalato il denaro. Ma dopo la sua morte, il suo gesto riveste un altro significato».

Katelina si fermò e parlò scandendo le parole:

«Del denaro nascosto, che si spera venga trovato dopo la propria morte, non è solo un regalo: è un'eredità. Van Eyck voleva che tu avessi quella somma per evitare che dopo la sua morte – una morte che forse temeva – tu dovessi dipendere da altri». E concluse abbassando la voce: «Soprattutto da Margaret».

Jan annuì in silenzio, ripensando alle parole del maestro:

«Dimmi Jan, sei felice a casa nostra?»

«Sì... perché ci siete voi».

«Qualsiasi cosa succeda, devi dirti che lassù c'è una stella che veglia su ciascuno di noi. Non siamo mai soli. E se lo siamo è per mancanza di memoria».

E se quello che Van Eyck gli aveva offerto fosse proprio il prezzo della sua libertà?

Il cuore gli batteva forte, mentre veniva preso da un sentimento misto di paura e di trionfo. Andarsene... E alla fine del viaggio la Serenissima...

11

Firenze

Una decina di candelabri illuminavano l'austera sala da pranzo. Quella sera, si festeggiavano i cinquantadue anni di Cosimo de' Medici. Con aria allegra, alzò il bicchiere in direzione dei suoi ospiti:

«Che l'arte viva e sbocci per la più grande gloria dell'uomo! E di Firenze!»

Bevve un sorso e proseguì con una punta di nostalgia:

«Riprendendo i versi sublimi dell'amatissimo poeta, permettetemi di aggiungere: "Ovunque io vada, sarò nella mia terra, cosicché nessuna terra mi sarà esilio né paese straniero, poiché stare bene appartiene all'uomo, non al luogo"».

Un mormorio di approvazione salutò la citazione. Nessuno ignorava quanto quei versi di Brunetto Latini esprimessero le vicissitudini subite dal padrone di casa. Cosimo era tornato dall'esilio sette anni prima; ma l'anno trascorso a Venezia, lontano dalla sua Toscana natia, sarebbe rimasto per sempre inciso nella sua memoria. Dal suo ritorno, egli guidava con delicatezza il destino della città sul fiume. Eppure, Dio solo sa quante e quali difficoltà aveva dovuto superare, a cominciare dagli Albizzi, gli antichi nemici di famiglia che non avevano mai smesso di fargli la guerra; era stato proprio Rinaldo, il loro ultimo discendente, a bandire Cosimo da Firenze.

Oggi, benché la posizione di Firenze fosse ancora instabile, nonostante le minacce di cui era oggetto quotidianamente – quella di Venezia, che cercava in Italia una rivalsa sulle sconfitte subite in Oriente, e quella del re d'Aragona, che aveva puntato gli occhi sulla Toscana –, tuttavia essa rimaneva una delle città più fiorenti d'Europa. E il degno discendente dei Medici non era estraneo a quella prosperità. Aveva saputo circuire le suscettibilità dei grandi mercanti fiorentini: ovunque trattato da principe, si sforzava di non essere il signore della sua città, ma tutt'al più il primo cittadino. Inoltre, aveva saputo gestire saggiamente la fortuna ereditata da suo padre, Giovanni di Bicci, valutata oltre duecentomila fiorini alla sua morte. A questi andavano aggiunte le terre del Mugello, le case in città, le rendite sullo Stato e una partecipazione di maggioranza in una società commerciale e bancaria. Tuttavia, se in vent'anni aveva raddoppiato la sua fortuna, i suoi gusti erano rimasti semplici. Rifiutando onori e alti incarichi, aveva accettato a malincuore, e per la sola durata di due mesi, il titolo di gonfaloniere di giustizia. In ogni modo, la sua autorità naturale era tale che nessun incarico, per quanto importante, avrebbe potuto rafforzarla. Amico delle arti, grande mecenate, univa il senso degli affari alla capacità di scoprire il vero talento. Lo dimostravano le personalità riunite attorno a lui quella sera: Lorenzo Ghiberti, Donatello, Brunelleschi, Guidolino di Pietro, detto Fra' Angelico, l'"Angelico", perché, si diceva, non cominciava mai a dipingere senza aver recitato una preghiera, Michelozzo di Bartolomeo, Leon Battista Alberti e padre Nicolò Cusano.

Poteva tuttavia mostrarsi estremamente severo nei confronti dei nemici. Nei sette anni trascorsi da quando governava Firenze, senza particolari titoli ma da semplice cittadino, aveva avuto cura di eliminare chiunque avesse tentato di sbarrargli la strada, servendosi di due armi temibili: l'esilio e l'imposizione fiscale, che consisteva nel maggiorare le tasse fissate da una commissione formata da uomini a lui interamente fedeli. Tali maggiorazioni potevano essere così elevate da condurre la vittima alla rovina. Con lo stesso cinismo, Cosimo favoriva gli amici, che arricchiva con le spoglie dell'avversario bandito, poiché l'esilio si accompagnava alla confisca dei beni. Quanto all'opposizione, sorvegliata da una vera e propria polizia politica, era ridotta all'impotenza. Infine, da sottile negoziatore, egli era uno di quegli uomini che considerano più opportuno risolvere un conflitto nel segreto di una cancelleria piuttosto che su un campo di battaglia. Ciò gli aveva permesso, un anno prima, di sconfiggere la coalizione milanese-napoletana, ottenendo l'onore di ospitare a Firenze il concilio ecumenico che aveva riavvicinato, bene o male, le chiese d'Oriente e d'Occidente.

Rivolgendosi a padre Nicolò Cusano, aggiunse:

«E che Dio accordi la Sua grazia ai vostri fratelli e al Santo Padre. Che vi illumini nei momenti difficili che sta attraversando la Chiesa».

E concluse gravemente: «Che vi protegga anche dai pazzi».

«Monsignore», ringraziò il sacerdote, «le preghiere dell'universo intero non saranno mai sufficienti. Conoscete la propensione degli uomini a preferire la notte al giorno».

E rivolgendo un sorriso complice a Lorenzo Ghiberti proseguì:

«Noi due siamo sulla stessa barca. Con la differenza che il mio futuro assassino non si è ancora mostrato. E se non lo ha fatto, è probabilmente perché non oso, come voi, sconvolgere le antiche tradizioni, esporre le mie opinioni con franchezza e determinazione».

L'orefice assentì, ma senza entusiasmo:

«Avete ragione, padre, ma guardate dove mi ha portato questa audacia. È più di una settimana che vivo praticamente come un recluso, costretto a farmi accompagnare a qualsiasi ora dalle guardie: il cantiere del battistero somiglia a un campo trincerato. Permettetemi di dirvi ancora una volta che trovo il vostro atteggiamento assolutamente suicida. Perché ostinarvi a rifiutare una protezione?»

«Perché la mia vita non mi appartiene, è di proprietà di Nostro Signore. Se Egli giudica che è giunta l'ora di riprendere il Suo bene, tutti gli eserciti della terra non potranno opporsi alla Sua volontà».

«Siete in errore. Se non avessi avuto l'aiuto del nostro illustre ospite, probabilmente non sarei più di questo mondo».

Lorenzo ne approfittò per salutare Cosimo:

«Vi ringrazio, monsignore. Nulla vi ci obbligava. Dopotutto, sono solo un artista».

«Si proteggono i principi, amico mio. Per un potente che muore se ne trova subito un altro, non così per un artista».

E chinandosi verso il suo vicino di destra gli chiese:

«Non siete del mio parere, signor Alberti?»

Tutti gli sguardi si diressero verso il personaggio interpellato. Si leggeva sui loro volti il rispetto e la considerazione che egli suscitava in loro. Protetto dal papa, membro del suo seguito, aveva approfittato del concilio per tornare a Firenze dopo anni d'esilio. Uomo di lettere, difensore della lingua volgare, moralista, era anche matematico e architetto. Nato a Genova, trentasette anni prima, ma toscano d'origine, portava in sé il sapere del suo tempo. Figlio illegittimo di un patrizio fiorentino, aveva studiato a Venezia, Padova, Bologna, aveva viaggiato in lungo e in largo in Francia e nei paesi tedeschi; a vent'anni aveva scritto una commedia in latino, un trattato di letteratura, uno di pittura, il *De Pictura*, nel quale aveva sostenuto i principi teorici della nuova espressione artistica. Infine, aveva messo mano a una serie di opere che, secondo l'opinione generale, avrebbero fatto epoca: il *De Familia*. Quattro raccolte di grande audacia, nelle quali trattava i temi dell'educazione dei bambini, dell'amore e dell'amicizia. L'uomo di fronte al proprio destino, il potere della virtù, la fede nella potenza creatrice dello spirito umano: queste erano le idee guida che dominavano la sua opera.

In risposta alla domanda di Cosimo, Alberti rispose:

«Posso osare, monsignore?»

Cosimo lo incoraggiò:

«Se temete di offendermi, avete torto. Non mi sono mai considerato un uomo di stato, ma un uomo e basta».

«In tal caso, mi permetterò di condividere in pieno il vostro parere. Un grande artista merita di essere protetto tanto quanto il signore di un regno. Se il divino Dante fosse stato ucciso, il mondo intero sarebbe stato orbato di un monumento. Un sonetto della *Vita nova*, una pagina della *Divina commedia*, e l'uomo si sente meno solo nell'universo».

«È il motivo per cui», insisté Donatello, «dobbiamo vegliare attentamente, affinché non accada nulla al nostro amico Lorenzo».

«Secondo me», commentò scherzosamente l'orefice, «chi ha tentato di uccidermi era un sicario del mio caro collega Brunelleschi. Sono convinto che non ha mai accettato il fatto che io lo abbia superato nel concorso che ci oppose vent'anni fa. Non è così, Filippo?»

Brunelleschi rispose con un grugnito. Completamente vestito di nero, quasi settuagenario, aveva l'aspetto di un uomo taciturno per il quale la vita non ha più segreti.

«Sbagli, amico mio. La sconfitta mi ha aperto gli occhi sul mio vero destino. Credevo di essere un orefice, uno scultore, ma in realtà ero nato per diventare architetto».

«E che architetto!» confermò Cosimo. «La cupola di Santa Maria del Fiore è certamente l'opera più innovatrice del nostro secolo. L'idea geniale di usare un'impalcatura mobile e un doppio involucro rimarrà per sempre viva nella memoria degli uomini».

E rivolgendosi a padre Cusano:

«Che ne dite, padre?»

«Non ho abbastanza conoscenze in architettura per dare un giudizio di merito, e purtroppo non ho ancora avuto l'occasione di ammirare la cupola dall'interno della cattedrale. Tuttavia, il suo aspetto esterno non può che suscitare ammirazione».

«Se è per questo, sono certo che il nostro amico Brunelleschi sarà felice di mostrarvi il suo capolavoro».

L'architetto annuì cortesemente:

«Certamente. Sono a vostra disposizione, padre».

«Tutta la concezione della cupola in sé è un'innovazione», aggiunse Alberti. «Mai si sarebbe potuta raggiungere una tale perfezione senza rompere con le tradizioni e attingere un nuovo vigore creativo dalle fonti antiche. Questo approccio geometrico dello spazio è un vero e proprio inno alla gloria dei nostri antenati greci e romani. Questa cupola sublime allungherà la sua ombra eterna su tutti i popoli della Toscana!»

Brunelleschi accolse il complimento con un battito delle palpebre:

«Innovazione o meno, una cosa è certa: sembra che la mia cupola offenda lo spirito meno delle porte del battistero. Nessuno mi ha ancora minacciato, né ha tentato di assassinarmi».

«Neanche me, intervenne Fra' Angelico sorridendo. «Eppure, sono un artista e, come padre Cusano, sono anche sacerdote».

«Certo», obiettò Cosimo, «ma voi non avete cercato di conciliare Oriente e Occidente. Non sostenete che occorre studiare il Corano per capire meglio l'Islam e avvicinarsi a esso. Non presentate ipotesi sconvolgenti legate al moto degli astri: forse è la vostra generosità a proteggervi dai demoni».

Il pittore assunse un'espressione di umiltà. Eppure Cosimo non aveva torto. Da quando aveva terminato il noviziato, Fra' Angelico versava tutti i compensi che riceveva per le sue opere alla comunità domenicana.

Lorenzo intervenne, sempre più allarmato:

«Credi davvero che io sia stato aggredito a causa del mio lavoro?»

«Chi lo sa?» rispose Fra' Angelico. «Forse la morte è gelosa del tuo talento».

«Non la morte», ironizzò Brunelleschi, «ma i nostri colleghi fiamminghi! Basta guardare come si fanno corrucciati quando arrivano da noi. La gelosia li strozza».

«Assurdo!» obiettò Alberti. «Apprezzano le nostre opere e condividono la nostra nuova visione dell'arte. Mi è stato detto che uno dei loro pittori, il più famoso, ha una grandissima stima del mio trattato sulla pittura. Ne possiede perfino una copia».

«Di chi si tratta?» chiese Cosimo.

«Van Eyck. Jan Van Eyck».

«Van Eyck?» disse sorpreso Donatello. «Che coincidenza. Ho appena saputo della sua morte!»

Un lampo di tristezza passò negli occhi di Alberti.

«Che peccato. Avrei desiderato conoscerlo».

«Tanto più che sarebbe stato interessante saperne di più sul suo metodo di lavoro. Durante un viaggio a Napoli, ebbi l'opportunità di ammirare una delle sue tavole. Vi garantisco che era un'opera sorprendente. Il tema in sé, un ritratto del duca di Borgogna, non aveva nulla di eccezionale; eppure la vivacità dei colori, la trasparenza della vernice, la ricchezza delle sfumature erano uniche. Ammetto umilmente di non aver mai visto nulla di così nuovo. Per giunta, vi era una grande audacia nella composizione dell'insieme. Era evidente che il fiammingo aveva evitato l'abbondanza di particolari inutili e le pesantezze insopportabili del gotico, preferendo loro quel realismo e quell'autenticità che noi stessi cerchiamo di raggiungere».

«In tal caso», esclamò Cosimo, «propongo di brindare al genio defunto. A Jan Van Eyck!»

«A Jan Van Eyck!»

Bruges, quella stessa sera

Jan infilò la stella di vetro di Venezia nella sua sacca e annodò il cordone. Dopo essersi accertato che la borsa con i fiorini fosse ben legata alla cintura, abbracciò con lo sguardo la mansarda dove aveva vissuto per più di sei anni, poi si diresse verso la porta. Il dado era tratto. Non sapeva che strada avrebbe imboccato, ma avrebbe realizzato il suo sogno: sarebbe andato a Venezia. Non voleva crescere fra quelle quattro pareti, in quella famiglia, senza Van Eyck. Laggiù, anche solo, sarebbe stato felice perché c'era il sole.

Si volse a contemplare per l'ultima volta la casa dove aveva vissuto e credette di intravedere la figura tonda di Katelina che stava sull'uscio. Santo cielo! Lei sì che gli sarebbe mancata. Già lo sentiva! Aveva perduto Van Eyck; stava per perdere Katelina. Certo, aveva pensato di metterla al corrente della sua decisione, ma non l'aveva fatto: lei non l'avrebbe mai approvata. E per trattenerlo, chissà?, avrebbe potuto avvertire Margaret.

Con il cuore stretto, girò i tacchi e si tuffò nel buio di via Neuve-Saint-Gilles. Da qualche parte, verso la torre campanaria, risuonava la raganella del guardiano notturno. Lassù, il cielo cominciava a coprirsi di filamenti rosa; stava per spuntare l'alba. Aveva tre possibilità: aspettare il ritorno delle galere di settembre – di lì a un mese – e imbarcarsi per la Serenissima; andare a Sluys sperando di trovare una nave in partenza per l'Italia; oppure – e questa era la soluzione meno gradita – prendere la strada di terra. Ma quante leghe avrebbe dovuto percorrere? Chissà. Quali paesi sconosciuti avrebbe dovuto attraversare? L'impresa gli pareva al di sopra delle sue forze. Ma se restava a Bruges, molto probabilmente Margaret lo avrebbe fatto cercare dalle guardie. Non sarebbe stato difficile ritrovarlo e riportarlo a casa volente o nolente. No. A ben pensare, la cosa migliore da fare era andare al porto pregando il cielo di trovare un vascello che lo portasse a destinazione. Senza altre esitazioni, si mise la sacca in spalla e si avviò verso la porta di Gand.

Quando arrivò a Sluys, il sole si alzava sul mare, i marinai si affaccendavano sui ponti e la folla gremiva l'imbarcadero. Jan esaminò una dopo l'altra le bandiere che sventolavano sugli alberi: Winchelsea, Yarmouth, Faversham, Stralsund, ma non trovò quella che cercava, riconoscibile tra tutte, il leone di San Marco. Eppure doveva pur esserci fra tutte quelle imbarcazioni una nave diretta a sud, qualsiasi porto del sud. Posò la sacca a terra e attese. Più di un'ora passò prima che la Provvidenza decidesse di manifestarsi, non molto generosamente, purtroppo. Un uomo che passò vicino a lui, un funzionario incaricato di percepire le tasse portuali, accettò di rispondere alle sue domande. No. Nessuna delle navi presenti quel giorno era diretta a sud, tanto meno a Venezia. Sì, ci sarebbe stata una caracca proveniente dalla Scozia in partenza per Pisa; ma non prima di otto giorni. Forse dieci. I venti erano capricciosi in quella stagione. E il funzionario aveva concluso con aria severa: «Questo non è un posto adatto a te; faresti bene a tornare a casa».

Deluso e soprattutto seccato d'essere trattato da sciocco, Jan riprese la sacca e decise di armarsi di pazienza. Dopo tutto, la pazienza era per lui una seconda natura. L'aveva imparata in tutti quegli anni passati a cuocere vernici, pulire i pennelli e annodare le setole.

Fece dietrofront e ripartì verso Damme. Laggiù, nell'avamporto dove era nato Till Eulenspiegel, avrebbe certamente trovato un rifugio; forse avrebbe perfino potuto offrire i suoi servigi in cambio di poche monete, poiché non era certo il caso di dilapidare la somma regalatagli da Van Eyck. Otto giorni, aveva detto il funzionario portuale. Pisa. Dopo avrebbe visto il da farsi. Otto giorni sarebbero trascorsi molto più velocemente della sua pazienza.

«Il ragazzo è scappato...»

«Ne siete sicuro?»

«Sì. Sono passato un'ora fa da casa di Van Eyck col pretesto di informarmi sulla salute di Margaret. È stata lei a darmi la notizia. Sembrava meno sconvolta della fantesca».

Avvolti nella penombra, i due personaggi che conversavano riuscivano a vedersi a malapena, illuminati solamente da un minuscolo raggio di luce che filtrava dagli interstizi delle persiane chiuse. Uno aveva un forte accento italiano, l'altro si esprimeva in un fiammingo perfetto. Tranne che per quel particolare, le tenebre che mascheravano i loro volti impedivano la minima ipotesi sulla loro età: avrebbero potuto avere vent'anni come sessanta. Tutto ciò che si poteva dire, è che il tono perentorio dell'uomo con l'accento italiano lasciava intendere che fosse lui a comandare.

«Sapete che cosa significa questa fuga, naturalmente».

«Credo proprio di sì, messere».

Vi fu un lungo silenzio, ritmato dal respiro rauco dello straniero.

«Dobbiamo agire subito. Se il ragazzo ci sfuggisse, le conseguenze sarebbero infinitamente più gravi che per Coster e gli altri. Coster! Uno scacco. Un misero scacco. Uno in più».

Poi ripeté martellando le parole:

«Dobbiamo agire subito!»

«Ne siamo consapevoli. Ma che fare? Non sappiamo dov'è».

«Dove credete che sia? Un ragazzo della sua età, senza risorse, senza amici, senza famiglia, non può essere andato lontano. Se non è a Bruges deve essere nei dintorni, a Termuyden, a Oostkerke o a Damme. Trovatelo!»

«E quando lo avremo trovato? Cosa dobbiamo fare di lui?»

«Mi meraviglio di voi. Con quello che sa, è una domanda da fare?»

«Certo, ma...»

«Uccidetelo! Inscenate un annegamento. Camuffate la sua morte. Ma uccidetelo!»

Ci fu un attimo di esitazione.

«Ma... è solo un ragazzo. E non siamo nemmeno certi che parlerà».

«Lo avete detto. Non ne siamo certi. E nulla, mi capite, nulla è più pericoloso dell'incertezza! Non c'è posto per l'incertezza nel grande disegno degli uomini. Sono stato chiaro?»

Lo straniero concluse con una determinazione impressionante:

«Uccidetelo!»

Seduto in un angolo della sagrestia di San Gerolamo,

Jan mangiava avidamente una mela comprata al mercato di Damme. L'asilo di una chiesa era cosa sacra. Nessuno si sarebbe arrischiato a commettere un sacrilegio, né Margaret né altri. Aveva sempre sentito dire che i luoghi santi offrivano alloggio e protezione perfino al peggiore dei criminali. Tanto più se si trattava di un bambino.

12

«Che ci fai qui?»

Jan si mise a sedere, i capelli tutti arruffati.

«Che ci fai qui?» insisté la voce.

«Stavo... stavo dormendo».

Mentre balbettava la risposta, studiava l'uomo che, così rudemente, lo aveva strappato ai suoi sogni. Basso, con una sottana nera. Un sacerdote. Incredibilmente pieno di rughe, aveva piccoli occhi grigio-verdi che scrutavano con una straordinaria acutezza.

«Come ti chiami?»

«Jan».

«Jan è solo un nome di battesimo. E poi?»

Disse il primo nome che gli venne in mente:

«Jan... Coster».

«Perché sei qui? Avrai dei genitori, una casa».

«No, non ho più genitori, né una casa».

«Sei orfano? Non hai nemmeno dei parenti?»

Il ragazzo rispose negativamente.

«Devi pur essere cresciuto da qualche parte!»

«Certo! Ma mio padre e mia madre sono morti nell'incendio che ha distrutto la nostra casa».

«Un incendio? Dove? Quando?»

«Un mese fa circa. Poco dopo, le guardie hanno deciso di affidarmi a una famiglia: persone orrende che mi picchiavano continuamente. È per questo che sono scappato».

«Alzati!»

Mentre obbediva, Jan sentì pesare su di lui lo sguardo del prete.

«Non ho sentito parlare di un incendio a Damme negli

ultimi mesi. È da dieci anni che sono sacerdote in questa parrocchia e non ti ho mai visto prima d'ora. Da dove vieni?»

«Da Baerle».

«Baerle? Ma è a più di cento leghe da qui! Che ci fai qui?»

«Sto andando a Sluys. Fra una decina di giorni vi farà scalo una nave prima di ripartire per Venezia. Voglio imbarcarmi».

Il prete si segnò.

«Venezia... Perché Venezia?»

Jan attese qualche secondo prima di rispondere:

«I miei genitori parlavano spesso di quella città dove, tanto tempo fa, è andato a vivere il fratello di mio padre. Non avendo più famiglia nelle Fiandre, mi sono detto che potrei trovar rifugio e sicurezza presso mio zio».

«Santo Cielo! Ma è una follia! Non ci si imbarca per un viaggio tanto lungo alla tua età. E poi bisogna che il capitano accetti di prenderti a bordo».

«Ho dei soldi. Posso pagarmi il viaggio».

«Come mai possiedi del denaro?»

«Mio padre me l'ha dato prima di morire».

Il prete aggrottò le sopracciglia e osservò il ragazzo, perplesso.

«Il tuo racconto è per lo meno strano», dichiarò dopo una pausa di riflessione. «Ma voglio crederti. Che cosa intendi fare da qui all'arrivo del vascello?»

«Non so. Restare qui, se me lo permettete».

Il prete tentennò:

«Sai che giorno è?»

Jan esitò:

«Domenica?»

«Esattamente. Hai mai servito messa?»

«No».

«Sarebbe ora. Sei battezzato almeno?»

«Certo!»

«Seguimi».

Mentre si dirigeva verso un armadio in quercia, ornato di pitture e diviso in varie ante, chiese:

«Che cosa sai fare con le mani? Ti hanno insegnato qualche mestiere?»

«So spazzare, mettere in ordine...»

Stava per aggiungere: «... frantumare i pigmenti, intelare le tavole...»

«Ecco una cosa interessante: devi avere un angelo custode zelante. La mia perpetua mi ha appena lasciato. Chissà? Forse potrai essermi utile».

Aprì una delle ante e tirò fuori un camice, una pianeta e infine una stola e un amitto.

«Per cominciare, adesso aiutami a vestirmi. Poi ti insegnerò i gesti essenziali. Spero che imparerai velocemente, i fedeli stanno per arrivare».

«Non abbiate timore. Ho un'ottima memoria».

Jan tese le mani verso l'ecclesiastico. In fin dei conti, non se l'era cavata troppo male. Mai si sarebbe creduto capace di mentire con tanta sicurezza. Dov'era andato a pescare quella storia dello zio veneziano? Il sacerdote aveva ragione: la fortuna gli aveva arriso; poteva ringraziare il suo angelo custode. Avrebbe aspettato qui, al sicuro, l'arrivo della caracca. Vitto e alloggio garantiti, sarebbe stato al sicuro.

«A proposito», disse il prete, «mi chiamo Hugo Littenburg. E adesso passami il camice...»

«Il camice?»

Il prete indicò un indumento di lino bianco.

«E quella striscia ricamata con una croce è la stola. Deve essere dello stesso colore dei vestiti liturgici. La croce va disposta attorno al collo e poi si indossa la pianeta sopra il camice e la stola. Hai capito bene?»

Tutto questo era ben lontano dalle code di scoiattolo e dalle setole di maiale. Certo meno appassionante, ma anche meno difficile.

Nella sala comune dell'ospedale San Giovanni aleggiava un tanfo fetido; sembrava quello dei corpi in putrefazione. Le persiane erano chiuse, certo perché la luce non disturbasse i malati. Il passo dell'uomo risuonava appena sulle pietre bianche. Senza mostrare alcun interesse per le file di malati stesi sui paglericci, l'uomo continuò ad avanzare fino a quando non ebbe raggiunto il giaciglio dove sonnecchiava Laurens Coster.

Il batavo non aveva più una parvenza umana. Il suo corpo era avvolto in bende impregnate di sostanze vegetali. Il suo respiro era impercettibile.

Allertato da una sorta di sesto senso, Coster socchiuse gli occhi quando l'uomo gli si avvicinò. Di colpo le sue pupille si dilatarono, le labbra si mossero, cercò di pronunciare una parola, invano. Le sillabe si strozzarono in fondo alla gola, per la paura e l'immensa debolezza che gli infiacchiva il corpo. Il terrore si fece ancor più grande nel vedere che l'uomo teneva in mano una cordicella di canapa. Questa volta non sarebbe sfuggito alla morte. Era scampato all'incendio, ma non sarebbe scampato allo strangolamento. Un brivido gelido gli attraversò le membra. Morire doveva sembrargli come precipitare in fondo a un inverno infinito.

Nel momento in cui la cordicella gli sfiorò il collo, cercò di difendersi, pur sapendo di non avere alcuna possibilità. Ora la collana di canapa gli stringeva la gola. Una pressione brutale accentuò lo strangolamento. Laurens singhiozzò, aprì la bocca in cerca di una boccata d'aria che non venne. Con gli occhi già annebbiati, si chiese perché nessuno reagiva accanto a lui e provò tristezza all'idea di spegnersi nell'indifferenza. Per un istante, credette di intravedere sul soffitto dei caratteri di stagno, pergamene macchiettate d'inchiostro, il sogno della sua vita, e una domanda in filigrana: «Perché?» Cosa aveva fatto per suscitare tanta ira?

Era ancora lucido quando una seconda persona, molto alta, quasi un gigante, fece irruzione nella sala dell'ospedale.

In pochi passi, questi si trovò dietro l'aggressore di Coster. Con determinazione implacabile, infilò l'avambraccio sinistro sotto il mento dell'uomo e tirò all'indietro, mentre simultaneamente la sua mano destra, posta dietro la nuca, effettuava una spinta inversa. Si udì un rumore sordo, come di un ramo che si spezza. Tutto era stato così veloce che l'aggressore di Coster non ebbe nemmeno il tempo di capire cosa gli stesse succedendo. Cadde nelle braccia del gigante, gli occhi pieni di stupore.

Tranquillamente seduto alla destra dell'altare, Jan ascoltava l'omelia in atteggiamento raccolto, mentre con la coda dell'occhio osservava i fedeli. Paesani, contadini, borghesi, artigiani, tutti i fedeli di Damme erano riuniti nella navata. Non erano molti, una ventina tutt'al più; tre volte meno di quelli che vedeva di solito la domenica nella chiesa di Santa Chiara a Bruges. In compenso, il loro atteggiamento era il medesimo: tra la compunzione e il pentimento.

Perché gli uomini stabilivano con Dio rapporti di timore e di contrizione? Dalla Bibbia, che Van Eyck gli leggeva spesso, Jan aveva soprattutto imparato che Dio aveva fatto l'uomo a sua immagine e somiglianza. Ne aveva dedotto che il creatore doveva essere fragile come le sue creature. Eppure, la visione che avevano voluto inculcargli era quella di un Dio vendicatore. Dov'era la verità? La religione era un mistero che sfuggiva alla comprensione di un bambino. Ma forse era il diavolo che suggeriva a Jan questi ragionamenti sacrileghi. Senza farsi notare si segnò e chiese perdono a Dio per i suoi pensieri impuri.

Le mani appoggiate sul bordo di velluto del pulpito, il sacerdote continuava la predica.

Jan lasciò vagare lo sguardo lungo la navata, sui muri di pietra, verso la porta di quercia scolpita e vide due uomini entrare in chiesa. Dopo aver intinto la punta delle dita nell'acquasantiera, si fecero il segno della croce e, stranamente, invece di prender posto in un banco, rimasero in piedi all'ombra di una colonna. C'era, nel loro abbigliamento e nell'atteggiamento, qualcosa che li distingueva dal resto dell'assemblea: maniche a sbuffo, farsetti in cuoio, le dita piene di anelli. Dovevano certamente far parte dei notabili di Damme. Jan riportò la sua attenzione su padre Littenburg. Felice ispirazione, poiché questi aveva appena lasciato la cattedra e si dirigeva verso l'altare rivolgendogli un'espressione corrucciata. Jan si alzò di corsa; quasi nello stesso tempo, una voce roca di donna intonò un responsorio, subito ripreso in coro dai fedeli. E la funzione continuò fino alla fine senza interruzioni.

Jan sbirciò verso la navata. I due uomini erano spariti. Dovevano essersene andati durante la lettura del prologo di San Giovanni.

Dopo aver accuratamente riposto gli abiti sacerdotali sul ripiano, padre Littenburg richiuse l'anta dell'armadio e si rivolse a Jan.

«La prima qualità di un chierichetto è la partecipazione piena e totale al sacrificio di Nostro Signore. Ti ho sentito poco presente. Cosa stavi sognando?»

Senza che egli potesse rispondere, il prete continuò:

«Mi sono accorto di aver quasi finito le ostie. Vai subito da Claes, il fornaio. Dovrebbe essere pronta una galletta. Prendila e portamela qui».

«Bene. Ma dov'è il forno?»

«Non puoi sbagliare. È a pochi passi dall'ospedale San Giovanni, vicino alla torre di guardia, la torre più alta della città».

Il mercato del vino era gremito di gente, giustificando la sua reputazione di primo mercato di vino del *plat pays*. Qua dei vagabondi, là dei *poorters*, borghesi di Damme che mercanteggiavano sul prezzo del barile, anche se godevano dell'esenzione del diritto di pedaggio su tutti i mercati delle Fiandre. Più lontano si stagliava il magazzino della derrata che, dopo il commercio del vino, costituiva la ricchezza della città: le aringhe. In alto sventolava la bandiera sulla quale erano ricamate le armi della città. Particolare curioso, tra le figure araldiche c'era un cane. Jan non ne fu sorpreso, conoscendo la leggenda. Essa narrava che i primi abitanti del luogo trascorrevano la maggior parte del tempo a colmare una breccia – sempre la stessa – che si formava nella diga sulla Reie. Si diceva che il responsabile del misfatto era un "cane ululante". La battaglia durò per mesi, fino al giorno in cui gli abitanti riuscirono a murare la bestia all'interno della diga. Da allora, l'animale faceva parte integrante delle armi di Damme.

Il sacerdote aveva ragione: prima di arrivare, Jan sentì i caldi aromi del pane provenienti dal forno di Claes che aleggiavano nell'aria. Il fornaio, un omone gioviale, chiese a Jan di pazientare: la galletta di frumento era quasi pronta, sua moglie la stava tagliando. Gli offrì un pane allo zucchero e gli mostrò uno sgabello. Jan si sedette e notò:

«È divertente, avete lo stesso nome del padre di Eulenspiegel. Anche lui si chiamava Claes».

«Proprio così. E ne vado fiero! Sono un fiammingo, uno vero! Se potessi, farei dei begli scherzi ai nobili, al clero e soprattutto ai borgognoni!»

«Al clero?»

«Sì, al clero. Cosa credi? Non è perché sforno ostie per quel corvaccio di Littenburg che mi considero un san Bavone. E se dovessi darti un consiglio, ragazzo, ti direi di diffidare di tutto ciò che indossa la sottana: c'è ipocrisia tra le loro mani giunte».

Un sorriso divertito si disegnò sulle labbra di Jan:

«E i borgognoni?»

«Che domanda! Ti sembra una cosa sensata essere governati da un duca borgognone che parla fiammingo come un francese e che ha un cognato inglese? Un uomo che non ha trovato nulla di meglio che consegnare al nemico quella povera Giovanna la Pulzella, per mandarla al rogo! E quando penso a tutto il sangue dei nostri figli versato da quella gentaglia da decine di anni...»

Il fornaio mollò un pugno alla pasta sollevando volute bianche di farina.

«Tornerà il tempo degli speroni d'oro e dei mattutini di Bruges!»

«Gli speroni d'oro?»

«Cosa? Un figlio delle Fiandre che non conosce il giorno più glorioso della nostra storia? Vergogna!»

Abbandonò la madia e si piazzò davanti a Jan con i pugni sui fianchi:

«Voglio completare la tua educazione, piccolo. Ascoltami bene: le cose si sono svolte un secolo e mezzo fa, ma per noi, è come se fosse stato ieri. Stanchi, stremati, schiacciati dalla tirannia francese instaurata da Filippo il Bello, allora re di Francia, un bel giorno gli artigiani di Bruges scesero per le strade della città e si lanciarono contro i francesi! Un uragano! Chi fu sgozzato nel letto, chi fu braccato per le strade. In meno di un'ora, i *klauwaerts* si impossessarono delle porte e della città intera. Folle di rabbia, il re mandò alla riscossa il fior fiore della sua cavalleria, ben deciso a schiacciare la rivolta. Non aveva fatto i conti con il coraggio dei nostri uomini. Lo scontro si svolse sotto le mura di Courtrai, non lontano dall'abbazia di Groeninghe. Immaginati la scena! Da un lato, i nostri contadini mal equipaggiati; dall'altro una cavalleria ben agguerrita al combattimento. La lotta era ineguale. Il capo della cavalleria francese, un certo Roberto d'Artois, lanciò i cavalli al grido di "Montjoie!". Cosa credi che successe?»

Jan, ipnotizzato, rimase in silenzio.

«Un disastro! I cavalieri vennero a schiacciarsi contro il muro di lance innalzato dai nostri contadini, mentre i nostri arcieri tendevano gli archi: una pioggia di frecce si abbatté sul nemico, così densa che il cielo divenne tutto nero. Una volta svuotate le faretre, i nostri valorosi guerrieri ruppero le corde dei loro archi e li gettarono tra i garretti dei cavalli. I destrieri scivolarono sui bordi dei fossati e le nostre milizie ne approfittarono per disarcionare i cavalieri. Seguì un formidabile massacro, un'ecatombe che nessun racconto saprebbe descrivere. Quasi tutti i capi dell'esercito reale perirono nel fuggi fuggi generale, gli altri se la diedero a gambe, morti di paura, costretti a vendere la loro armatura per un tozzo di pane. Settecento speroni d'oro giacevano sul campo di battaglia. I vincitori li raccolsero e, per ringraziare il cielo della loro vittoria, li appesero nella navata della chiesa di Notre-Dame, a Courtrai».

Il fornaio concluse con orgoglio:

«Questi furono i Mattutini di Bruges! La terra e i canali ne serbano ancora il ricordo!»

Jan gettò la testa all'indietro, come se fosse stato assordato dal cozzo delle armi.

Claes tornò alla madia. Un sorriso furbo gli apparve sulle labbra e mormorò:

«Un giorno, come Till, farò a quei borgognoni uno scherzo dei miei. Uno scherzo che non potranno dimenticare. Sai cosa farò?»

Abbassò la voce, fino a diventare un bisbiglio:

«Segala cornuta...»

«Come?»

«Segala cornuta... È una piccola escrescenza, di forma allungata, apparentemente inoffensiva, provocata da un fungo che si sviluppa a danno del grano. Basta aggiungerne alla farina per il pane del Prinsenhof».

Jan sgranò gli occhi:

«Poi?»

Claes scoppiò a ridere:

«Finiti i borgognoni, finito il duca Filippo, più nessuno! Un fuoco terribile divorerà le viscere di quei signori, saranno presi da tremiti, dolori terribili e poco a poco le loro membra si staccheranno e cadranno in polvere fino a che non rimarrà più niente del loro corpo. Nulla! Solo un mucchietto di cenere...»

Il ragazzo, terrorizzato, saltò su dallo sgabello. Quell'uomo era pazzo!

«Io... la galletta», farfugliò. «Devo rientrare».

Il fornaio rimase in silenzio a fissarlo. Sembrava un orco.

«Ti ho fatto paura, vero? Hai creduto che facessi sul serio. Ammettilo!»

«Sì...» disse con difficoltà Jan.

«Ma dai, stavo scherzando! Non sono un assassino. Sono un fornaio. Distribuisco la vita, non la morte. E poi ho inventato tutto. Non esiste la segala cornuta, non più del burro allo spiedo. Sei tranquillo ora?»

Jan, che non si era affatto tranquillizzato, annuì ma insisté:

«Posso avere le ostie?»

«Eccole, ragazzo mio!» esclamò una voce di donna.

Si scostò una tenda e apparve una donnetta dal volto allegro. Il ragazzo afferrò la scatola che gli veniva tesa e, ringraziando la coppia con un filo di voce, si precipitò verso l'uscita. Ma non ebbe il tempo di varcare la soglia: due uomini gli sbarravano la strada. Li riconobbe immediatamente: erano quelli che aveva visto in chiesa. Farfugliò una parola di scusa, cercò di sgattaiolare tra loro, ma invece di spostarsi, uno dei due lo afferrò per il braccio e domandò in un miscuglio di italiano e di fiammingo:

«Sei il figlio di Van Eyck?»

Il ragazzo non ebbe bisogno di rispondere: la sua espressione terrorizzata lo aveva già tradito.

«Seguici».

«Chi siete?» domandò Jan riprendendosi.

Per tutta risposta, l'uomo che gli stringeva il braccio accentuò la pressione e cercò di trascinarlo via.

«Lasciatemi!»

«Obbedisci, altrimenti...»

«Lasciatemi!»

Fu l'effetto del panico o della disperazione? Il ragazzo riuscì a liberarsi e batté in ritirata, cercando rifugio presso il fornaio. Questi aveva preso in mano il mattarello come se si trattasse di una clava.

«Calma, *minen heere*».

Non c'era aggressività nella sua voce, solo non capiva cosa stesse accadendo.

«Che cosa ha fatto?» domandò rivolto ai due. «Cosa volete da lui?»

«Amico, se non vuoi grane ti consiglio di non immischiarti!»

Chi aveva parlato, in perfetto fiammingo, si avvicinò a Jan, pronto ad afferrarlo.

«No!» urlò il ragazzo nascondendosi ancor di più dietro il fornaio.

«Basta, santo cielo!» intervenne a sua volta la donna. «Non vedete che state terrorizzando il ragazzo?»

La sua frase finì in un grido. L'uomo che si teneva in disparte aveva tirato fuori un pugnale. Fece un passo in avanti e puntò la lama al collo del fornaio.

«Ora ti sposterai, caro il mio uomo».

«Non prima di aver capito cosa volete fare al ragazzo».

«Molto bene. Adesso te lo spiego».

Con un gesto secco, con una determinazione terribile, la sua mano disegnò un movimento semicircolare attorno alla gola del fornaio, dalla quale immediatamente il sangue schizzò a fiotti. Il poveretto ebbe appena il tempo di portare la mano alla ferita prima di accasciarsi al suolo. Adesso, non c'era più niente tra Jan e i suoi aggressori. Il più vicino lo sollevò da terra e lo portò verso l'uscita. Il compagno asciugò accuratamente la lama contro la veste della donna la quale, impietrita dal terrore, non osava nemmeno più respirare. L'uomo emise un risolino cinico e uscì.

Sballottato per le stradine, Jan aveva la nausea. Il cielo tremava sopra di lui e si univa al selciato. L'uomo lo stringeva così forte che riusciva a malapena a respirare. Dove lo stavano portando? Chi erano quegli uomini? Non potevano essere guardie, tanto meno guardie giurate; i difensori della legge non uccidono in quel modo!

«Aiuto! Salvatemi!» urlò Jan.

Dei passanti stupiti si voltarono al passaggio del terzetto, ma nessuno osò intervenire.

All'angolo di una stradina, due cavalli balzani attendevano tranquilli. L'uomo che stringeva il ragazzo lo gettò come un sacco su una delle cavalcature, mentre il complice inforcava l'animale. Pochi attimi dopo, varcavano a briglia sciolta le porte della città e imboccavano la direzione del canale che collega Damme a Sluys e a Bruges.

A pancia in giù, sballottato contro la criniera del cavallo, Jan vedeva la terra che scorreva sotto gli zoccoli a ritmo sfrenato. La paura, una paura orrenda, gli paralizzava le membra e gli offuscava i pensieri.

Erano quasi arrivati al canale: già si vedevano i flutti che tremolavano al sole. La folle cavalcata si arrestò solo quando giunsero alla riva. Jan sentì confusamente una voce che diceva:

«Qui va bene».

E poi:

«Non c'è nessuno. Sbrighiamoci, non c'è tempo da perdere».

Si sentì afferrare, il cielo riapparve furtivamente, poi la terra, una terra macchiettata di ocra che gli ricordò, chissà perché, i marroni di Van Eyck. Mentre veniva trascinato verso la sponda, trovò la forza di dire:

«Pietà!»

Una mano lo strinse alla nuca. Intravide la superficie ondeggiante del canale. Ecco, gli dicevano i battiti del cuore, stai per morire annegato. Pazzo di terrore, cercò di liberarsi, ma i suoi aggressori erano troppo forti.

A contatto con l'acqua ghiacciata, il corpo gli si contrasse tutto. Aprì la bocca per aspirare una boccata di aria, ma, invece, un'onda liquida gli penetrò nei polmoni. Si vide circondato da un gorgoglio di bolle, con la strana sensazione che il sole affondasse con lui nelle tenebre.

13

Quando fu che si accorse che la stretta si stava allentando, e si disserrava del tutto? Forse si trattava di un sogno, o il suo corpo lo stava abbandonando? Come un pesce che risale dalle profondità, ritrovò la superficie, la testa schizzò fuori dall'acqua. Tossì e si rovesciò sulla schiena, sorpreso di rivedere la luce. Delle ombre si agitavano attorno a lui. Ci fu un grido. Il suono soffocato di un corpo che si accascia. Un rumore di lotta. Un attimo di silenzio, seguito dall'eco di un cavallo che fila al galoppo. Solo allora si rialzò.

«Come ti senti?»

L'ombra di un gigante gli nascondeva il cielo. Balbettò: «Messer Idelsbad?»

«Mi riconosci. Allora va tutto bene».

Frastornato, Jan si guardò attorno. Uno dei suoi aggressori era steso a terra, una lama infilata nel petto. L'altro era scomparso.

Il ragazzo indicò il cadavere:

«Siete stato voi a...?»

«Sono stato io».

Idelsbad aiutò il ragazzo a rialzarsi e indicò un cavallo accanto a un pioppo:

«Dobbiamo andarcene».

«Come mi avete trovato?»

«Hai la memoria corta. Non ti ho detto una volta che il mio compito era quello di sapere?»

«Mi avete seguito?»

Il gigante eluse la domanda:

«Forza, vieni!»

«Dove mi state portando?»

«Dove saresti dovuto rimanere: a casa tua».

Jan fece un passo indietro.
«Non se ne parla nemmeno».
«Come? Ripeti?»
«Non voglio tornare da Margaret».
Idelsbad afferrò il ragazzo per il braccio e senza tanti salamelecchi, lo costrinse a seguirlo.
«Andrai dove ti ordino di andare. Punto e basta!»
Jan si impuntò, si lasciò cadere a terra.
«No!»
Il gigante indicò il cadavere:
«Dunque questa lezione non ti è bastata! La prossima volta, non ci sarò per tirarti fuori dai guai. Voglio che tu torni a casa».
«Appunto...»
«Appunto cosa?»
«Mi avete salvato la vita. Dovete continuare a proteggermi!»
Idelsbad rise controvoglia:
«Che arroganza!»
«E poi non mi avete nemmeno detto il motivo!» continuò Jan.
«Il motivo?»
«Perché quei due uomini hanno cercato di uccidermi? Lo sapete, no? Sapete tutto voi, è il vostro compito».
Un'espressione perplessa apparve sul volto di Idelsbad:
«Be', se lo vuoi sapere, non ci capisco niente».
«Hanno ucciso mio padre, e adesso tocca a me?»
Ci fu un impercettibile silenzio.
«Nessuno ha ucciso tuo padre. Van Eyck è morto di morte naturale».
Il ragazzo lo fissò, incredulo:
«Ne siete certo?»
Il gigante annuì.
«Ma come fate a saperlo? Avete la prova?»
«Lo so. È tutto. Adesso basta con le ciance. Ti riporto a Bruges».
«Voglio sapere!»

Idelsbad lasciò scoppiare la sua esasperazione:

«Basta! Fai quello che vuoi. Se ci tieni davvero a giocare con la tua vita, si tratta appunto della tua, non della mia. A buon intenditor, poche parole!»

Con stizza, mollò la mano del ragazzo, e dopo aver recuperato la daga, si avviò verso il cavallo. Nel momento in cui stava per montare, Jan urlò:

«Aspettate!»

Idelsbad fece finta di non sentire e salì in sella.

«Aspettatemi!»

Jan afferrò lo sperone.

«Non potete abbandonarmi!»

Idelsbad lo guardò minaccioso:

«Ti riporto a Bruges. A casa tua!»

Il ragazzo annuì.

«Sali!»

Per tutto il percorso, non si scambiarono una parola. Fu solo al momento di varcare la porta di Gand che Jan osò dire timidamente:

«Ho fame».

«Dopo quello che ti è capitato? Ne conosco che avrebbero perso l'appetito per giorni!»

«Sono quarantotto ore che mangio solo mele».

«Ebbene, mangerai a casa tua. Eccoci arrivati!»

Erano in vista della chiesa di Santa Chiara, via Neuve-Saint-Gilles era a due passi.

Jan scorse il profilo della casa di Van Eyck che si stagliava nella luce. Fu travolto da un'emozione mista a disperazione. Già immaginava Margaret sbottare di rabbia. Grazie a Dio, ci sarebbe stata anche Katelina... Sarebbe stata il suo scudo. Stava per rivederla, le avrebbe spiegato tutto e finalmente quella drammatica avventura avrebbe avuto un buon esito. Poi, alla prima occasione, sarebbe scappato di nuovo, di questo era certo. Sarebbe tornato a Sluys e questa volta, nessuno lo avrebbe più fermato.

Perso nei suoi pensieri, non si era accorto che Idelsbad si era fermato.

«Che succede?»

Non ottenendo alcuna risposta, spostò la sua attenzione verso il punto fissato dal gigante e vide tre uomini di guardia alla casa.

«Che cosa...?»

Non ebbe tempo di finire. Idelsbad aveva già fatto dietrofront e ripartiva a briglia sciolta in senso opposto, dritto davanti a sé. Si fermò solo all'entrata del Burg.

«Che la peste si porti via quei fiamminghi!»

Poi voltandosi verso Jan:

«Ma cosa hai fatto? Che crimine hai commesso?»

«Crimine? Scappare da un luogo dove si è infelici è un crimine?»

«Non è possibile. Mi nascondi qualcosa».

«Nulla, ve lo giuro».

«Non ti credo. Noi due dobbiamo parlare: mi farai il favore di vuotare il sacco!»

Idelsbad spronò rabbiosamente il cavallo, ma questa volta verso le mura della città.

Un'ora dopo, entravano nel villaggio di Hoeke. Poche casette di legno coperte di stoppia. Una strada in terra battuta. Una piccola cappella. Idelsbad mise piede a terra davanti a una casetta umile come tutte quelle che la circondavano.

All'interno aleggiava un profumo di legna vecchia. C'erano pochi mobili: una tavola zoppa, una panca senza braccioli, due sgabelli, un baule di noce a destra del focolare senza alari dove sonnecchiavano poche pagnotte di torba. Una porta aperta lasciava intravedere una minuscola cucina.

«Siediti. Ti ascolto».

Il ragazzo ebbe un moto di disperazione.

«Che cosa volete che vi dica? Non so nulla».

E aggiunse:

«Ho fame!»

«Mangiare! Mangiare! Gli assassini ti stanno alle costole e non pensi che a riempirti la pancia!»

«Se devo morire, preferisco sia con la pancia piena!»

Idelsbad fece un gesto di stizza:

«Non siamo in una locanda! Vado a vedere che cosa posso trovare».

Andò in cucina e tornò con un pezzo di pane, poche fette di lardo, un paio di porri, il tutto buttato alla rinfusa su un piatto fondo.

«È tutto quello che ho. Fattelo bastare».

«Va benissimo. Adoro il lardo!»

Il gigante posò il piatto sul tavolo e si sedette di fronte a Jan:

«Adesso raccontami tutto. Tutto, dalla morte di Van Eyck».

Tra un boccone e l'altro, il ragazzo si sforzò di non omettere nulla, per lo meno nulla di essenziale. Quando ebbe finito, Idelsbad, più preoccupato di prima, domandò:

«Non hai dimenticato nulla?»

«Non credo...»

L'adolescente respinse il piatto e interrogò a sua volta:

«E adesso posso rivolgervi alcune domande anch'io?»

«Se vuoi. Deciderò se rispondere o meno».

«Prima avete detto: "Nessuno ha ucciso tuo padre. Van Eyck è morto di morte naturale". Perché? Come potete esserne certo?»

«Perché quella sera ero con lui».

Jan lo squadrò, a bocca aperta.

«Sì», riprese Idelsbad. «E voglio dirti subito che non ho nulla a che vedere con la sua morte. Stavamo parlando quando all'improvviso ha portato la mano al petto. Il suo colorito è diventato grigio, ed è crollato prima che avessi il tempo di capire cosa stesse succedendo. Mi sono precipitato su di lui: ha ansimato per pochi secondi, poi... più nulla».

«E il vino? È stata ritrovata una coppa vuota. Lo *hooftman* aveva avanzato l'ipotesi dell'avvelenamento».

«Il vino l'ho bevuto io, o meglio quello che ne rimaneva. Dopo la morte di Van Eyck, avevo bisogno di farmi coraggio».

«L'uomo che mi ha dato un colpo in testa eravate voi?»

«Non avevo altra scelta. E non sapevo che fossi tu. Ho colpito istintivamente, senza riflettere».

Jan alzò le spalle:

«Comunque sia, sapere che ero io non avrebbe cambiato niente».

«Proprio così. Non potevo correre il rischio che tu urlassi svegliando tutti».

«Ma che ci facevate lì? Lo *hooftman* ha detto che non c'era stata effrazione. Da che parte siete entrato?»

«Dalla porta del giardino, semplicemente. Mi ha aperto Van Eyck».

Jan si inarcò.

«Non ci capisco niente. Niente di niente».

Sollevò il mento e disse con fare aggressivo:

«Ma insomma, chi siete?»

Indicò le pareti della stanza:

«Non siete né un sergente né una guardia civile! Altrimenti non vivreste in un posto simile!»

«Hai ragione. E non sono nemmeno fiammingo. Non mi chiamo Till Idelsbad, ma Francisco Duarte».

«Un italiano?»

«Un portoghese. C'è una bella differenza!»

«Eppure parlate benissimo il fiammingo».

«Mia madre era di Gand. E io sono portato per le lingue. Parlo altrettanto bene lo spagnolo, l'inglese, l'italiano e il toscano».

Il ragazzo si alzò e si mise a camminare su e giù per la stanza, le mani dietro la schiena, tutto agitato.

«Ci avete ingannato», disse in preda a un'ira crescente. «Avete ingannato mio padre, gli avete fatto credere...»

«Tuo padre? Parliamone di tuo padre! Una volgare spia al soldo del duca di Borgogna! Ecco cos'era in realtà il grande Van Eyck. Risparmiami, ti prego, le lezioni di morale!»

Jan si fermò di colpo.

«Cosa dite?»

«La pura verità».

«Mio padre? Una spia? Mentite!»

«Siediti. Adesso ti spiego, a una sola condizione...»

«Quale?»

«Non amo esser interrotto e rischio di dilungarmi».

A pugni stretti, il ragazzo si rimise a sedere e aspettò.

«Il giorno in cui ti ho visto davanti al Waterhalle», cominciò Idelsbad, «ho capito che avevi la passione per le barche e per il mare».

«Oh sì! Talvolta mi accade di sognare di essere un marinaio».

«In tal caso la mia storia potrebbe interessarti: parla di navi e di mare».

Fece una pausa e cominciò:

«Per molto tempo, gli uomini hanno creduto che le regioni mediterranee fossero semplicemente un disco circondato dall'oceano, che si estendeva fino alle mura che sostenevano il cielo. Alcuni pensavano che se a nord l'oceano si trasformava in ghiaccio, diventava bollente a sud, per effetto del caldo. Ma piano piano, abbandonarono queste false idee, soprattutto dopo le prime crociate, non solo grazie agli arabi che ci hanno trasmesso le opere dei geografi dell'antichità ellenistica, ma anche grazie ai racconti di un viaggiatore veneziano, Marco Polo...»

«Quello che ha riportato il lapislazzuli del Badaskan? Mio padre mi ha parlato di lui».

Idelsbad aggrottò le sopracciglia:

«Credevo di averti detto che non sopporto le interruzioni. Stavo dicendo... grazie ai racconti di quel viaggiatore veneziano, Marco Polo, che ci ha rivelato l'esistenza del Cipangu e del Catai. È così che abbiamo scoperto che l'Africa e l'Asia erano circondate da uno stesso oceano e che si poteva navigare su di esso fino al Catai andando verso ovest».

Poi chiese:

«Qual è il più grande nemico del mondo cristiano? Quello che rischia di invadere le nostre terre e distruggerci?»

Il ragazzo rispose immediatamente:

«I turchi?»

«I turchi, ma anche gli arabi. In altre parole, l'Islam. Come possiamo difenderci da quella minaccia? Come distruggerli, se non indebolendoli? Dai viaggiatori abbiamo saputo che esiste, al di là dell'impero turco, un immenso regno ricco e potente, il cui principe è un cristiano: il prete Gianni. Il suo impero si estende, così si dice, fino alla costa occidentale dell'Africa e probabilmente si può raggiungere dall'Atlantico. Stringendo un'alleanza con lui, si possono prendere alla sprovvista i turchi alle spalle e distruggerli. Al di là dell'interesse militare, una simile impresa offre immensi vantaggi commerciali. Il paese che scoprirà nuovi itinerari marittimi potrà raggiungere direttamente le contrade ricche d'oro, di spezie e di schiavi; sparirebbero gli intermediari e la tassa che essi prelevano su ogni transazione. Per farti un esempio, sappi che il chiodo di garofano, pagato due ducati a Giava, ne vale fra i dieci e i quattordici a Malacca, fra i cinquanta e i sessanta a Calicut. Puoi immaginare facilmente che prezzi raggiunge sui mercati di Lisbona o di Anversa. Per il Portogallo e per la Spagna, queste nuove vie marittime permetterebbero anche di abbattere il monopolio di Venezia e di Genova. Questa è la sfida che ha accettato un uomo eccezionale: un grande principe, il mio maestro e amico».

«Voi, amico di un principe?»

«Il più nobile: Enrique. Figlio del defunto re Joao I. Dalla più tenera infanzia egli ha avuto una sola passione: il mare. Suo fratello, l'infante Pedro, al suo ritorno da un viaggio a Venezia, gli ha regalato il libro di Marco Polo e una mappa di tutte le regioni conosciute, stesa sulla base dei resoconti dei mercanti di spezie. In seguito Enrique si è stabilito a Sagres, un promontorio spazzato dal mare. Vive lì, senza corte né sfarzo, tra un arsenale e una biblioteca dove ha accumulato racconti di viaggi. Avido di notizie, manda in missione agenti segreti in Boemia, a Vienna, e ha acquisito trattati, documenti estremamente preziosi, fino ad allora seppelliti negli archivi dei monasteri o delle collegiate. Dalle città italiane, dalle isole del Mediterraneo e perfino dal Levante, dall'India, ha fatto venire cartografi, maghi, astrologi, piloti e timonieri, maestri di carenaggio e di velatura. Lontano dalla corte, si dedica anima e corpo al suo compito ingrato e appassionante, e cerca di mettere ordine nel grande disordine delle conoscenze e delle superstizioni, di distinguere il possibile dalla fantasia».

«Anche lui è un marinaio?» si informò Jan.

«Può sembrare paradossale, ma non ha quasi mai viaggiato in mare se non per compiere missioni militari. Ma da più di vent'anni invia i nostri vascelli al largo della costa africana. Lo sai, navigare è molto pericoloso. Certo, abbiamo fatto progressi. Il vecchio remo-timone è stato sostituito da un timone che ruota su un cardine, fissato al telaio di poppa e mosso da una sbarra. La calamita – all'inizio molto rudimentale – oggi è montata su un perno, chiusa in una scatola di bosso e illuminata di notte. L'uso dell'astrolabio e delle tavole di calcolo, come le tavole alfonsine, ci permette di fare il punto, ancora in maniera approssimativa, ma meglio di prima. Tuttavia, malgrado le migliorie, c'è sempre il pericolo di perdersi. Quando partivano per le coste della Guinea, i nostri marinai sprofondavano nelle tenebre e nell'ignoto».

«È straordinario!» commentò Jan, affascinato. «Che coraggio!»

«Una ventina d'anni fa, Enrique sentì parlare di isole felici, più a ovest, e decise di mandare alla loro ricerca due imbarcazioni a una vela, con tre scudieri della sua casa: Joao Gonçalves, detto Zarco, Tristam Vaz e... io».

«Voi? Allora siete un marinaio?»

Idelsbad annuì.

Un'espressione di ammirazione apparve negli occhi del ragazzo che si concentrò con fervore rinnovato sul seguito del racconto.

«Fu un viaggio faticoso. Dopo esser stati duramente

sballottati dalle correnti e aver perduto la rotta più volte, finalmente siamo sbarcati su un'isola. L'abbiamo chiamata Porto Santo, dato che per noi essa rappresentava la salvezza. Era piatta e sabbiosa, ma purtroppo non era fertile; vi abbiamo trovato invece quell'albero che produce la sandracca, il balsamo magico che rimargina le ferite».

«Se ne usa la resina anche in pittura. È il colore più adatto a rappresentare il sangue. Mio padre lo usava talvolta. Ma perdonatemi, vi ho interrotto di nuovo. Proseguite».

«Poi siamo tornati in Portogallo e abbiamo informato l'infante della nostra scoperta. Dopo essersi complimentato con noi e averci lautamente ricompensati, ci ha rimandato a Porto Santo con semenze, arnesi, servitori. Per nostra sfortuna, si è unito a noi un genovese, un certo Perestrello. Il giorno della nostra partenza, qualcuno, decisamente mal ispirato, gli ha dato una coniglia gravida, che egli ha liberato appena sbarcato sull'isola. La bestia ha figliato tanto che i primi tentativi di coltura sono andati distrutti».

Jan non poté controllarsi e scoppiò a ridere.

«Credimi», continuò Idelsbad, «se tu fossi stato al nostro posto non avresti riso. Andiamo avanti. Delusi, abbiamo deciso di avventurarci più lontano, verso una forma confusa che ci capitava di scorgere, la sera, emergere dalla nebbia. Non dimenticherò mai la nostra emozione quando siamo sbarcati su questa grande isola coperta di fitte foreste dal profumo inebriante, piena di corsi d'acqua, popolata di lucertole e di uccelli. L'abbiamo chiamata Madera».

«Perché?»

«Per via delle numerose foreste. *Madeira* significa "legno" in portoghese. In seguito vi abbiamo acclimatato la vite di Cipro, la canna da zucchero dalla Sicilia e diversi capi di bestiame. Applicavamo così i principi essenziali del piano di Enrique. Per lui, non bastava scoprire una terra nuova; bisognava darle vita. È probabile che altri siano sbarcati a Madera prima di noi. Ma noi siamo stati i primi a stabilire con precisione la rotta per arrivarci, a costruire la prima casa, a piantare la prima vite, ad acclimatare il primo animale domestico».

Il ragazzo era pieno di ammirazione, ma non poté impedirsi di domandare:

«Ma cosa c'entrano tutte queste avventure con mio padre?»

«C'entrano. Abbi pazienza. Le esplorazioni sono continuate senza tregua e proseguono ancora. Nove anni fa, dopo vari tentativi, un monaco-cavaliere del casato dell'infante, Gonçalves Velho Cabral, ha raggiunto un altro arcipelago spesse volte segnalato dai superstiti dei bastimenti trascinati alla deriva dai venti. Grandi rapaci volano sopra queste isole, ragion per cui sono state chiamate Açores che nella mia lingua significa "sparvieri". Anche lì, abbiamo dissodato la terra, ripulendola dalle rocce, e cercando di individuare le colture adatte a quel clima umido. Una dopo l'altra, individuammo nove isole. Due anni dopo, nel 1434, uno dei nostri capitani più illustri, Gil Eanes, ha doppiato il capo Bojador, dimostrando che si potevano risalire le terribili correnti e i venti che nessun popolo aveva saputo vincere. E solo pochi mesi fa, uno dei nostri equipaggi ha doppiato il capo Bianco: una spedizione che deve la sua riuscita a una nave nuova di zecca, la caravella, concepita dai nostri maestri di carenaggio e di velatura. È la migliore barca che sia mai stata calata in mare. Devi averne viste nel porto di Sluys».

«Oh sì!» si affrettò a confermare Jan. «Con il suo alto bordo e la sua vela latina, la si riconosce fra mille. Ho sentito dire che queste imbarcazioni hanno così poco pescaggio che possono avvicinarsi alle coste ed entrare negli estuari e che sono capaci di navigare contro vento».

«Proprio così. Se ti ho raccontato tutti questi particolari, è perché tu capisca i sacrifici, gli sforzi che la mia gente compie da anni e anni. Grazie a uomini come il principe Enrique, ma anche grazie a marinai anonimi, e per la maggior gloria del Portogallo, facciamo arretrare i confini del mondo conosciuto. A forza di pazienza, di coraggio, alziamo lentamente un angolo della vela».

Idelsbad tacque. E Jan capì che stava per affrontare il tema per lui più importante.

«Tredici anni fa, nel 1428, Filippo, duca di Borgogna, vedovo per la terza volta, mandò a Sintra il suo pittore preferito e fedele servitore: Jan Van Eyck. Questi fu ricevuto in pompa magna e fece il ritratto dell'infanta Isabella, unica figlia del re; mandò quindi il ritratto al suo padrone, con un rapporto favorevole sulla reputazione e i costumi della principessa e Filippo la chiese in sposa. Conosci il seguito. Il primo gennaio 1430, in onore di Isabella, il Borgognone assunse un nuovo motto: "*Autre n'aurai*" (Altra non avrò) e istituì per lei l'ordine del Toson d'oro, per celebrare il commercio della lana, fortuna dei Paesi Bassi, e per far rivivere la memoria degli Argonauti, in omaggio alle imprese marittime dei portoghesi...»

Idelsbad fece una smorfia di disprezzo prima di continuare:

«Ipocrisia... ignominia... Soprattutto quando si sa che la fedeltà non è mai stata la qualità principale del buon duca. Puoi immaginare che i disegni dell'infante Enrique facevano e fanno tuttora parte dei segreti meglio custoditi del mondo. Le nostre carte marittime hanno un valore inestimabile. Esse costituiscono tutta la ricchezza del nostro paese. Per depistare le spie straniere che pullulano travestite da cortigiani o da venditori ambulanti, noi dissimuliamo con cura alcuni nostri successi e lamentiamo a voce alta certi fallimenti. Per confondere le piste, siamo arrivati ad affondare delle navi per confermare la leggenda secondo cui, oltrepassato un certo limite, è impossibile tornare».

Il gigante sospirò:

«Purtroppo... il frutto era bacato. Durante il suo soggiorno in Portogallo, Van Eyck sentì parlare dei nostri successi marittimi. Appena tornato a Bruges, ne parlò al duca. In seguito, il pittore compì diverse missioni di spionaggio, in Castiglia e in Portogallo. Durante una di queste venne a sapere – Dio solo sa come – che avevamo quasi completato l'esplorazione della Nuova Guinea, doppiato il capo Bojador e il capo Bianco e scoperto regioni ricche d'oro e di schiavi. Quella volta, il duca non esitò. Incaricò Van Eyck di tornare in Portogallo e di rubare le preziose carte. Questo accadeva due mesi fa».

«Mio padre?»

«Sì, tuo padre... In ragione del suo titolo di ambasciatore, tutte le porte gli erano aperte. Inoltre, riuscì a fraternizzare con un pittore della corte. Nuno Gonçalves, che aveva studiato l'opera di Van Eyck, lo ammirava profondamente e se ne era ispirato per dipingere un San Vincenzo, patrono di Lisbona, martirizzato anticamente sulla costa moresca. Il fratello di Nuno Gonçalves, Miguel, aveva il compito di sorvegliare la biblioteca reale e soprattutto la sala delle mappe. Influenzato dal fratello, Miguel commise l'incredibile imprudenza di far visitare a Van Eyck il luogo in cui le carte venivano conservate; questi individuò subito quella che interessava Filippo: la più preziosa».

«Riuscì a rubarla?»

«No. Fu molto più furbo. Approfittando di un momento in cui era rimasto solo, copiò la mappa su una pergamena finissima».

«Ebbe il tempo per farlo?»

«È la domanda che ci siamo posti anche noi. Tuo padre era un grande artista, dotato perciò di una prodigiosa memoria visiva. È per questo che il duca lo aveva incaricato della missione. Solo un pittore con il talento di Van Eyck avrebbe potuto condurla a buon fine. I particolari e i nomi che non ebbe tempo di ricopiare, li imparò semplicemente a memoria».

«Come diavolo siete riusciti ad accorgervene, visto che non mancava nulla?»

«Perché Miguel tornò nella stanza, capì ciò che stava accadendo e cercò subito di convincere Van Eyck a restituirgli la copia. Il pittore ovviamente rifiutò, sostenendo che il suo gesto era ispirato da un motivo artistico, che avrebbe distrutto la pergamena appena tornato a Bruges e che non l'avrebbe vista nessuno. Questi argomenti non sarebbero mai stati sufficienti, se Van Eyck non avesse avuto il titolo di ambasciatore, non fosse stato protetto dal re, stimato dall'infanta Isabella e circondato da un'aura di prestigio. Inoltre, manipolò abilmente Miguel, terrorizzandolo e facendogli capire che se il re avesse saputo della sua leggerezza lo avrebbe certamente punito severamente. La pena stabilita per questo genere di errore è la morte. Qualche anno fa, un pilota e due marinai, che erano fuggiti dal Portogallo verso la Castiglia con l'intenzione di offrire i loro servigi al re Alfonso, furono inseguiti e arrestati. Il corpo del pilota fu riportato a Lisbona, tagliato in quattro e i pezzi esposti alle quattro porte della città».

«Ma come siete stato avvertito?»

«Il giorno della partenza di Van Eyck, preso da rimorsi, Miguel rivelò tutto alle autorità».

«Lo avete condannato a morte?»

«No. Ma è in carcere, il che non è certo preferibile».

«E siete voi ad aver ricevuto l'incarico di recuperare la mappa...»

«Sì. Me lo ha chiesto il principe. Te l'ho detto, non è solo il mio signore, è anche mio amico. Ma la missione sembrava persa in partenza, poiché dovevo impossessarmi della copia prima che Van Eyck avesse il tempo di consegnarla al duca. Per miracolo, o per fortuna, chissà, questi non era a Bruges. Un colpo di fortuna. Ma avevamo le ore contate».

«Da lì lo stratagemma che consisteva nel presentarvi come guardia civile...»

«Quelle storie di omicidi cadevano al momento giusto. Grazie a uno dei nostri uomini, piazzato alla cancelleria civile, ho ottenuto informazioni su Sluter e gli altri, e un lasciapassare falso. Ero convinto che la mappa dovesse ancora essere in casa. Dovevo assolutamente entrare».

«E non essendovi riuscito, avete cercato di entrare con la forza. Con dei complici. Avete rischiato di far morire di paura la povera Katelina. Voi...»

Il portoghese lo interruppe secco:

«No, sbagli. Non sono in alcun modo responsabile di quell'aggressione. Primo perché non ho complici, secondo perché non avrei mai commesso l'imprudenza di farmi vedere di giorno. Ma in compenso so chi è stato».

Jan inarcò le sopracciglia, in attesa del seguito.

«Sono stati gli spagnoli. Evidentemente, i segreti non sono mai così ben custoditi come si crede. Il regno di Castiglia ha certamente saputo del furto di Van Eyck. Per i motivi che ti ho detto, la Spagna è altrettanto interessata alle mappe quanto il duca di Borgogna. Ha i suoi agenti nelle Fiandre, come dovunque, del resto. Sono stati loro a mettere a soqquadro la vostra casa, io non c'entro niente. Purtroppo per quei farabutti, e fortunatamente per me, Van Eyck doveva aver preso le sue precauzioni e aver nascosto la mappa nella stanza accanto alla bottega. Lo hai visto anche tu, non sono riusciti a forzare la porta».

«È incredibile», sospirò il ragazzo. «Tutto questo per una mappa!»

Poi continuò, colto da un dubbio:

«Che ci facevate in casa la notte in cui è morto Van Eyck? Avete appena detto che non avreste mai commesso l'imprudenza di svelare la vostra identità».

«Non avevo altra scelta. Il duca di Borgogna stava tornando. Van Eyck lo avrebbe incontrato il giorno dopo. Come ultima risorsa, ho cercato di far ragionare tuo padre. Gli ho lasciato intravedere le conseguenze del suo furto: la rottura dei nostri rapporti con le Fiandre; una possibile guerra, il sangue versato. Ho invocato il suo senso dell'onore, ho parlato di tradimento. Ho tentato di tutto».

«E come ha reagito?»

«Voglio essere sincero con te. Credo che si stesse pentendo. Purtroppo...»

«È morto...»

Idelsbad annuì; di colpo aveva l'aria stanca.

Il crepuscolo era scivolato nella stanza, che adesso era quasi completamente immersa nel buio. Il silenzio si prolungò. Il passato scorreva rapidamente: l'atteggiamento misterioso di Van Eyck, la sua preoccupazione, la sua tensione. Il rifiuto di rivelare a Campin e agli altri che era stato minacciato.

«C'è qualcosa che mi sfugge in tutta questa storia», obiettò Jan. «Questi assassini, gli uomini che hanno cercato di uccidermi, che cosa c'entrano con la mappa?»

«È questo il punto. Non ne ho la minima idea».

Poi di colpo domandò:

«Quelli che ti hanno aggredito, hanno menzionato la mappa? Ti hanno rivolto delle domande a questo proposito?»

Il ragazzo fece cenno di no.

«Hanno cercato di affogarmi. Ho capito solo che uno di loro parlava in lingua straniera; forse era italiano».

«Non capisco...»

Si alzò bruscamente.

«Ho bisogno di pensare».

«E io? Che ne sarà di me?»

«Per ora vai a letto... Domani si vedrà».

Jan si alzò a malincuore. Non stava bene, aveva le vertigini. Si voltò verso la finestra. Il paesaggio era tutto nero. Gli pareva che un esercito di fantasmi si nascondesse nella macchia, pronto ad aggredirlo.

14

Sul ponte della nave, Jan si dibatteva in mezzo a un cerchio di figure che gli facevano delle smorfie. Il morto di via dell'Asino Cieco gli si avvicinò: aveva la gola tagliata, le mani somigliavano a forche pronte a trafiggerlo. Il vento soffiava fra le cime e onde gigantesche si infrangevano contro lo scafo in un fragore assordante. Jan si scagliò in avanti, cercando di mettersi in salvo, invano.

«Stai per morire, Jan», ridacchiavano. «Stai per raggiungere Van Eyck e gli altri!»

Erano tutti lì: Petrus Christus, Idelsbad, il dottor De Smet, lo *hooftman*, Margaret, che osservavano entusiasti la scena e lo guardavano con scherno scandendo freneticamente il nome del maestro:

«Van Eyck, Van Eyck, Van Eyck!»

Il morto di via dell'Asino Cieco era a un palmo da Jan. Un tanfo spaventoso gli usciva dalla gola.

«Adesso tocca a te, ragazzo mio. Non cercare di resistere, non serve a nulla».

Per un attimo, Jan credette di scorgere il maestro: fissava il mare, appoggiato al parapetto.

«Padre! Aiuto! Soccorso!»

Ma Van Eyck si limitò a rivolgergli un sorriso distante e si immerse nuovamente nella sua contemplazione.

Adesso si avvicinava Petrus Christus. Aveva in mano un pugnale e lo porgeva al morto di via dell'Asino Cieco.

«Sgozzalo», ordinò. «Voglio veder sprizzare il suo sangue. Lo daremo da bere a Van Eyck».

«No!» urlò Jan. «Pietà! Non voglio morire. Non so dove vanno i morti! Pietà!»

«Ehi! Calmati! Sveglia!»

Il ragazzo aprì gli occhi. Idelsbad era chino su di lui e gli dava dei buffetti sulla guancia. Gli occorsero alcuni minuti per emergere dall'incubo.

«Come ti senti?» chiese il portoghese.

Il ragazzo si mise a sedere sul letto. Aveva la fronte madida di sudore. Albeggiava e i primi raggi di sole penetravano nella stanza. Brandelli dell'incubo gli riemersero alla memoria. Si voltò febbrilmente verso Idelsbad:

«Devo parlarvi di qualcosa, o meglio di qualcuno».

«Sentiamo».

«Lo conoscete. Pochi giorni dopo la morte di mio padre, vi ho visto discutere con lui. Eravate davanti all'ospedale San Giovanni. Si tratta di...»

Il portoghese lo anticipò:

«Petrus Christus».

«Sì».

«Cosa sai di lui?»

«Il giorno in cui ho trovato Nicolas Sluter, mi sono precipitato a casa per avvertire mio padre. Petrus era lì. Sapete quale fu il suo commento? Disse esattamente: "E ancora una volta, un uomo della nostra confraternita..." Come poteva sapere? Noi abbiamo avuto la conferma solo dopo, e proprio da voi».

Idelsbad si alzò dal letto e andò alla finestra senza dire una parola.

Jan tornò alla carica:

«Non vi sembra strano?»

«Sì, in effetti, è molto strano», rispose il gigante. «Ma non mi sorprende: quell'uomo è un assassino».

«Un assassino?» disse il ragazzo avvicinandosi a lui.

«Tutto me lo fa pensare dopo quello che è successo a Laurens Coster».

«L'incendio, è stato lui a provocarlo?»

«Sì. Quel giorno ero tra la folla. In realtà, non ho mai smesso di sorvegliare Van Eyck e quando siete andati in via San Donato, vi ho seguiti. Ho sentito Petrus dirvi con un groppo in gola: "Ho fatto di tutto per salvarlo. Aveva il corpo schiacciato da una trave". Poi siete tornati a casa, ma io sono rimasto. Ho visto gli uomini salvare Coster dalle fiamme, e li ho interrogati. Non c'erano travi. Il poveretto era steso a terra, svenuto, ma nulla lo intralciava».

«E allora...»

«Petrus ha mentito. Ma non è tutto. Il giorno dopo, mentre pranzavo in una locanda, l'ho visto in compagnia di due sconosciuti. Erano seduti a mezzo metro dal mio tavolo. Dall'accento, ho capito che erano italiani. Ho teso l'orecchio, ma purtroppo parlavano a voce bassa e nella confusione ho potuto cogliere solo poche parole della loro conversazione. Un nome tornava ripetutamente: Medici. E una parola: "spada". Ho voluto saperne di più e mi sono precipitato al capezzale di Laurens Coster. Sfortunatamente, era incosciente. Non ho potuto parlargli. Mentre uscivo dall'ospedale, ho incrociato Petrus che stava andando a trovarlo. L'ho interrogato a proposito dell'incendio. Ha negato tutto confusamente. Eppure era manifestamente intimorito. Più tardi, sono tornato da Laurens. L'altro ieri, per la precisione, e per sua fortuna. Quando sono arrivato nella sala in cui era ricoverato, ho visto un uomo che cercava di strangolarlo».

«Ancora Petrus?»

«No, uno dei due italiani che avevo visto alla locanda».

«Cosa avete fatto?»

Il portoghese si voltò e disse con voce neutra:

«Quello che avrebbe fatto chiunque al posto mio».

Jan annuì solennemente e domandò:

«Che Petrus e gli altri siano anche loro alla ricerca della famosa mappa?»

«No. Ed è proprio questo che non capisco. Evidentemente c'è un'altra storia. I pittori assassinati, Laurens Coster... Siamo di fronte a due storie parallele che non hanno alcun nesso tra loro. E adesso, preparati», disse cambiando argomento. «Voglio riportarti a Bruges».

«Riportarmi? Credevo che aveste cambiato idea! Vi prego, non fatelo».

«Non penserai di restare qui per sempre? Oltre tutto, devo partire. Torno in Portogallo».

«E la mappa? La mappa che considerate tanto preziosa?»

Idelsbad tagliò l'aria con la mano.

«Non ho scelta. Dopo la morte di Van Eyck, ho frugato da cima a fondo la stanza che chiami la "cattedrale". Non ho trovato nulla. Più tardi, mi hai detto che lo *hooftman* aveva fatto la stessa cosa in tua presenza, ottenendo gli stessi risultati. Quella mappa potrebbe essere ovunque! Ho perfino immaginato che ce l'avessi tu e che Van Eyck ti avesse incaricato di consegnarla al duca qualora gli fosse capitata una disgrazia. È il motivo per cui continuavo a pedinarti. Se non mi hai mentito», si fermò e lo squadrò, «non mi hai mentito, vero?»

«No. Lo giuro».

«In tal caso, Van Eyck si è portato il segreto nella tomba. Nulla mi trattiene qui, torno a Lisbona».

Jan ebbe un sussulto di indignazione.

«Mi abbandonate? Adesso che mi vogliono uccidere?»

Idelsbad replicò disinvolto:

«Non mancano le guardie giurate. Parlane con tua madre. Avvertirà lei lo *hooftman*».

«Margaret non è mia madre!»

«Cosa hai detto?»

«Così come Van Eyck non era mio padre. Mi ha raccolto appena nato. Mi ha amato, è vero, come l'ho amato io. Margaret, invece, se ne infischia di me. Ha i suoi figli, Philippe e Pieter. Perché credete che sia scappato?»

Il portoghese parve sconcertato, ma si riprese subito:

«Tutto questo non è affar mio. Adesso te ne torni in via Neuve-Saint-Gilles e io parto per il Portogallo appena possibile».

«Non ci sono navi per Lisbona. La sola che attendono è diretta a Pisa».

«Come lo sai?»

«Mi sono informato. Anch'io avevo intenzione di salpare».

«Per dove?»
«Venezia».
Idelsbad scoppiò a ridere:
«Per Venezia?»
«Devo andare a Venezia!»
«Devi? E perché mai?»
«Perché so che è il solo posto al mondo dove sarò felice».
Il portoghese lo guardò perplesso.
«Sono fatti tuoi, ragazzo. Vieni, andiamo».
«E voi? Dove andrete nel frattempo?»
«Quelli sono fatti miei».
«Se domani mi uccidessero per colpa vostra, non provereste rimorsi?»
«Nessuno. Non sono venuto a Bruges per fare il protettore di ragazzini».
Ordinò con impazienza:
«Forza, seguimi».
Jan rimase immobile, il volto risoluto. Era preso da mille pensieri.
Idelsbad stava per afferrargli il braccio quando Jan disse con fare impavido:
«So dove si trova la mappa».
«Cosa?»
«So dove si trova la mappa. Ve la consegnerò, a una sola condizione: proteggetemi fino alla mia partenza per Venezia».
Un sorriso ironico si dipinse sulle labbra del portoghese:
«È un ricatto? Alla tua età?»
«No, uno scambio. Non è la stessa cosa».
Idelsbad puntò un dito minaccioso contro Jan:
«Attento a te! Se mi stai mentendo...»
«Non vi sto mentendo. È la verità. So dove si trova la mappa».
«Eppure, solo un attimo fa ti ho detto che questo pensiero mi aveva attraversato la mente. E tu hai negato che Van Eyck ti avesse affidato la carta».

«Non me l'ha data. Ma so dove l'ha nascosta».

Idelsbad inspirò. Era incerto.

«Molto bene», disse alla fine, «affare fatto. Adesso andiamo!»

«Dove andiamo?»

«A fare quattro chiacchiere con quella gentaglia. Incominciando da messer Petrus Christus».

«Ma è una pazzia! Tanto vale gettarsi nella gola del lupo».

Questa volta, Idelsbad non si trattenne.

«Smetti di contraddirmi!» urlò. «Mi hai chiesto di proteggerti. Ti ho dato la mia parola. Ma sarà a modo mio. D'ora in poi mi segui e obbedisci per filo e per segno. Non ho intenzione di aspettare con le mani in mano, e pregare devotamente che Dio ci protegga. È chiaro?»

Impressionato dal tono e dalla determinazione del suo interlocutore, Jan si accontentò di annuire senza fiatare. Che altro avrebbe potuto fare? Era stata una follia ammettere di sapere dove si trovava la mappa tanto desiderata. Aveva un'idea, ma era così vaga e incerta. La bugia gli permetteva di guadagnare tempo.

Un attimo dopo stavano cavalcando verso Bruges.

La fiera era al culmine. La folla era più fitta che mai. Idelsbad si accertò che il suo pugnale fosse ben infilato nel fodero e scese da cavallo.

«Scendi», ordinò tendendo le braccia a Jan.

Attorno a loro, c'erano diversi cambiavalute lombardi, temibili prestatori a pegno, installati coi loro banchi dietro il Waterhalle, uccelli da preda a caccia di qualche sfortunato mercante. La fiera di Bruges era anche il trionfo del tessuto delle Fiandre, un tale trionfo che le pecore del paese non bastavano più e occorreva importare lana inglese. Un'importazione molto movimentata, e resa difficile dalle continue guerre che si combattevano tra Francia e Inghilterra e nelle quali le Fiandre si ritrovavano inesorabilmente prigioniere.

C'erano anche i fornitori di allume, soprattutto italiani. Jan bisbigliò indicandoli:

«Credete che i miei aggressori abbiano a che fare con quelli lì?»

«Non credo. Quelli sono solo mercanti».

«Mi sono spesso chiesto perché quei barili di polvere bianca si comprano a peso d'oro».

«Parli dell'allume?»

Jan annuì.

«Perché vale più delle pietre preziose. I tintori lo usano per fissare i colori delle stoffe, i medici per fermare le emorragie, rende la pelle più morbida, allunga la durata delle pergamene, migliora la qualità del vetro; viene usato perfino nei filtri d'amore».

«Un giorno mio padre mi ha detto che i turchi ne hanno il monopolio».

«In parte è vero. Prima di far man bassa sulla regione, l'allume più puro proveniva dall'estremità orientale del Mediterraneo, un luogo chiamato Focea, nel golfo di Smirne. Oggi, si trova solo nei giacimenti dell'isola di Chio e degli ultimi stati pontifici che rimangono ancora sotto il controllo cristiano».

Avevano appena attraversato la piazza del Burg e si stavano avviando verso la via Alta.

«Dove stiamo andando?» domandò Jan.

Idelsbad si accontentò di indicare un punto, a sinistra, oltre la macelleria di Braemberg.

«L'ospedale San Giovanni?» domandò il ragazzo sussultando.

«Nella speranza che Coster sia ancora lì. Vivo».

Quando entrarono nella grande sala comune, i muri erano ancora impregnati dell'odore fetido che il portoghese aveva respirato qualche giorno prima. Si diresse verso il giaciglio del batavo: un altro malato occupava il suo posto.

«Toh! Che sorpresa! Ma questo è il piccolo Van Eyck?!»

Un uomo si avvicinava, il volto illuminato da un ampio

sorriso. Il ragazzo lo riconobbe immediatamente e bisbigliò a Idelsbad:

«È il dottor De Smet».

Il medico gli scompigliò i capelli con gesto affettuoso:

«Come stai, ragazzo mio? Hai un aspetto migliore di quella triste mattina».

«Bene, grazie».

«In questo caso perché sei qui? Non è certo il luogo adatto per chi sta bene».

Poi voltandosi verso Idelsbad:

«Buongiorno... Sono il dottor De Smet».

«Mi chiamo Till Idelsbad. Sono una guardia giurata».

Il suo interlocutore aggrottò la fronte:

«Ah! E a che cosa dobbiamo l'onore della vostra visita? C'è qualche problema?»

«Sono venuto per interrogare uno dei vostri pazienti. Messer Laurens Coster. Ma sembra che non sia più qui», disse indicando il letto. «È forse...?»

«Deceduto. No, grazie a Dio. Ma c'è mancato poco».

«Dove posso trovarlo?»

Il medico si avvicinò alla finestra e indicò un punto di sotto:

«È laggiù, in giardino. È il primo giorno che esce. Un po' d'aria fresca gli farà solo bene. Toh! Che strano, non è solo. Deve essere un amico. Io...»

Non ebbe il tempo di finire. Idelsbad aveva afferrato Jan per il braccio e tutti e due correvano verso l'uscita della sala. De Smet li osservò, sbalordito, mentre varcavano l'uscio.

«Più presto!» gridava il portoghese. «Più presto!»

Ignorando lo scompiglio che provocavano con la loro corsa, si lanciarono verso il grande scalone di pietra e scesero i gradini quattro a quattro.

La porta che dava sul giardino era in fondo al corridoio, un corridoio che sembrò infinito. Lo attraversarono a tutta velocità, scontrandosi con un gruppo di visitatori, rischiando di far cadere una giovane donna e suo figlio.

Idelsbad aprì la porta e si fermò un attimo. Coster era ancora lì, seduto su una panchina ai piedi di un albero. Un giovane era chino su di lui.

In pochi passi, il portoghese gli arrivò alle spalle. Senza esitare, si buttò sullo sconosciuto, lo gettò a terra e gli tenne le spalle ferme al suolo.

Si udì la voce di Coster, terrorizzata:

«Ma santo cielo! Cosa state facendo?»

Jan li aveva raggiunti a sua volta. Fu lui a dire:

«Non abbiate paura, *minheere*. Siamo qui per salvarvi».

«Salvarmi? Ma da chi?»

Indicò l'uomo a terra, mezzo soffocato dalla massa del portoghese.

«È William Caxton, un amico», protestò Coster.

Idelsbad si voltò, senza mollare la presa.

«Che dite?»

«Ve lo ripeto: è un amico. Lasciatelo, vi prego!»

Il gigante si rassegnò a liberare il giovane. Questi si rialzò, tutto scompigliato, e cercò di riassettare febbrilmente i vestiti. Aveva l'aria talmente indignata, e il suo aspetto offriva un tale contrasto con quello di Idelsbad che, in tutt'altra situazione, la scena avrebbe potuto suscitare il riso.

«Potreste almeno scusarvi, *minheere*!»

Idelsbad si accontentò di un gesto vago e avvicinandosi a Laurens Coster:

«Mi dispiace», disse.

«Ma chi siete?»

Il batavo era quasi irriconoscibile. Lembi di carne bruciata gli pendevano qua e là sul volto. Non aveva più né sopracciglia, né ciglia, e le labbra somigliavano a due finissime rughe che si confondevano con l'insieme dei tratti.

«È l'uomo che vi ha salvato la vita!» si affrettò a spiegare Jan. «Qualche giorno fa, quando hanno tentato di strangolarvi».

L'espressione di Laurens mutò. Prese la mano del gigante e disse incredulo:

«Voi? Siete stato voi?»
Idelsbad annuì.
«*Minheere*... Come ringraziarvi?»
«Parlandomi di Petrus Christus», rispose il portoghese.
Questa volta un'espressione di terrore sostituì l'incredulità:
«Lo conoscete? Conoscete quella canaglia?»
«Per sentito dire. E il poco che so non è a suo vantaggio. L'incendio... è stato lui ad appiccarlo, vero?»
«Certamente!»
«Com'è successo?»
«Sfortunatamente non ricordo molto, tranne che stavo lavorando al tavolo. Avevo le spalle voltate alla porta quando ho provato un dolore lancinante alla nuca e sono svenuto».
«Siete sicuro che sia stato Petrus? Se ho capito bene, non avete visto il vostro aggressore».
«Eravamo noi due soli!» urlò Laurens. «Non c'era nessun altro. Il mio amico Caxton se ne era appena andato», aggiunse indicando l'inglese.
«Posso chiedervi che cosa fate a Bruges, *minheere*?» domandò Idelsbad rivolgendosi al giovane.
«Tento la fortuna nel commercio della lana».
«William è anche un letterato», aggiunse Coster. «È un appassionato di scrittura artificiale».
Idelsbad proseguì:
«Se ho capito bene, anche voi avete incontrato Petrus Christus».
«Sì, da Laurens Coster. Diceva di essere pittore».
«Diciamo che spera di diventarlo», disse il batavo con disprezzo.
E commentò sospirando:
«Quando penso che gli ho accordato la mia amicizia, e gli ho aperto la mia casa!»
«A proposito, come vi siete incontrati?» domandò Idelsbad.
«A Baerle, da suo padre, un uomo di grande talento, un

vero gentiluomo. Eravamo molto legati, io e lui. Per questo mi sono offerto di accogliere Petrus a casa mia quando mi ha detto che voleva venire a Bruges».

Idelsbad rifletté qualche istante prima di chiedere:

«Sapete dove sia adesso? Immagino che dopo il tentativo fallito, si sia affrettato a lasciare la città».

«Forse è semplicemente tornato a casa sua, a Baerle».

«Potrebbe darsi, effettivamente, ma ne dubito. Deve sapere che è il primo posto dove le guardie andranno a cercarlo».

«Non vi viene in mente altro?» insisté. «Un'indicazione qualsiasi? Una parola che ci metterebbe sulla buona strada?»

Laurens assunse un'espressione desolata.

«Non mi viene in mente nulla. Davvero».

«Peccato».

«L'uomo di via dell'Asino Cieco», chiese timidamente Jan, «credete che sia stato Petrus a ucciderlo?»

«Impossibile. Mi hai detto che era con Van Eyck quando sei tornato a casa. Di conseguenza, non poteva essere in due posti contemporaneamente. Questo mi fa pensare che non agisce da solo».

«Avete certamente ragione. È quello che sostenevano gli amici di mio padre, Robert Campin e Rogier Van der Weyden. Quest'ultimo gli aveva anche detto di essere stato minacciato di morte».

«Cosa?» esclamò Idelsbad, allibito. «Non me lo avevi detto!»

«Non... non ci pensavo più», disse il ragazzo, colto di sorpresa.

«Che cosa dicevano le minacce? Te lo ricordi?»

«Questo sì! "Non si va in Barberia. Rinuncia o raccomanda l'anima all'Onnipotente". E Rogier ha precisato che la minaccia era certamente legata alla sua prossima partenza per Roma».

«Che strana storia!» commentò Caxton.

«Effettivamente», disse Laurens. «Pittori ammazzati, minacce, qualcuno che cerca di uccidermi, io che non ho mai avuto interesse per la pittura, tanto meno per l'Italia. Perché?»

Ci fu un lungo silenzio prima che il gigante rispondesse:

«Sfortunatamente non so darvi una risposta. Ciò che mi sfugge, è il rapporto che potrebbe esservi tra questi assassini. Petrus ha mai pronunciato davanti a voi la parola Medici o la parola "spada"?»

«Medici?» ripeté Caxton.

Rifletté, poi, prendendo a testimone Laurens:

«Ricordate? Era il giorno in cui vi chiese di anticipargli del denaro. Era una domenica, doveva incassare una lettera di credito e la banca era chiusa: era la banca dei Medici».

«È vero!» confermò Laurens. «Avete ragione. Avete un'ottima memoria».

«La banca dei Medici?» disse Jan. «Quella che si trova dietro il Prinsenhof?»

«Esattamente», rispose Caxton. «Hanno sedi in tutta Europa, ma ce n'è una sola a Bruges. Anch'io mi sono servito da loro. Ammetto che sono particolarmente efficienti».

E rivolto a Idelsbad aggiunse:

«La parola "spada" invece non mi dice nulla».

Il portoghese salutò con un cenno del capo.

«Penso che abbiamo esaminato il problema sotto ogni aspetto. Permettetemi di ritirarmi».

«Aspettate!» esclamò l'inglese. «Se avete bisogno di informazioni, vi suggerisco di chiedere di messer John Sheldon. Fategli il mio nome, è un mio parente e un compatriota. Ha un incarico importante nella banca».

«Vi ringrazio, *minheere*».

Mentre prendeva Jan per mano, Idelsbad aggiunse:

«Quanto a voi, messer Coster, vi consiglio di lasciare la città per un po'. Finché starete a Bruges, la vostra vita è in pericolo».

«Lo so. Resta da trovare dove. In ogni caso, niente mi trattiene qui. Non ho più una casa, nemmeno un laboratorio. Partirò».

«Diffidate della vostra stessa ombra», concluse Idelsbad.

15

«E adesso?» chiese Jan. «Cosa volete fare?»

Erano arrivati davanti al Prinsenhof, l'altera corte del principe con le torri di guardia. Un vento straordinariamente dolce increspava l'acqua dei canali e agitava le falde delle cuffie.

Il gigante saltò da cavallo e aiutò il ragazzo a scendere prima di rispondere:

«Adesso cerchiamo di incontrare quel John Sheldon e di saperne di più su questa lettera di credito che Petrus aspettava».

«Chi sono i Medici? Messer Caxton sembrava sottintendere che sono potenti».

«E infinitamente ricchi. A differenza di altri, non hanno mai impugnato la spada per accrescere o difendere le loro ricchezze. Fatto raro. Soprattutto mercanti, si sono battuti con mezzi da mercanti e la fortuna ha fatto il resto. Circa un secolo fa, tre uomini hanno stabilito le basi del loro impero, il primo acquisendo la fama politica, il secondo e il terzo una vasta fortuna. Così facendo, hanno aperto la strada del successo ai loro discendenti».

«E questa rete bancaria cui l'inglese ha accennato?»

«Non ne so molto, se non che è nata a Firenze, con la prima banca creata da uno dei tre: Vieri di Cambio. Oggi dirige quest'impero il figlio di Giovanni di Bicci, Cosimo de' Medici, un uomo dalle mille sfaccettature. Se bisogna credere alle voci che circolano su di lui in Portogallo e altrove, è capace di tutto, nel bene e nel male».

Idelsbad si interruppe per indicare un edificio all'ombra di una delle torri del Prinsenhof.

«Aspettami qui. Non starò via a lungo».

Il ragazzo si rassegnò a seguirlo con lo sguardo fino a che scomparve sotto il porticato della banca.

Un soffitto decorato di stucchi copriva la sala principale, rivestita di pannelli di legno adorni di foglie d'oro sui bordi. Tutto emanava fasto e opulenza.

Due uomini riccamente vestiti si affaccendavano dietro un voluminoso bancone di noce. Qua e là, alcuni clienti chiacchieravano disinvolti; altri, seduti ai tavoli, redigevano documenti con gravità notarile. Non si sentiva parlare fiammingo, ma solo inglese, tedesco e italiano.

Idelsbad si avvicinò al bancone e interpellò uno dei due incaricati:

«Buongiorno, *minheere*. Cerco messer John Sheldon».

«Chi devo dire?»

«Il mio nome non gli dirà nulla. Ditegli semplicemente che sono un amico di William Caxton».

«Abbiate la pazienza di attendere».

L'impiegato sparì dietro una tenda di velluto cremisi.

Idelsbad ne approfittò per esaminare le decorazioni. Non gli sarebbero mai piaciuti quei posti privi di poesia e di immaginazione, così come non avrebbe mai amato le cifre e il potere del denaro. Se fosse nato in una famiglia agiata, probabilmente avrebbe dilapidato la sua eredità in un batter d'occhio. Ma, grazie a Dio, suo padre, il nobile Alfonso – gentiluomo se mai ve ne fu uno, ancorché avaro – aveva avuto l'accortezza di diseredarlo a vantaggio di Pedro, il figlio minore, perché Francisco aveva passato gli anni della giovinezza a proclamare il suo disprezzo per i beni materiali e a criticare apertamente i metodi poco ortodossi impiegati dal padre per guadagnare di più, sempre di più e accumulare ancora.

Non possedere nulla, che sollievo! Né palazzi né potere. Né terre né servitori. Povero, ma libero! Ricchi, si è stimati per ciò che non si è; poveri, si è disprezzati, anche se degni di stima. Forse fu questo il motivo per cui Francisco si era sentito così vicino a Enrique: amava l'infante di quell'amicizia sorella dell'amore, e lo rispettava per il modo in cui compiva grandi imprese in modo discreto e austero, contrariamente ad altri che, nel baccano e nel furore, non combinano mai nulla. Lo amava anche per la mano che il principe aveva saputo tendergli quando aveva deciso di prenderlo a suo servizio, nonostante le critiche di cui era stato oggetto. Grazie a lui, aveva potuto liberarsi dal peso della famiglia e dedicarsi alla sua unica passione: il mare. Aveva sognato di diventare marinaio, e marinaio era diventato.

Doveva a suo padre la conoscenza dell'infante, un giorno, nei giardini del palazzo di Sintra. Lui ed Enrique erano due adolescenti. Subito, un legame spontaneo si era stabilito tra loro, un legame tessuto della stessa ossessione per il mare e i viaggi, cui si aggiungeva una serie di coincidenze: erano nati lo stesso giorno, il 5 marzo, lo stesso anno, il 1394 e nella stessa città, Porto. Suo padre, l'avaro, poteva morire in pace. Aveva creduto di privare Francisco del benessere; gli aveva offerto, senza volerlo, la felicità.

«*Minheere*? Desiderate parlarmi?»

La voce di Sheldon fece sussultare il gigante.

Il banchiere era l'opposto del suo compatriota. Più vecchio di una quindicina di anni, grande, di bella prestanza, emanava una raffinatezza che rasentava la preziosità.

«Sì. Sono amico di William Caxton. Vorrei farvi alcune domande a proposito di uno dei vostri clienti».

«Mi spiace, ma per principio non diamo informazioni su chi ci concede la sua fiducia. Mi capite naturalmente, è una questione di etica».

«Certamente. Ma io sono una guardia civile e quest'uomo è un pericoloso criminale. Inoltre William Caxton mi ha assicurato...»

L'inglese corrugò la fronte.

«Un pericoloso criminale?»

«Proprio così. Fidatevi».

«In tal caso... Di chi si tratta?»

«Il suo nome è Petrus Christus».

«Questo nome non mi dice nulla», rispose Sheldon dopo un attimo di riflessione. «Cosa volete sapere esattamente?»

«Qualche giorno fa, ha incassato una lettera di credito dalla vostra banca. Desideravo conoscere il nome del traente».

«È possibile. Conserviamo una copia di tutte le operazioni effettuate nell'arco del mese. Aspettatemi qui, torno subito».

Mentre l'uomo si allontanava, Idelsbad fu preso da un dubbio. Dove era andato a infilarsi? E perché? Per il ragazzo o per la mappa? C'era davvero una correlazione tra gli assassini, la minaccia che pesava su Jan, e Petrus Christus? Non ne era affatto sicuro e doveva ammettere che stava procedendo a tentoni, chissà in che direzione.

Sheldon era già di ritorno.

«Credo di avere le informazioni che desiderate. Effettivamente, un certo messer Christus ha incassato una lettera di credito per una somma di tremila fiorini».

«Tremila? La somma è ragguardevole».

L'inglese rispose con tono di superiorità:

«Oh, sapete, non è granché in confronto alle fortune che circolano tra Amburgo, Hannover e Firenze. Come dire un granello di sabbia».

«E il nome del traente? Lo conoscete?»

«No. Ho solo le sue iniziali. Guardate voi stesso».

Sheldon tese una pergamena a Idelsbad.

Alla banca Medici di Bruges, in nome di Dio, addì 10 giugno 1441, in Firenze, pagate con questa lettera di credito a messer Petrus Christus o al suo rappresentante messer Anselm De Veere, 3000 fiorini, tratti a mio conto. Cristo vi protegga. Firmato N.C. Firenze.

«N.C.? Ma come mai? Avete bisogno di un nome per intero per identificare il traente!»

«Non so che dirvi. Deve trattarsi di una persona importante, la cui vera identità è nota solo al nostro governatore. Ma vi avverto: non otterrete nulla da lui, nemmeno con le minacce. Preferirebbe morire cento volte piuttosto che tradire la fiducia di un cliente. Non vi consiglio di provare».

«E questo Anselm De Veere?»

«Non ne so nulla. Forse è di Bruges, comunque è certamente un fiammingo».

«Si può conoscere il motivo del pagamento? È menzionato nella lettera di credito?»

L'inglese abbozzò un sorriso:

«No. Ma se lo fosse, non sarei stato in grado di decifrarlo».

«Decifrarlo?»

«Proprio così. La maggior parte delle lettere scambiate tra i nostri "banchi grossi", o "compagnie", soprattutto quando vengono dalla casa madre, è in codice. È una tradizione dei Medici che risale alla fondazione della banca, più di un secolo fa».

«Perché?»

Il suo interlocutore parve afflitto. Doveva trovare la domanda di Idelsbad ingenua.

«*Minheere*, come fa una guardia civile a porre domande simili? Non siamo i soli banchieri del continente, e neppure i più antichi. Prima di noi, ci furono gli Acciaiuoli, gli Alberti, i Bardi, i Gianfigliazzi, i Peruzzi e altri signori che furono onnipotenti. In quel tempo, noi eravamo solo modesti cambiavalute. Oggi, anche se siamo i più ricchi, la diffidenza ci impone di prendere qualche precauzione. Vedete, i Medici concedono prestiti ai principi di questo mondo», abbozzò un sorriso enigmatico, «e anche a certi duchi. Fanno fruttare il denaro di alte personalità, ecclesiastiche o laiche, italiani e stranieri. Nessuno deve conoscere i termini di questi accordi».

«E quante compagnie esistono?»

«Attualmente una dozzina. In cima c'è l'ufficio centrale, diretto a Firenze da Cosimo in persona, assistito dal figlio Giovanni. A un livello inferiore, ci sono i magazzini di seterie, la “tavola” di Firenze e due manifatture di tessuti, sempre a Firenze. Più in basso ancora, sotto la responsabilità dei governatori, ci sono le “compagnie” di Londra, quella di Bruges – dove vi trovate attualmente –, quella di Avignone, di Milano, di Venezia, di Roma e di Ginevra».

«Mi considererete uno sprovveduto, ma questa struttura giustifica la scrittura in codice?»

«Lasciatemi finire e tutto vi sembrerà più chiaro. Ogni tre anni, i governatori sono convocati a Firenze per informare Cosimo, i “maggiori”, dell’andamento della loro filiale. Ripartono con istruzioni precise che fissano l’itinerario del loro viaggio di ritorno e le informazioni da raccogliere presso altre compagnie che si trovano sulla loro strada. Inoltre, la rarità di questi contatti diretti e la durata del viaggio rendono necessaria un’attiva corrispondenza tra la sede centrale e le filiali. Alle “lettere di compagnia”, lettere d’affari, si aggiungono anche “lettere private”, mandate direttamente al capo o ai principali membri della famiglia de’ Medici. Queste lettere non accennano solamente a eventi familiari, trattano anche questioni di commercio e di politica. Di quella politica che si fa dietro le quinte, nella penombra delle alcove, all’insaputa di tutti. Qualsiasi stato pagherebbe a peso d’oro per avere accesso a quei segreti. Capite adesso perché le lettere sono scritte in codice?»

Sheldon concluse con un certo rispetto:

«Inoltre, ogni mese la casa madre cambia codice. E questo rende tutto ancor più impenetrabile».

«Ma c’è pur sempre qualcuno in grado di decifrare le lettere?»

«Ovviamente. Il governatore di una filiale, solo lui. E quest’uomo è sotto il controllo diretto di Cosimo de’ Medici, quando non è un suo familiare».

Che labirinto! pensò Idelsbad. In ogni modo, i suoi sospetti erano confermati. Petrus Christus intratteneva rapporti segreti con Firenze e con l’Italia. L’Italia, dove tutte le strade sembravano convergere. Jan aveva parlato di

Rogier Van der Weyden e della minaccia che aveva ricevuto perché intendeva recarsi a Roma. Nicolas Sluter, il morto di via dell'Asino Cieco, aveva sposato una fiorentina. Gli aggressori di Jan parlavano in italiano. E adesso questa lettera di credito, emessa da un fiorentino... Purtroppo la pista che portava a Petrus finiva in un vicolo cieco e quella che avrebbe potuto guidarlo al suo committente fiorentino era fuori dalla sua portata.

Scoraggiato, si rassegnò a salutare il suo interlocutore. Adesso avrebbe dovuto convincere il ragazzo a tornare a casa. Avrebbe parlato lui a Margaret: lei non poteva rimanere insensibile alla gravità della faccenda. Se fosse stato necessario, sarebbe arrivato fino al borgomastro.

Appena varcata la soglia della banca, si diresse verso il luogo dove il ragazzo doveva aspettarlo con impazienza.

Jan non c'era più.

Non poteva essere lontano.

Con una mossa fulminea, Idelsbad mise mano alla daga e osservò la folla attorno a sé: vide solamente negozianti e passanti anonimi. Un sentimento di rabbia e di colpa lo afferrò alla gola, rabbia soprattutto contro se stesso. Come aveva potuto abbandonare il ragazzo, sapendo il pericolo che correva? Santo cielo! Si era comportato da sciocco irresponsabile. Preso dal panico, risalì la stradina che costeggiava il Prinsenhof, nella speranza... Fu allora che sentì gridare.

Un urlo disperato, più forte del baccano della folla.

Si voltò e si lanciò verso la piazza del Mercato da dove pareva provenire il richiamo. La folla era fitta. Era difficile farsi strada. Poi scorse Jan, lontano. Un uomo lo trascinava bruscamente, mentre un altro cercava di legargli le caviglie, e tutto questo nell'indifferenza generale. Il terzetto ora non era più tanto lontano dal Waterhalle. Pochi metri li separavano dal pontone. Idelsbad accelerò il passo, ma sentiva che non sarebbe arrivato in tempo.

Infatti, non era ancora entrato nel Waterhalle che già i due uomini lanciavano Jan a bordo di una chiatta dove li attendeva un terzo complice. Con poche remate, lo scafo si staccò dall'imbarcadero. Presto, fu fuori portata.

Furibondo, Idelsbad bestemmiò a voce alta. Doveva riflettere, presto! Il canale si prolungava verso la porta di Gand, poi c'era la chiusa del Minnewater. Se mai aveva ancora una possibilità per raggiungerli, era lì, e in nessun altro posto. Senza altri indugi, corse a prendere il cavallo.

Sotto la pressione del gigante la bestia fendeva l'aria a briglie sciolte, volando sul sentiero sassoso, soffiando a piene nari. Sulla destra i pioppi sfilavano alla velocità del vento, a sinistra la Reie si srotolava all'infinito.

Presto... più presto, sembrava implorare Idelsbad. Un ragazzo non poteva morire. Non per colpa sua.

16

Era arrivato vicino alla chiusa. Una chiatta si stagliava a un miglio di distanza. Emise un sospiro di sollievo: era la stessa. In senso opposto, un vascello senza albero era impegnato nella vasca di chiusa dove le saracinesche scaricavano il loro torrente regolare. Lì vicino, il beghinaggio proiettava sull'acqua la sua ombra austera.

Appoggiato a un parapetto di legno, l'addetto alla chiusa, un ometto rubicondo, osservava l'operazione con indifferenza, con un boccale di birra in mano. Idelsbad saltò da cavallo e si lanciò verso di lui:

«Perdonatemi, *minheere*. Ho bisogno di voi».

«Che c'è?»

«Vedete la barca laggiù, a monte? Bisogna assolutamente impedirle di varcare la chiusa».

L'uomo considerò il suo interlocutore con ironia:

«Nient'altro?»

«Dico sul serio. È una questione di vita o di morte. Un ragazzo, mio nipote, è stato rapito da tre individui. Sono a bordo dell'imbarcazione».

«E io che c'entro? Devo forse suonare la campana a martello? Volete che mi lanci all'abbordaggio?»

«Basta che li facciate entrare nella vasca e teniate le porte chiuse. Li faremo arrestare dagli incaricati della vigilanza».

«Siete uscito di senno, amico mio! La chiusa è di proprietà del duca. Volete farmi sgozzare? Guardate!»

Indicò la bandiera ducale che svettava a pochi passi, accanto al gonfalone con le armi rosso e oro di Bruges. Poco distante, due uomini montavano la guardia.

«Non potrei compiere un'azione tanto grave senza l'ordine di uno scabino o del borgomastro in persona. E ora, lasciatemi stare, non vedete che sto lavorando?»

Interrompendo la conversazione, l'uomo azionò le porte per liberare il vascello che si trovava nella vasca. Questi si mosse lentamente e si inserì nella conca d'afflusso.

Idelsbad cercò con gli occhi l'imbarcazione dove era trattenuto Jan; ora era vicinissima. Ma... era vittima di un'illusione? Poco prima aveva contato tre uomini, adesso erano solo due. Possibile? Dal punto in cui si trovava, poteva chiaramente distinguere i loro tratti. Si rassomigliavano stranamente: la carnagione scura, la barba tagliata a punta e occhi neri come il carbone lasciavano intendere che erano del sud, come confermavano anche le loro vesti che non avevano nulla di fiammingo. Uno era avvolto in una *manta*, una cappa nera che ricordava le antiche toghe. Teneva in mano un bordone da pellegrino. L'altro, con il volto emaciato, aveva lunghe ghette ed era armato di una spada. Si teneva a prua, una gamba appoggiata sul bordo della barca, guardando dritto davanti a sé con fare altero. Ma non mancava solo il terzo: anche il ragazzo era sparito. Probabilmente lo avevano allungato sul fondo dello scafo.

Il gigante afferrò il braccio dell'uomo:

«Vi supplico di ascoltarmi! Ne va della vita di un ragazzo!»

«Volete lasciarmi?!»

Pur liberandosi, l'uomo urlò a pieni polmoni:

«Guardie! A me!»

«No! Ascoltatemi!»

Già i soldati erano su di lui. Uno dei due chiese:

«Che succede Julius? C'è qualche problema?»

«Sbarazzatemi di questo individuo. È completamente pazzo. Vuole che blocchi la chiusa e che paralizzi il canale».

«È così?» domandò il soldato.

Il gigante indicò la barca che vogava a livello della sponda. Era a una sola tesa.

«Ascoltatemi. Quegli uomini sono pericolosi malfattori. Hanno rapito mio nipote. Controllate voi stessi».

La guardia si avvicinò alla riva a strapiombo sul canale ed esaminò gli occupanti della barca.

«Un ragazzo, dicevate?» disse scoppiando a ridere. «In tal caso deve essere volato via».

Idelsbad si precipitò e scrutò la barca a sua volta. Il soldato aveva ragione: Jan non era sul fondo come aveva creduto. C'era una sola spiegazione: lo avevano fatto sbarcare da qualche parte sotto la custodia dell'uomo che mancava, tra il Waterhalle e la chiusa.

«Dov'è il ragazzo?» urlò. «Che ne avete fatto?»

L'uomo dal volto emaciato finse stupore:

«Un ragazzo? Quale ragazzo?»

«Miserabile! Se gli avete torto un capello, io...»

«Basta!» interruppe la guardia con voce decisa. «Avete provocato già abbastanza trambusto per oggi. Andate a farvi passare la sbronza altrove».

E voltandosi verso l'addetto, gli ordinò:

«Fa' il tuo lavoro».

«Commettete un grave errore», protestò Idelsbad.

«Per la seconda volta, vi consiglio di andarvene».

Il portoghese fece finta di obbedire, ma si avvicinò al canale.

«State perdendo il vostro tempo!» urlò. «Il ragazzo non ha la mappa. Ce l'ho io adesso!»

L'uomo lo squadrò allibito:

«Chi sei?»

«Francisco Duarte, al servizio di monsignor Enrique. Vi propongo uno scambio: rendetemi il ragazzo e io vi darò la mappa».

L'uomo dal volto emaciato chiese dopo una breve pausa:

«Come faccio a sapere che dici la verità?»

«Madera, le Azzorre, il capo Bianco, la costa della Guinea, Bojador... Vi sono segnate tutte le indicazioni. Dov'è Jan?»

Dopo un nuovo silenzio, quasi a malincuore l'uomo disse:

«Al sicuro».

«Domani, all'alba, davanti alla locanda del Mulino ad acqua. Ma vi avverto: se il ragazzo non è con voi, non avrete nulla».

Lasciando le guardie e l'addetto a bocca aperta, raggiunse il suo cavallo.

Quando gli montò in groppa, aveva il cuore che batteva all'impazzata. Cosa gli era successo? Dopo tutto, che gli importava del destino di quel ragazzo, visto che la sua missione era fallita? In che trappola si era andato a cacciare?

Gli rimanevano poche ore per disegnare una mappa: lui che non aveva mai disegnato nulla in tutta la sua vita.

L'edificio della cancelleria civile proiettava l'ombra dei suoi mattoni macchiati sulla piazzetta del Marais. Questa era inondata di rivoli rossastri che scorrevano lungo la strada lastricata: erano stati vuotati i catini di sangue dei barbieri.

Il portoghese attraversò la piazza cercando di proteggersi le scarpe ed entrò. Salì lo scalone fino al primo piano, si diresse verso una delle stanze in fondo a un corridoio ed entrò senza bussare. Un giovanotto con le guance scavate, i capelli tagliati a livello delle orecchie, era seduto accanto a un braciere, dietro un tavolo coperto di registri. Tra le dita teneva, freddoloso, uno scaldamani a forma di mela. Sorpreso dall'arrivo improvviso del portoghese, rischiò di farlo cadere.

«Dom Francisco! Voi, qui?» bisbigliò, preso dal panico. «Eppure vi avevo spiegato che era pericoloso farci vedere insieme».

«Sai disegnare?» lo interruppe Idelsbad.

«Disegnare? Assolutamente no. Perché?»

«Non fare domande. Presto! Ho bisogno di pennelli, di una pergamena fine, di inchiostro e di pigmenti».

«Ma... ma», balbettò il giovanotto, «ho delle pergamene e dell'inchiostro, ma dove posso procurarmi il resto?»

«Non mi interessa, trovali. E molla quello stupido oggetto!» disse indicando lo scaldamani. «Devi essere malato per usarlo a luglio».

«Che ci posso fare?» sospirò il giovane. «Da quando ho lasciato Lisbona, ho sempre freddo in questo paese».

«Adesso va'. Ma prima dammi una penna d'oca ben tagliata, una pergamena e l'inchiostro».

L'altro obbedì immediatamente e pose sul tavolo gli oggetti richiesti.

«E adesso parti, e sii diligente: non ho l'eternità davanti a me!»

Appena fu solo, Idelsbad si sedette al posto del giovane maledicendo la sorte per avergli fornito un aiutante così poco energico. Purtroppo, Rodrigues era la sola spia portoghese attualmente residente a Bruges. Tre mesi prima, il suo predecessore – un uomo brillante ma avido – aveva tradito ed era passato al servizio del duca di Borgogna. Bisognava ammettere che, nonostante la sua incompetenza, Rodrigues era riuscito a ottenere in fretta preziose informazioni sugli omicidi commessi nella cerchia di Van Eyck.

Chino sulla pergamena, intinse la penna nel calamaio e la tenne in aria, cercando di ricordare come i cartografi di Sagres disegnavano le carte marittime. Quando si decise a tracciare il primo segno, l'inchiostro era già asciutto. Mezz'ora dopo il giovane era di ritorno e Idelsbad era riuscito a schizzare solo pochi contorni molto incerti, che avrebbero dovuto rappresentare la costa portoghese.

«Ho trovato ciò che mi avete chiesto, dom Francisco».

Lui rispose senza alzare il capo:

«Avvicinati. Dimmi cosa ne pensi».

Il giovane fece il giro del tavolo ed esaminò il disegno sopra la spalla del gigante.

«Ti ascolto», disse quello impaziente.

«Cosa volete sapere?»

«La tua opinione, un'idea, che ne so».

«È un... pesce?» domandò Rodrigues intimidito.

«Un pesce?»

«Non so... un vaso rovesciato?»

Idelsbad gettò la penna attraverso la stanza e si alzò furibondo, più grande che mai.

«Un pesce? Un vaso?»

Batté il pugno sul tavolo, rovesciando il calamaio.

«Non sei nemmeno capace di riconoscere la costa portoghese! Il tuo paese!»

Pietrificato, Rodrigues balbettò:

«Sì, sì, certo, la costa portoghese...»

E indicò un angolo della carta imbevuto di inchiostro:

«E lì, c'è Lisbona. Certo, certo!»

Per tutta risposta, Idelsbad si bloccò, i denti serrati, cercando di dominare la frustrazione che cresceva in lui. Il giovane aveva ragione. Non sarebbe mai stato in grado di riprodurre una mappa con il talento di un Van Eyck. Né in una notte né in cento giorni. Il ragazzo era perduto.

I polsi legati dietro la schiena, Jan fissava con angoscia il piccolo ragno che tesseva laboriosamente la sua tela in un angolo del soffitto a mansarda. Ben presto, la prima preda sarebbe stata invischiata nei suoi fili collosi, condannata a essere divorata: come Jan. In fin dei conti, tutto quello che gli era successo era colpa sua. Dio non lo stava punendo per i pensieri empi che aveva avuto a messa, o forse per il dolore che aveva dato a Katelina? Dov'era adesso? Probabilmente lei si stava ponendo la stessa domanda. Se solo avesse saputo a cosa stava andando incontro il giorno in cui aveva deciso di scappare! Gli spagnoli, gli italiani, quella rivalità per una carta marittima, quei misteriosi individui che cercavano di ucciderlo – Dio solo sa perché – e, per finire, quelle incredibili rivelazioni: Van Eyck, una spia al servizio del duca di Borgogna e Idelsbad, alias Francisco, un agente portoghese! Gli adulti erano dunque matti? Nascevano così, smisurati nelle loro azioni nefaste, giocando a seminare la morte, devastatori, o era il tempo che li trasformava? Forse Van Eyck era stato una spia, ma non avrebbe mai ucciso nessuno.

Chissà perché gli tornò in mente l'immagine della beghina china alla finestra. Rivide i suoi lunghi capelli castani che splendevano alla luce del sole, la sua espressione di tenerezza quando lo aveva guardato. Irrazionalmente, la immaginò lì, accanto a sé, mentre lo stringeva tra le braccia e lo portava in salvo.

E Idelsbad, dov'era? Lo aveva scorto per una frazione di secondo mentre attraversava di corsa la Waterhalle, il che provava che aveva cercato di strapparlo dalle grinfie dei suoi rapitori. Ma dopo? Aveva certamente perduto le sue tracce quando gli uomini lo avevano costretto ad abbandonare la chiatta all'altezza di Hoeke.

Voci filtravano attraverso la porta tarlata. Il ricordo dell'acqua ghiacciata, la sensazione di terrore e di soffocamento gli tornarono di colpo in mente. Nonostante i lacci che gli stringevano i polsi, cercò di raggomitolarsi sulla paglia, poi si irrigidì: qualcuno stava aprendo la porta.

«To', ragazzo, eccoti qualcosa da mangiare».

Un uomo si inginocchiò accanto a lui con una scodella in mano: fece ruotare Jan a pancia in giù e gli liberò i polsi.

«E ora», disse rialzandosi, «devo farti qualche domanda».

Il ragazzo si appoggiò con la schiena al muro:

«Non ho fame».

«Tanto peggio».

L'uomo aveva un volto emaciato, quasi scheletrico, e la fronte incartapecorita. Sembrava un morto vivente.

«Sai perché sei qui?»

Jan ingoiò penosamente la saliva e rispose accennando di no.

«Tuo padre ha rubato un oggetto estremamente prezioso. Una mappa che appartiene al regno di Castiglia. È nostra e vogliamo ritrovarla. Dicci dove l'ha nascosta e noi ti renderemo la libertà».

«Non ne so nulla. Ve lo giuro. Non ho mai visto quella mappa».

Stava per aggiungere: «Oltretutto siete un bugiardo: non è alla Castiglia ma al Portogallo che l'ha rubata», ma non ne ebbe il coraggio.

«Stai attento!» minacciò l'uomo. «Fingere non serve a niente. Ti terremo qui finché sarà necessario. Finirai col confessare».

Jan tacque. Cosa avrebbe potuto confessare?

«Non hai voglia di ritrovare la tua famiglia? I tuoi fratelli?»

«No. Voglio solo partire».

«Partire? Per dove?»

«Per la Serenissima».

L'uomo si diede una pacca sulla gamba ridendo sguaiatamente.

«Per la Serenissima! Ascoltatelo, il ragazzino! La Serenissima...»

Poi tornando serio, continuò:

«Basta con le ciance. Vuoi tornare a casa tua sì o no?»

«Non ho famiglia», ripeté il ragazzo.

«Nessuno?»

«Nessuno, eccetto...»

«Chi?»

Jan ritrattò:

«No. Niente».

Se l'uomo era stupito, non ne diede mostra. Fissò Jan, cercando di leggere nei suoi pensieri, poi si mise ad andare su e giù nella stanza.

«Deve essere brutto», riprese con finta compassione, «essere solo al mondo, non avere nessuno con cui confidarsi quando si è tristi. È una situazione dolorosa. Ma secondo me è colpa tua».

«Colpa mia?»

«Certo. A giudicare dalla tua insolenza, devi aver compiuto azioni così brutte che non c'è più nessuno al mondo che voglia saperne di te. Se nessuno ti vuole bene, vuol dire che te lo meriti».

«È falso!» rispose Jan con violenza. «Non ho mai compiuto nulla di male e Katelina mi vuole bene. Lei mi vuole bene, ne sono certo!»

«Katelina?» disse l'uomo.

«La mia balia!»

«La grassa frisona che tremava come una foglia quando siamo entrati a casa vostra? Non vorresti che le succedesse qualcosa di brutto, vero?»

«Perché dovrebbe accaderle qualcosa?» chiese Jan con un sussulto.

«Oh, ma per mille e una ragione», disse l'uomo in tono distaccato. «Ad esempio, se ti ostini a non rivelarmi il luogo dov'è nascosta la mappa...»

Jan sentì un brivido freddo lungo la schiena: era caduto nella trappola! Socchiuse la bocca per urlare la sua ribellione, ma fu incapace di emettere il minimo suono. La nausea lo aveva preso alla gola. Come nella nebbia, sentì la paglia crepitare sotto i passi dell'uomo e la sua voce melliflua mormorare:

«Non vorrai che la povera Katelina paghi per il tuo silenzio? Tornerò. A più tardi».

17

Seduto a un tavolo della locanda dell'Orso, Idelsbad si versò un altro bicchiere di vino. Aveva passato il resto del pomeriggio cercando di disegnare la mappa, ma senza grandi risultati. Nessun cartografo degno di questo nome avrebbe fatto un simile sgorbio, tantomeno un grande artista come Van Eyck. L'ultimo sciocco avrebbe capito che era un falso. Pensò al ragazzo. Che cosa ne avrebbero fatto, se Idelsbad non si fosse presentato all'appuntamento il giorno dopo? Lo avrebbero ucciso? Improbabile. Ma come esserne certi? Dopo tutto non sapeva nulla di quegli uomini, se non che avevano il suo stesso obiettivo. Erano al servizio del re di Castiglia oppure erano volgari mercenari che agivano autonomamente? In questo caso, la rabbia poteva portarli a commettere l'irreparabile.

In fin dei conti, nulla era andato come aveva previsto. La morte di Van Eyck aveva sconvolto tutti i suoi piani; poi si erano aggiunte l'intrusione degli spagnoli e soprattutto la fuga di Jan. Perché diavolo lo volevano uccidere? Quale era il legame con gli apprendisti assassinati, Sluter e gli altri? Perché Firenze? I Medici? Che significava "spada"? Chi si nascondeva dietro alle iniziali N.C.?

In fin dei conti, non c'era nessuna ragione di continuare a inoltrarsi in quelle sabbie mobili a rischio di affondarvi. Poteva aspettare tranquillamente la partenza di una caravella diretta a Lisbona, tornare a Sagres e non preoccuparsi più del destino del ragazzo. Ma Jan aveva un certo fascino, una certa prestanza, qualità rare a quell'età, che erano piaciuti a Idelsbad. Però, lui non aveva mai sopportato i ragazzini; li trovava chiassosi, indisciplinati, turbolenti e straordinariamente egoisti. Senza dubbio, questa era stata una delle due ragioni per cui non si era mai sposato; la seconda, o meglio, la prima, erano state le donne. Non aveva mai capito nulla del loro modo di pensare. Come diceva il suo vecchio amico Zarco, erano capaci di momenti di sincerità, mai di autenticità durevole. Come i bambini, anche loro erano turbolente, insoddisfatte, esigenti; peggio ancora, come le onde che scavano la roccia giorno dopo giorno non avevano eguali nel logorare ciò che fa la forza di un uomo: la libertà. E se c'era una cosa sacra agli occhi di Idelsbad, era proprio quella. L'alto mare, lo spazio infinito, l'orizzonte come limite, la fratellanza dei domatori del mare, le notti passate a contare le stelle, quella era la vera felicità. No, decisamente, non era uomo da farsi accalappiare. Piuttosto morire in mare.

«Benvenuto, messer De Veere. Che onore vedervi qui!»

Il locandiere si era espresso a voce così alta e con tanta affettazione che, macchinalmente, Idelsbad si girò per osservare a chi si fosse rivolto.

Era un uomo abbastanza grande, sulla cinquantina. Aveva un aspetto longilineo, straordinariamente altezzoso, un naso arcuato alla base del quale si disegnavano labbra sottili che, in quel preciso momento, ostentavano un sorriso di condiscendenza, o forse di disprezzo. La cosa più curiosa era il colore dei capelli, un color bronzo che sprigionava riflessi metallici alla luce delle candele.

Non era solo. Un altro era con lui, di un'età imprecisabile: certo più di sessant'anni. Con una grossa pancia, la carnagione oleosa, la sua pelle sembrava coperta di tutto il grasso delle tinozze di lana dei tintori di Bruges. Lo si sarebbe detto un collettore di imposte.

Camminando all'indietro con un inchino a ogni passo, il locandiere li accompagnò al tavolo, quello meglio disposto, secondo lui, e prese le ordinazioni concludendo con un: «Perfetto, messer De Veere. Come desiderate, messer Anselm».

Idelsbad non poté impedirsi di pensare quanto certi individui avessero una propensione per il servilismo di fronte al potere e al denaro. Evidentemente, quest'uomo li possedeva entrambi. Curiosamente, lui stesso non riusciva a distaccare la propria attenzione dal personaggio, ma per un'altra ragione: quel nome, De Veere, era certo di averlo già sentito da qualche parte. Ma dove? In quale occasione? Una falsa impressione, certamente.

Stava per pagare il conto, quando di colpo le parole di Sheldon gli tornarono in mente come una frustata: «Pagate questa lettera di credito a messer Petrus Christus o al suo rappresentante messer Anselm De Veere». Possibile? Era proprio lui? La coincidenza era straordinaria.

Bevve un altro sorso di vino e cercò di mettere ordine nei suoi pensieri. Se davvero si trovava di fronte all'uomo menzionato nella lettera di credito, doveva agire con somma prudenza. Forse aveva una minima probabilità di sciogliere quella matassa e, chissà, di rimettersi sulle tracce di Petrus. Ma al primo passo falso, sarebbe crollato tutto. Non aveva altra scelta: doveva giocare il tutto per tutto.

Inspirò profondamente, si avvicinò al tavolo dove erano seduti i due uomini e, adottando un'aria sperduta, bisbigliò:

«Perdonatemi, messere, ma voi siete proprio Anselm De Veere?»

Il suo interlocutore lo squadrò con un misto di curiosità e di irritazione:

«Cosa posso fare per voi?»

«Sono un amico di Petrus».

L'altro non mosse ciglio.

«Petrus Christus», riprese Idelsbad con fervore. «Devo assolutamente vederlo. Ditemi dove posso trovarlo!»

«Spiacente», rispose De Veere sdegnosamente. «Non so di chi stiate parlando. Non conosco nessuno di nome Petrus Christus».

La voce del gigante si fece quasi implorante:

«Ve ne prego. Si tratta del ragazzo. L'ho ritrovato».

«Il ragazzo?»

Per un attimo, Idelsbad credette di vedere una luce negli occhi arroganti dell'uomo.

«Sì. Il figlio di Van Eyck. Vi prego! Ditemi come mettermi in contatto con Petrus!»

«Supponendo che possa raggiungere questa persona, che messaggio dovrei trasmettergli?»

«Mi aveva promesso una certa somma se ritrovavo il piccolo. Per la precisione metà di ciò che gli hanno versato i fiorentini. Millecinquecento fiorini. Me lo ha promesso».

«E non ha onorato il suo debito?»

«No, ma non sa che sono riuscito a trovare il ragazzo. Questa era la condizione».

«Capisco. Ma come fate a conoscere il mio nome?»

«È stato Petrus a parlarmi di voi. Eravamo molto vicini io e lui. Dopo la storia di Coster, ha avuto paura. Era convinto che stessero per arrestarlo. Ho tentato di farlo ragionare, ma invano. Aveva un'idea fissa: fuggire! Tuttavia, nella sua disperazione, pensava ancora alla missione che gli era stata affidata: ritrovare il moccioso a tutti i costi. Mi ha supplicato di incaricarmene».

Tacque per poi aggiungere, con aria imbarazzata:

«Anch'io sono un po' al verde. Prima di salutarci, vi ha nominato, raccomandandomi di mettermi in contatto con voi, qualora fossi riuscito a trovare il ragazzo. È fatta. Ma adesso, l'affare si presenta male. La madre ha avvertito le guardie della chiusa e lo *hooftman*. Non tarderanno a risalire fino a me».

«Aiutatemi, vi supplico!» concluse, fingendo una tensione che non era lontana da quella che provava.

«Ricordatemi il vostro nome», interruppe De Veere con voce tagliente.

«Till Idelsbad».

«Sedete», ordinò. «Da quando conoscete questo... Petrus?»

«Da sempre. Eravamo vicini a Baerle, entrambi appassionati di pittura».

«Siete un artista?»

«No, mi sono reso conto ben presto di essere sprovvisto di ogni abilità. Il mio defunto padre soleva dire: "Il talento senza il genio è poca cosa, ma il genio senza talento non è nulla"».

«Complimenti, *minheere.* In giorni così oscuri è raro sentire parole così sagge».

Non era stato Anselm De Veere a parlare, ma l'uomo unto accanto a lui.

«Con chi ho l'onore, messere?» chiese il portoghese, raddoppiando in ossequiosità.

«Lucas Moser. Pittore e orefice. Ma certamente non avrete mai sentito parlare di me».

«Sbagliate», mentì Idelsbad, «il vostro nome non mi è nuovo. Petrus Christus sembrava avere grande stima di voi».

Contro qualsiasi aspettativa, il complimento non ebbe l'effetto previsto. Un'espressione afflitta si disegnò sul volto del pittore.

«Certo, ma il nostro amico fa parte degli eletti. E sappiamo quanto sono rari!»

Ripeté con voce fioca:

«Gli eletti sono rari...»

«Sono convinto che abbiate realizzato opere straordinarie», tornò alla carica Idelsbad.

Una piccola risata nervosa scosse il pittore:

«Diciamo che il mio *Polittico di Santa Maddalena* è degno di figurare accanto ai più grandi».

«Credo proprio che il nostro amico Petrus me ne abbia parlato. Dove si trova?»

«Oh! In un luogo molto modesto. In una chiesetta di Tiefenbronn, in mezzo alla Foresta Nera».

«Permettetemi di tornare sull'argomento che vi preoccupa», intervenne De Veere. «Questo ragazzo... cosa sapete di lui?»

Idelsbad indicò la caraffa di vino:

«Posso?»

Non avendo avuto risposta, si versò un bicchiere che ingollò in un colpo solo.

«Vi rifaccio la domanda», riprese De Veere. «Cosa sapete del figlio di Van Eyck?»

«Solo ciò che mi ha detto Petrus».

«E poi?»

«Mettere le mani sul piccolo e toglierlo di mezzo. Ma non sono un assassino. E anche se lo fossi, non sarei capace di uccidere un bambino. Avevo avvertito Petrus. La mia missione consisteva nel prendere il moccioso, non nell'ucciderlo».

«Dobbiamo morire tutti, un giorno o l'altro», fu la risposta. «Cos'altro sapete?»

«Niente. Ed è meglio così. Meno si sa, meno si parla. Come diceva il mio defunto padre: "Della parola udita sei padrone, della parola detta sei schiavo"».

«Un grande saggio vostro padre», disse ironico De Veere. «Eppure, Petrus deve pur avervi dato qualche spiegazione. Lo avete ammesso anche voi: sopprimere un ragazzino non capita tutti i giorni e non è nemmeno tanto facile. Ci sarà stata una ragione imperiosa, non credete?»

Idelsbad osservò a lungo il deposito ambrato in fondo al suo bicchiere prima di rispondere:

«A esser franco, messere – non vogliatemene – non vedo alcun motivo che possa giustificare la morte di un ragazzino».

«Sbagliate!»

Ancora una volta, era l'uomo unto ad aver parlato. E lo aveva fatto con un tono sorprendente.

«Sì, sbagliate. Se è mediocre, un bambino, come un adulto, non merita di vivere. Anzi, è un dovere facilitarne la morte. Quale sarà il suo destino altrimenti? Il nulla? Il nulla anche per chi gli sta intorno. Pensate all'energia che occorrerà dedicargli per strappare al suo cervello qualche segno d'intelligenza. Non ditemi, *minheere*, che ignorate che esistono differenze tra gli esseri che popolano il mondo conosciuto? Credete, ad esempio, che quei mostri dal volto umano che ci riportano dalla Guinea i marinai portoghesi abbiano un'anima? Credete che la nostra Santa Chiesa possa accoglierli nel suo seno senza offendere il Creatore?»

«Ma quei mostri», azzardò timidamente Idelsbad, «non sono anch'essi opera del Creatore?»

«Ecco l'errore capitale, che imperversa e si propaga, più ferale della peste. Sappiate che qualsiasi artista abbozza uno schizzo, una minuta prima di affrontare la grande opera. Quegli esseri sono solo le minute, gli schizzi incompiuti di Dio. Vi ricordo le vostre stesse parole: "Il talento senza genio è poca cosa, ma il genio senza talento non è nulla". Che fare, secondo voi, di coloro che non possiedono né l'uno né l'altro? Immaginateli davanti alla creazione di un vero genio. Cosa vedranno? Cosa capiranno? Ve lo dico io: niente. E sapete perché? Perché la loro intelligenza si limita a mangiare, a bere e a defecare».

Si interruppe, madido di sudore, affannato.

«Capisco, messer Moser», disse Idelsbad, «ma che nesso c'è tra i selvaggi che avete appena nominato e un ragazzino delle nostre parti? Che cos'ha di tanto mostruoso il figlio di Van Eyck?»

La voce di De Veere lo richiamò all'ordine:

«*Minheere*, ascoltatemi. Ho una proposta da farvi».

«È condannato a morte per... mediocrità?» si arrischiò a insistere Idelsbad.

Il fiammingo spazzò l'aria:

«Il problema del ragazzino è un altro, anche se direttamente legato alle parole che ha appena detto l'amico Lucas Moser».

«Deve morire per ciò che rappresenta», insisté il pittore.

«Ma che cosa rappresenta per meritare la morte?»

«Non è questo il punto, *minheere*!» sbottò De Veere esasperato. «Ecco la mia proposta: voi mi portate il ragazzo, in cambio mi impegno a versarvi la somma che vi aveva promesso Petrus».

«Dite sul serio?»

«Se Petrus vi avesse parlato di me, non fareste questa domanda».

«Quando?» domandò Idelsbad fingendo impazienza. «Dove?»

«Qui. Alloggio alla locanda, ma ripartirò dopodomani».

«E Petrus?»

«Vi aspetterò qui, domani, a mezzogiorno», rispose De Veere eludendo la domanda.

Idelsbad si alzò con un'espressione traboccante di riconoscenza:

«Dio vi benedica, messere. Vi sarò eternamente grato...»

«Andate. La notte è breve e sta per suonare il coprifuoco».

«Avrete i millecinquecento fiorini?»

«Addio, *minheere*!»

Il portoghese abbozzò un inchino e uscì.

Appena uscì per strada, fu colto dalle vertigini. Ciò che aveva sentito era incredibile. Non osava crederci. Come potevano esseri umani ragionare in quel modo? Ma erano davvero esseri umani? No. Doveva aver capito male. Quella specie di uomini non esisteva, non poteva esistere. «Le minute, gli schizzi incompiuti di Dio»? Mai, in tutta la sua vita, Idelsbad aveva sentito idee così abnormi. Le tempeste, gli uragani, la sete, la paura di perdersi sotto le stelle, quella di finire in abissi invisibili, tutto questo non era niente in confronto all'orrore che gli ispiravano quei due. Ma quale era il loro obiettivo? Moser aveva insistito sulla mediocrità, sul suo disgusto nei confronti degli "altri", di coloro che non gli somigliavano, che non facevano parte del suo mondo spirituale ed estetico. Ma Laurens Coster? Sluter? E gli altri apprendisti? Perché Jan? «Deve morire per ciò che rappresenta», aveva detto Moser. Cosa rappresenta un ragazzo, se non la speranza e l'innocenza? Comunque fosse, la conversazione aveva sortito un buon effetto: rafforzare la volontà vacillante di Idelsbad e suscitare in lui una terribile rabbia di sapere. Il suo intuito gli suggeriva che non si trattava più solo del destino di Jan, ma di qualcosa di più profondo e più vasto, più terrificante della morte stessa.

Allungò il passo e si infilò sotto un portico. Nascosto

nella penombra, vedeva senza esser visto. Un confuso presentimento gli consigliava di aspettare. De Veere non era un ingenuo e certamente – Idelsbad ne era convinto – non aveva creduto a una sola parola della sua storia.

«*Minheere...*»

Il sussurro alle sue spalle era stato leggero, così vicino e lontano al tempo stesso che aveva creduto di sognare. Si voltò di scatto, scrutò le tenebre. C'era una donna rannicchiata in un angolo, tremante come una cerva in trappola.

«Chi siete?»

«Il mio nome non ha importanza. Vengo per Jan. Dov'è? Lo avete trovato?»

Il gigante, sorpreso, scrollò la testa.

«Ma è sempre vivo?»

Il tono era quasi implorante.

«Penso di sì. Sì. Ma chi siete?» ripeté.

«Maude...»

Poi in un soffio:

«La madre di Jan».

Il gigante ebbe l'impressione che la terra gli scivolasse via dai piedi.

«La madre di Jan?» ripeté per convincersi della realtà di ciò che stava accadendo.

«Sì. Vivo nel beghinaggio. È una lunga storia».

«Ma come avete saputo del rapimento di Jan».

«La mia finestra si affaccia sul canale. Tutti i giorni osservo il viavai dei battelli, è quasi un rito. Ieri, assorta nella mia contemplazione, ho visto la chiatta sulla quale si trovava mio figlio. Stava lottando con degli individui che cercavano di legarlo. Poi gli hanno dato un colpo in testa e hanno accostato. Uno di loro ha preso in braccio Jan e lo ha portato via; poi la chiatta ha ripreso la sua navigazione fino alla chiusa. E vi ho visto. Sono stata testimone dell'alterco e ho capito che stavate cercando di salvare Jan».

«Mi avete seguito dal Minnewater?»

«Vi ho perso, poi vi ho ritrovato mentre stavate uscendo dalla cancelleria. Non ho osato interpellarvi. Capitemi, ero completamente sperduta. Vi ho pedinato ancora. Quando stavo per rivolgervi la parola siete entrato nella locanda».

Respirò brevemente e chiese:

«Vi supplico, ditemi cosa sta succedendo», domandò dopo un attimo. «Perché ce l'hanno con mio figlio? Cos'ha fatto?»

Si era leggermente spostata, mostrandosi parzialmente nella vaga luce del crepuscolo che arrivava dalla stradina. La cappellina che le proteggeva i capelli metteva in risalto il suo volto. Era bruna, gli occhi a mandorla, quasi neri, un naso leggermente all'insù, labbra ammirevolmente disegnate: un puro volto di madonna.

Idelsbad non ebbe il tempo di rispondere. De Veere e Lucas Moser uscivano dalla locanda e camminavano verso di loro.

«Nascondetevi!» ordinò il gigante, «non devono vedervi».

I due uomini risalirono la stradina. Arrivati alla loro altezza, superarono il portico e proseguirono.

«Devo seguirli», riprese Idelsbad. «Tornate al beghinaggio. Ci rivedremo».

«No!»

«Cosa dite?»

«Devo sapere cosa è successo a Jan. Vi accompagno».

«È troppo pericoloso».

«Vi supplico. È mio figlio!»

Idelsbad, indispettito, stava per rispondere: «Da dove vi viene questo subitaneo interesse per un ragazzo che avete abbandonato?» Ma si trattenne, considerando la battuta troppo crudele.

«Peggio per voi. Vi ho avvertito».

Lasciò passare pochi attimi, poi si inoltrò nella stradina.

De Veere e Moser erano sbucati sulla piazza del Mercato. Un gruppo di borghesi chiacchierava, illuminato dai falò dove bruciavano stoppe imbevute di resina che fila di servitori brandivano su aste.

Ci fu un breve scambio di saluti tra i due uomini e alcuni membri del gruppo. Idelsbad li vide costeggiare la Gru e le sue grandi ruote immobili prima di penetrare in una casa modesta che si affacciava sul canale.

«Chi sono?» chiese la giovane.

«Madame Maude: è il vostro nome, vero?»

Essa annuì.

«Madame Maude, fatemi il piacere di evitare le domande, almeno per il momento. Rischierei di cedere alla tentazione di farvene altrettante, se non anche di più, e ci vorrebbe tutta la notte».

E dopo una pausa:

«Non volete proprio tornare al beghinaggio?»

«Anche se lo volessi, sarebbe impossibile. A quest'ora, le porte sono chiuse. Riapriranno domani mattina, all'alba».

«In tal caso, insisto: aspettatemi qui. Vicino alla Gru. Credetemi. Lo esige la prudenza».

«Tornerete?» domandò lei dopo un istante di esitazione.

«Tornerò. Vi do la mia parola d'onore. Tornerò. Non foss'altro che per capire».

Senza aspettare oltre, attraversò la piazza a lunghe falcate e si ritrovò davanti all'entrata della casa.

C'era una finestra a crociera ad altezza d'uomo da cui filtrava una luce gialla. Si avvicinò a passi lenti, rasentando il muro, con tutti i sensi all'erta. Si sentivano appena voci concitate. I borghesi si erano ritirati in compagnia dei loro servitori, e sulla piazza rimaneva solo la sagoma minuta della giovane donna seduta ai piedi della Gru.

Il portoghese trattenne il fiato e si arrischiò a lanciare un'occhiata attraverso la finestra. Moser e De Veere erano lì. Quest'ultimo stava gesticolando in mezzo alla stanza, andando e venendo furibondo. Si rivolgeva a un terzo uomo, invisibile, che doveva essere in un angolo, da qualche parte sulla destra. La fronte di Idelsbad era imperlata di sudore. De Veere continuava ad andare su e giù. In un movimento di rabbia, afferrò una coppa e la buttò contro il muro, mentre Lucas Moser osservava la scena, imperterrito, le braccia conserte.

Quanto tempo durò il diverbio? Abbastanza a lungo perché la notte succedesse al crepuscolo e avviluppasse i canali e i moli. Alla fine la voce di De Veere si fece bassa, trasformandosi in un sussurro. A un suo cenno, Lucas Moser si diresse verso la porta: stavano per uscire. Idelsbad si ributtò indietro e si precipitò verso un angolo buio. La porta della casa sbatté con fragore. I passi dei due uomini risuonarono sul lastricato, per poi svanire del tutto.

Il gigante cercò con lo sguardo la giovane donna. Era sempre allo stesso posto, immobile. Rassicurato, si girò verso la casa. Arrivato di fronte all'uscio, posò la mano sulla maniglia, la abbassò lentamente, effettuò una leggera pressione sull'uscio che ruotò senza difficoltà. Un vestibolo mal illuminato. Un piccolo corridoio. In fondo, in piedi, immobile come se lo stesse aspettando: Petrus Christus.

18

Sembrava uno spettro, un vecchio completamente distrutto, colpito da inerzia. Non fu nemmeno sorpreso dall'intrusione di Idelsbad.

«Dobbiamo parlare», ordinò questi, fermamente ma senza aggressività.

Per tutta risposta, il pittore rientrò nella stanza.

Era tutta sottosopra. Il cavalletto era a terra. I pennelli sparsi qua e là. Colori. Resti di cibo. Un paglierlccio. Da un candeliere a tre braccia la cera era colata sulla superficie dell'unico tavolo nella stanza, formando rigide increspature e pozze bianchicce. Sembrava di essere in una necropoli devastata.

«Sedete», disse Petrus indicando uno sgabello.

Il portoghese gli rivolse lo stesso invito:

«No, voi piuttosto. Non vi reggete più in piedi».

L'altro obbedì con una docilità sconcertante.

«E adesso, volete dirmi tutta la verità prima che sia troppo tardi?»

«Cosa volete che vi dica? Ignoravo. Non sapevo. Mi sono lasciato accalappiare».

La sua voce somigliava a un gemito.

«Perché tutti quegli omicidi?»

«No! Non sono stato io!» urlò Petrus. «Io non ho ucciso nessuno. Lo giuro su Dio, mai!»

«Coster?»

«Non è morto, vero?» disse terrorizzato.

«No. Ma non grazie a voi. Voglio sapere!»

«Non posso dirvi nulla. Capitemi: mi ucciderebbero».

«Vi uccideranno comunque. Tanto vale avere una possibilità di salvarvi».

«Siete stato voi ad accostarli alla locanda».

Non era una domanda, era un'affermazione.

«Sì».

«È spaventoso. Non immaginate le conseguenze. Sono perduto per colpa vostra».

«Andiamo! Non invertiamo i ruoli. Rispondetemi, piuttosto».

E ripeté, marcando le parole:

«Parlate, Petrus!»

Il pittore si nascose il viso tra le mani:

«D'accordo. In ogni caso, è finita. La mia vita è finita».

Cominciò con voce spenta:

«Cinque anni fa all'incirca, a Baerle. Mi ero appena sposato. Avevo solo ventun anni e un sogno: la pittura. E sognavo. Ero impaziente di conquistare la gloria e la ricchezza. Quella gloria rapida e folgorante che vi lancia nel firmamento, senza passare dal purgatorio. È nato il primo figlio, una bambina: Mathilde. Poi, un anno dopo, il secondo: Christopher. Ben presto, entrai non nel purgatorio ma all'inferno. Mio padre, rovinato, non riusciva più ad aiutarci. Cercavo committenze, ma ovunque ottenevo la stessa risposta: Van Eyck. Perfino i Volti Santi che dipingevo erano considerati dalla gente delle pallide copie. Si diceva che imitavo Van Eyck, che plagiavo il suo stile».

Petrus si interruppe, abbozzò un sorriso triste:

«Per colmo dell'ironia, a quell'epoca non avevo mai visto una tela del maestro, nemmeno una miniatura, nemmeno lo schizzo di una miniatura. Fu certo da quel giorno che nacque il mio furore; furore, ma anche frustrazione. Sentivo un incontenibile desiderio di vendetta. Era inutile, lo so. Ma che volete, la gioventù ha spesso di questi moti inutili. Decisi di incontrare l'uomo che provocava la mia sfortuna. Dovevo assolutamente conoscere il gemello nell'arte cui tutti mi paragonavano così ingiustamente. Volevo toccare con mano l'uomo a cui dovevo l'esser confinato nel ruolo di plagiario. Questo accadeva un anno fa. Il nostro incontro fu organizzato da un amico di mio padre, uno scabino. E cosa credete che sia successo? Un incantesimo. Uno stupore senza limiti. Cosa? Quegli stupidi osavano accusarmi di plagio? Come se si potesse plagiare il genio! Perché Jan Van Eyck era un genio. Ahimé! La scoperta mi sprofondò ancor più nella disperazione ed ebbi la certezza di non avere via d'uscita. La sera dell'incontro ritrovai l'amico scabino e, in un momento di sconforto, gli confidai il mio stato d'animo, accennai ai miei problemi economici. Mi ascoltò con attenzione e quando ebbi finito propose di introdurmi in quella che egli chiamava pudicamente la "confraternita", una sorta di assemblea, simile per certi versi alle nostre gilde. Mi fece balenare davanti agli occhi tutti i vantaggi finanziari che potevo trarne e mi assicurò che, qualsiasi cosa mi succedesse, quali che fossero le mie difficoltà, i nostri "fratelli" – così chiamava i membri di quella corporazione – sarebbero stati lì per darmi una mano. Naturalmente, gli domandai cosa avrei dovuto fare in cambio di quell'appoggio. Nulla, mi garantì, se non essere pronto a offrire i miei servigi il giorno in cui ne avessero avuto bisogno. Che genere di servigi?, mi affrettai a domandare. Il mio interlocutore fu vago. Non c'era fretta di sapere. Accettai».

Il pittore tacque, stremato dalla propria confessione.

Il campanile suonò il coprifuoco.

«Continuate», disse Idelsbad. «In che cosa consisteva questa "gilda"?»

«Non mi crederete, ma non ho mai potuto scoprire con precisione le loro vere intenzioni».

«Ma avrete pur partecipato alle loro riunioni?»

«Certo. Ma non eravamo numerosi. Una quindicina di persone al massimo. Vedevo spesso Anselm De Veere, l'amico scabino, talvolta Lucas Moser, e un quarto individuo, un fiorentino».

«Il suo nome?»

«Conosco solo il nome di battesimo: Giovanni. Credo fosse un discendente degli Albizzi, un'antica famiglia fiorentina, nemici giurati dei Medici. Con tutta evidenza, pareva l'uomo più vicino al gran maestro della gilda».

«E questo gran maestro? Immagino che non conosciate la sua identità».

Petrus fece un gesto di diniego:

«So solo che vive a Firenze ed è soprannominato la Spada».

«Spada... Ho già sentito pronunciare questa parola. A cosa servivano le riunioni?»

«Adesso ve lo dico, ma prima dovete sapere che questa corporazione ha una struttura gerarchica fatta di vari livelli, ognuno con il suo colore: nero, rosso e verde. Il nero è il livello più alto. Immagino abbiate capito che, per via della mia recente ammissione, io appartenevo a quello più basso, il verde: da ciò, il fatto che io ignorassi l'essenziale. All'inizio, le discussioni, o meglio l'insegnamento, era soprattutto di ordine filosofico-religioso. Il cristianesimo, in primo luogo, andava protetto e difeso a qualsiasi prezzo contro le eresie di qualunque tipo. Nessuno poteva arrogarsi il diritto di criticare i dogmi o l'infallibilità del Santo Padre. Il testo, solo il testo. Ogni forma di dubbio, di rimessa in discussione dell'insegnamento originale doveva essere bandita dalle menti. Va da sé che la liberazione del Santo Sepolcro faceva parte dell'ideale assoluto, al quale tutti i figli della Chiesa avevano l'obbligo di partecipare attivamente».

«Fin qui, niente di nuovo», commentò Idelsbad.

«Certo, ma applicavano lo stesso assolutismo anche in altri campi. Ci spiegavano come dovessimo conservare e rafforzare le tradizioni ereditate dai nostri padri. Che il più grande pericolo era lo straniero, da qualsiasi luogo provenisse, chiunque fosse. Che era proibito ispirarsi o prestare orecchio alle idee nocive che esso porta con sé. Per raggiungere questo scopo, avevamo il dovere di erigere mura attorno alle nostre città, di appostare guardie e sentinelle, di inasprire le leggi per proibirgli l'ingresso, e qualora uno di questi indesiderabili si fosse infiltrato, di isolarlo, costringerlo all'esilio, o, in caso di resistenza, metterlo a morte. Lentamente, si insinuò nelle nostre riunioni l'idea di eliminare fisicamente gli esseri in contraddizione con l'ideale della gilda. E divenne una cosa naturale».

Petrus sospirò con un'amarezza che rivelava la profondità della sua angoscia:

«Poi ci fu il primo omicidio: Hugo Willemarck».

«Che era stato apprendista di Van Eyck...»

«Esatto. Poi, Wauters».

«Anche lui, un intimo di Van Eyck. E l'ultimo: Nicolas Sluter. Ed è qui che non capisco più niente. In che cosa queste persone erano in contraddizione con i vostri principi?»

Il pittore fissò Idelsbad con sincera emozione:

«È proprio ciò che non so. L'ordine era venuto da Firenze. Mi è stato solamente detto che questi uomini rappresentavano un grande pericolo, che la loro morte sarebbe stata un bene, tutto qui».

«Ma come vi spiegate la coincidenza: tutti e tre avevano lavorato con Van Eyck?»

«Non so rispondervi. Dovete credermi».

«E Coster?»

«Per causa sua, ho conosciuto l'orrore. Sapevano che eravamo amici e mi ordinarono di eliminarlo. La cosa più orribile è che anche in questo caso mi diedero motivi privi di senso. Dovevo ucciderlo, tutto lì. Se la gilda lo esigeva, la gilda aveva ragione. Vedendomi esitare, mi minacciarono. Mi avrebbero tagliato i viveri, mia moglie, i miei figli avrebbero subito le conseguenze del mio rifiuto: dovevo obbedire».

Petrus tacque. Le lacrime lo stavano soffocando.

Il portoghese lo osservò in silenzio, non sapendo più se commiserarlo o disprezzarlo.

«Quel giorno, avete toccato con mano la loro follia, in cambio di poche monete d'oro. Nella speranza che vi permettessero di ottenere», ripeté le parole di Petrus, «*quella gloria rapida e folgorante*. Come avete fatto a cadere tanto in basso pur essendo così giovane? Non avete ancora trent'anni».

«Una trappola, il fascino del vuoto, il diavolo in me. Non so».

Con accenti lamentosi aggiunse:

«Ma il colmo dell'orrore è stato l'assassinio di Van Eyck. In quel momento ho preso la decisione di abbandonare tutto, di non seguirli più in questa strada lorda di sangue. La morte di Van Eyck è stata una vera infamia!»

Si rialzò e proseguì come in un monologo:

«La sera della morte di Van Eyck, ho creduto che il mondo mi cadesse addosso. L'uomo al quale avevo votato un'ammirazione infinita, il più grande fra noi, il più grande di tutti, assassinato! Ho creduto di perdere la ragione».

Idelsbad scrollò la testa, ma non smentì Petrus.

Questi si lasciò ricadere sullo sgabello:

«Più tardi, quando ho saputo che Jan sarebbe stato il bersaglio successivo, sono fuggito».

«Non potrete fuggire a lungo. E comunque vi hanno già trovato. Se sono così potenti – e a quanto pare lo sono – e se hanno deciso di eliminarvi, vi ritroveranno, ovunque siate. Quella gente sembra ben organizzata. Avete accennato a Firenze e agli ordini che partono da lì. Immagino che il contenuto delle lettere sia esplicito. Ma non capisco perché corrono il rischio di vederle cadere in mani indiscrete? Le strade non sono sicure, i corrieri possono essere catturati dai briganti. Perfino in Fiandra, lo sapete anche voi, uomini come Rodrigo de Villandrado e i suoi Scorticatori potrebbero intercettare le lettere. Se ne rendono conto?»

Il pittore rispose debolmente:

«Gli scambi avvengono tramite la rete bancaria dei Medici. Le lettere sono in codice. Nessuno sa decifrarle se non il destinatario. Il codice...»

Idelsbad lo fermò con un gesto della mano:

«Ho già capito. Me ne hanno parlato questa mattina. E adesso dovete fare qualcosa per me».

«Cosa?»

«Dovete disegnare una carta marina sotto mia dettatura».

Petrus lo guardò sbalordito:
«Una carta?»
«Non cercate di capire. Abbiamo poco tempo! Mettiamoci al lavoro. Presto!»
«Su una tela?»
«No, su pergamena o su carta, se ne avete».
«Ma ci vorrà del tempo per far asciugare i pigmenti».
«Non vi sto chiedendo un dipinto ma un disegno».
«Con la matita di piombo? A penna? A carboncino?»
«E che ne so io, Petrus! Pensate a ciò che avrebbe fatto Van Eyck se avesse avuto i minuti contati, se avesse avuto a disposizione solo pochi attimi per riprodurre questa carta».
Il pittore inspirò profondamente e si alzò. Si sentiva talmente vuoto, abbattuto, che l'idea stessa di capire doveva sembrargli al di sopra delle sue forze.
Prese una matita, una pergamena e cominciò a disegnare sotto la direzione di Idelsbad. E avvenne il miracolo. Lentamente, la sua espressione si trasformò. Non era più un vinto, ma un uomo che di colpo ritrovava tutta la sua nobiltà. La metamorfosi era così assoluta che il portoghese ne fu colpito. Petrus era assorto nel suo lavoro, eppure si trattava solo di un volgare schizzo, privo di poesia. L'artista tornava in superficie. Non aveva più padroni, né boia. Le sue paure non erano mai esistite.
In meno di mezz'ora, disegnò su un foglio di pergamena i contorni della costa della Guinea, con il capo Bianco, Bojador, le Azzorre, Madera. Naturalmente, tutte le latitudini erano sbagliate. Un marinaio, per quanto esperto, non avrebbe avuta alcuna possibilità di raccapezzarsi. Nella migliore delle ipotesi, avrebbe girato in tondo; nella peggiore, avrebbe finito il suo vagare in fondo agli abissi. Soddisfatto, il portoghese ripiegò la mappa con precauzione e la infilò nel giubbotto.
«Vi ringrazio. Adesso, dobbiamo separarci. Mi aspettano».
L'altro lo fermò bruscamente:
«Aspettate! Non vi ho detto tutto. Alla fine dell'ultima

riunione alla quale ho assistito, ho colto qualche frase di una strana conversazione tra Anselm De Veere e quel Giovanni. Questi ha parlato più volte di Cosimo de' Medici e di un medico, un certo Bandini. Poi, ha dichiarato che l'epilogo era vicino, che ci saremo sbarazzati della feccia una volta per tutte. Quel giorno, Firenze e i suoi eresiarchi sarebbero scomparsi nei fuochi dell'inferno. Sarebbe stata l'Apocalisse, la devastazione totale».

«Firenze devastata? Ma come?»

«Non so altro. Ma ho sentito dire che la data era fissata per il giorno dell'Assunzione».

«Tra poco più di un mese!»

«È così».

«Decisamente», pensò Idelsbad, «questa storia sta assumendo un aspetto sempre più insensato».

Al momento di uscire, si voltò e fissò il suo sguardo azzurro in quello di Petrus:

«Certo non ci vedremo più. È per questo che anch'io desidero farvi una confessione che, spero, alleggerirà il vostro cuore: Van Eyck non è morto assassinato. Ve lo posso garantire. È morto di morte naturale, davanti ai miei occhi. Un colpo apoplettico, una congestione, chissà? Voi non c'entrate con la sua scomparsa. E vi dirò di più: non conosco i vostri dipinti, ma credo che abbiate un grande talento; non foss'altro perché alcuni paragonano le vostre opere a quelle del vostro maestro. Parlo di Van Eyck, naturalmente. Sono solo un marinaio, estraneo alle cose dell'arte, ma so che in tutto ciò che di grande intraprende un uomo, c'è sempre una scintilla venuta d'altrove, una piccola fiammella di ispirazione. Il fuoco dipende da noi e dall'audacia che è in ognuno di noi. Se sfuggirete agli uomini della corporazione – e ce la farete, ne sono certo – osate, Petrus. Più tardi, ringrazierete gli dei per non avervi dato *quella gloria rapida e folgorante* che sognavate. Sarebbe stata il peggiore dei castighi, poiché sarebbe svanita con la stessa rapidità con cui fosse arrivata. Addio, amico mio!»

Il gigante spinse la porta e scomparve nelle tenebre.

«Maude...»

La giovane donna alzò la testa, sorpresa. Si era addormentata.

«Venite», disse Idelsbad. «È ora di andarcene. Rischiamo di essere fermati dalle guardie».

«Dove mi portate?»

«Non abbiamo scelta. A casa mia, a Hoeke. Il mio cavallo è vicino alla locanda».

La notte era splendida, limpida, trapunta di stelle.

Appena ebbero varcato la soglia della capanna la giovane donna chiese:

«Avete avuto notizie di Jan?»

Lui non rispose subito. Si diresse verso il focolare e rianimò i resti di torba. Istantaneamente il fuoco si mise a crepitare, riempiendo la stanza di un pallido lucore.

«Domani, se tutto va bene», dichiarò Idelsbad, «vostro figlio sarà libero. Sono riuscito a ottenere la moneta di scambio che i suoi rapitori mi chiedevano».

Con un certo imbarazzo, indicò l'arredamento attorno a sé.

«Mi dispiace. È tutto ciò che posso offrirvi».

Lei parve non aver sentito.

«Parlatemi di Jan. Come ha fatto a essere immischiato in questa brutta faccenda?»

A mo' di risposta, lui suggerì:

«Non volete sedervi?»

La beghina cercò una sedia e optò per la panca vicino al focolare. Si sedette, e attese con le mani giunte.

«La storia è molto complessa», avvertì il gigante. «Cercherò di essere conciso».

Si sedette per terra, non lontano dalla giovane donna, con la schiena appoggiata al muro, e si lanciò nel racconto delle ultime settimane. Durante tutto il racconto, lo scintillio delle braci accompagnò la voce di Idelsbad, senza che Maude lo interrompesse neanche una volta. Ascoltava con estrema attenzione, senza una parola, lasciando al volto la cura di esprimere ciò che quelle frasi risvegliavano in lei.

Quando Idelsbad ebbe finito, lei rifletté prima di chiedere:

«Ho capito uno degli aspetti della vicenda: l'importanza della mappa e il legame con mio figlio. Ma l'altro mi sfugge. Non capisco ancora il motivo per cui questa gilda vuole la sua morte. Questo personaggio, De Veere, vi avrebbe detto: "Il ragazzo deve morire per ciò che rappresenta". Cosa significa?»

«È la domanda che mi sono posto e che mi pongo ancora. Non ho risposte. Adesso vorrei che mi parlaste di voi e di Jan».

«Potrebbe cambiare il corso degli avvenimenti?»

«No. E non siete costretta a farlo».

Lei si chinò sul focolare. Il suo sguardo sembrò spegnersi nei ricordi che solo lei conosceva.

«Ho amato», mormorò dolcemente. «Avevo solo diciotto anni, lui ne aveva quaranta. Era di passaggio da Bruges e aveva in sé tutto ciò che può far sognare una ragazzina ingenua: un misto di forza e di tenerezza, fascino, prestanza e quella irragionevolezza che vi fa credere all'impossibile. Per lui, tutte le stelle erano a portata di mano. Le avrebbe strappate dal cielo per farne un mazzo e depormele ai piedi. I più bei vascelli sarebbero venuti ad accostare davanti alla mia porta e saremmo partiti verso i confini del mondo, in contrade dove il sole splende tutto l'anno. Nella mia ebbrezza, l'ho creduto. Ho creduto a tutte le sue parole. Una sera è partito e non è mai tornato. Non ho mai visto vascelli alla mia porta, e non manca una sola stella al firmamento».

Rimase per un attimo in silenzio e poi riprese:

«Mio padre morì il giorno prima che compissi nove anni. Sono figlia unica. Mia madre era merlettaia. I merletti che nascevano dalle sue dita somigliavano alla spuma delle onde, i più belli di Fiandra. Eppure, vivevamo nell'indigenza. Pare che fossi bella a quei tempi. Almeno è quello che mi dicevano. Per guadagnare qualche soldo accettai di posare per i pittori della città. Van Eyck era uno di loro. Ho capito subito che era un uomo buono, un'anima bella, la più bella che mi fosse mai stato dato di conoscere. Non aveva ancora sposato Margaret. Qualche settimana dopo la partenza del mio accalappiatore di stelle, capii di aspettare un bambino. Credetti di diventare pazza. Avevo perso la gioia di vivere e l'onore in una relazione senza futuro, e stavo per trascinare una creatura nella mia stessa rovina. Rinchiusa per tutto il periodo della gravidanza, vissi come in un incubo, subendo ogni giorno le rimostranze di mia madre. Quando nacque Jan, non esitai. Lo deposi in una cesta alla porta di Van Eyck e fuggii».

«Siete entrata al beghinaggio...»

«Ai miei occhi era il solo modo di riscattare la mia colpa e lavarmi della mia sozzura. Accanto alle mie sorelle, potevo rendermi utile. Ma da lontano vegliavo su Jan. Giorno dopo giorno, anno dopo anno, l'ho visto crescere. Sapevo che era felice accanto a Van Eyck... molto più felice di quanto sarebbe stato se lo avessi tenuto con me».

«Solo Jan potrebbe confermarvelo».

Lei ebbe un sussulto:

«Perché dite questo?»

«Perché mi è parso di capire che quella felicità di cui parlate non fu così completa come poteva sembrare. Margaret non è certamente una donna affettuosa. Altrimenti, perché Jan sarebbe dovuto scappare dopo la morte di Van Eyck?»

Il dolore si dipinse su quel volto di madonna.

«E così ho sbagliato nella sola azione in cui pensavo di aver riuscito?»

Trattene un singhiozzo.

«Pensate davvero che sia stato infelice laggiù?»

«Infelice no. Lo avete detto voi stessa, Van Eyck era una bella anima».

«E allora?»

Idelsbad la squadrò con gravità:

«Perché non rivolgere la domanda direttamente a Jan?»

«Mai!» reagì lei con forza, «Mai! Non deve scoprire la donna che ero. Non lo sopporterei».

Poi proseguì:

«Promettetemi di non dirgli niente. Promettetemelo!»

«Madame Maude, non me lo permetterei mai. Il vostro segreto vi appartiene, come pure spetta a voi decidere se condividerlo o meno. Tuttavia...»

«No!» insisté lei. «Fintanto che ignorerà la verità, conserverà di me un'immagine vaga ma non spregevole».

«Permettetemi di non essere d'accordo con voi».

«Perché?»

«Perché la verità, anche la più crudele, lo è sempre meno dell'ignoranza. L'ignoranza crea dubbi e lascia la porta aperta a tutte le speculazioni, soprattutto le più nefaste. Voi lo avete abbandonato per amore, volevate evitargli il dolore, ma lui ha conservato solo l'idea dell'abbandono».

Il portoghese si alzò, mettendo fine alla discussione.

«Credo che abbiate bisogno di riposare. Anch'io».

Le indicò la stanza:

«Il letto è ancora la cosa più comoda in questa casa. Accomodatevi. Io mi distenderò qui».

«Per terra?»

«Non abbiate scrupoli. Ho l'abitudine di dormire dove capita. Non sarà più scomodo di un letto di pietre».

Lei si alzò dalla panca e domandò:

«Perché fate tutto questo? Se ho capito le vostre spiegazioni, potreste partire per Lisbona e abbandonare Jan alla sua sorte».

Idelsbad rispose disinvolto:

«Per parlarvi francamente, è da tre giorni che mi faccio la stessa domanda. Buona notte, madame Maude».

Lei stava per allontanarsi quando lui le domandò:

«Quell'uomo, il padre di Jan, avete detto che era di passaggio a Bruges. Da dove veniva?»

«Da Venezia. Era veneziano...»

19

Firenze, quella stessa sera

Cosimo de' Medici avvicinò la candela ed esaminò ancora una volta il registro che gli presentava il suo consigliere, Antonio Sassetti.

«Quello che mi stupisce», disse piano, «è che quest'anno il corpo, ossia il capitale della nostra filiale di Bruges, non supera le 3000 sterline all'ingrosso. Abbiamo prestato il doppio di quella somma al duca Filippo. Non c'è un rischio con...?»

«No, monsignore», lo interruppe Sassetti. «Vi ricordo che la somma principale di denaro investito non è costituita dal corpo, ma dal sopracorpo che comprende i profitti non distribuiti accumulati per accrescere la liquidità disponibile, e le somme investite dai nostri associati al di fuori del capitale sociale. Ci sono anche i depositi effettuati dalle persone estranee alla compagnia. Per Bruges, questi depositi raggiungono i 100.000 fiorini, ossia un ammontare equivalente a quattro volte il corpo di tutta la filiale».

Cosimo osservò il suo interlocutore con una punta di irritazione. Non si sarebbe mai abituato all'aspetto di quell'uomo, alla sua figura macilenta, alla sua carnagione cerea. Il fantasma di un corpo. Cosa che non toglieva nulla alla sua profonda competenza. Astuto, rigoroso, negoziatore impietoso, aveva sempre dimostrato una grande efficienza. Fino a poco tempo prima.

«Mio caro Sassetti, sembrate dimenticare che vi state rivolgendo al figlio di Giovanni di Bicci. Credete che ignori la differenza tra corpo e sopracorpo? Se così fosse, la società ereditata da mio padre sarebbe fallita e non avrebbe mai conosciuto la prosperità che oggi la contraddistingue.

Se solo non mi aveste interrotto così bruscamente, avreste capito la ragione del mio stupore. Abbiamo prestato circa 3000 sterline al duca, e contemporaneamente vedo che abbiamo concesso un prestito equivalente a due mercanti, Anselm De Veere e Lucas Moser. Sappiamo chi è il duca di Borgogna: governa uno stato ricco e prospero. Ma concedere una somma di questa entità a semplici cittadini mi pare estremamente rischioso».

Antonio Sassetti rimase imperturbabile, con l'espressione che aveva sempre dipinta sul volto, quali che fossero le circostanze. I suoi tratti sembravano scolpiti nel marmo e le sue iridi incastonate nel cristallo più freddo. Era sulla cinquantina, ma dimostrava dieci anni di meno, probabilmente perché le rughe non avevano presa sul suo volto.

«Monsignore», obiettò con voce pacata, «i due uomini in questione non sono semplici cittadini. Possiedono un quarto delle miniere di allume di Tolfa. Certamente conoscerete l'importanza che hanno assunto quelle miniere da quando i turchi hanno razziato l'allume della Focea».

«Mi meraviglio di voi. Credevo che Tolfa facesse parte dello Stato Pontificio sulla costa tirrena. Le miniere sono quindi sotto controllo papale. Come hanno fatto questi due uomini ad accedere a un quarto del capitale?»

«Lo ignoro. So solo che hanno amicizie occulte nel seno stesso del Vaticano e che esercitano una grandissima influenza su alcuni vescovi».

«La vostra risposta non mi basta, Sassetti! Non si prestano 3000 sterline sulla base di speculazioni».

Cosimo batté il tavolo con il palmo della mano.

«Voglio informazioni precise, degne di fede. Voglio conoscere il passato di questi uomini, la fonte della loro fortuna, i loro legami con la Curia. Tutto! Non si conserva il potere economico senza rigore. Ricordate il tracollo dei Bardi. Nonostante tenessero in pegno i redditi doganali dell'Inghilterra, hanno corso rischi enormi finanziando le prime due campagne di Edoardo III contro la Francia, e la guerra di Firenze contro Lucca. Il loro fallimento ha avuto conseguenze disastrose e la Repubblica ha rischiato la bancarotta. Non intendo infliggere la stessa sorte alla mia famiglia!»

«Rassicuratevi. Otterrò le informazioni che desiderate. Tuttavia, poiché avete accennato al prestito accordato al Borgognone, sappiate che i nostri due creditori sono a tutt'oggi irreprensibili. Versano il rimborso del capitale e degli interessi con una regolarità esemplare: non si può dire lo stesso del duca. Come avete appena sottolineato: prestare denaro a teste coronate non è più sicuro che concedere la propria fiducia a semplici mercanti».

«Attenzione, Sassetti! Il prestito al duca, l'ho concesso io, Cosimo de' Medici! La decisione fu mia. Per contro, nella vicenda in questione, voi, di vostra iniziativa, avete preso libertà inammissibili. Qualora lo aveste dimenticato, è a me che i miei subalterni devono rispondere. E fino a prova contraria, voi siete uno di loro. È chiaro?»

Sassetti assentì. Non un fremito apparve sul suo viso, ma si sentiva che tutto il suo essere era sottomesso a un'acuta, dolorosa tensione.

«Posso ritirarmi, monsignore?» disse, riprendendo il registro posato sul tavolo.

«Non vi trattengo».

Salutò inchinandosi, ma invece di dirigersi verso la porta rimase fermo, in attesa.

«Che c'è?» domandò Cosimo stupito.

«Monsignore, poiché avete accennato ai rischi che la società non deve correre, desidererei, se lo permettete, portare la vostra attenzione su alcuni particolari che mi paiono di grande importanza».

«Vi ascolto».

«Non più tardi di ieri sera, ho esaminato le somme devolute dal vostro mecenatismo. Sapete a quanto ammontano? A più di 600.000 fiorini. La villa di Careggi, l'abbazia di Fiesole, il restauro della chiesa di Santo Spirito a Gerusalemme, senza contare le donazioni, le acquisizioni di opere d'arte, i manoscritti, i lavori di un'Accademia platonica ispirata da questo sapiente bizantino che avete incontrato durante il concilio e di cui ho dimenticato il nome...»

«Pletone».

«Ci sono anche gli affreschi per il convento di San Marco, ordinati a Michelozzo, e altro ancora. Non credete di correre qualche... rischio?»

Cosimo squadrò in silenzio il suo interlocutore prima di replicare:

«Parlate così perché non sapete cos'è l'individuo. Pensate ancora che l'uomo debba essere relegato alla sua condizione originaria: quella di una creatura sottomessa, priva di speranza. Se aveste letto l'*Asclepio*, non vi esprimereste in questo modo. Cosa ci insegna Apuleio? "L'uomo è un grande miracolo: egli domina la terra, sfida gli elementi, conosce i demoni, si fonde con gli spiriti, trasforma tutto e scolpisce immagini divine. L'uomo è un essere straordinario, degno di stima e di rispetto, che assume la natura di un dio come se egli stesso fosse Dio". Dobbiamo dunque sostenere l'uomo e, quando ne abbiamo la possibilità, aiutarlo a elevarsi verso il cielo».

Sassetti stava per replicare.

«Non ho finito! Quando Dio, il supremo architetto, costruì con leggi di una misteriosa saggezza questa casa del mondo che vediamo, creò l'uomo e lo mise al centro. Sapete cosa gli disse? "Non ti abbiamo fatto né celeste, né terrestre, né mortale, né immortale, affinché, padrone di te stesso, tu possa plasmarti la forma che preferisci. Potrai degenerare in forme inferiori che sono animali, potrai al contrario, per tua volontà, rigenerarti in forme superiori che sono divine". Questo significa che l'uomo è perfettibile. Può migliorarsi a condizione che gliene vengano dati i mezzi. È questo il compito che mi sono assunto da quando sono tornato a Firenze. E l'arte, Sassetti, l'arte è uno degli strumenti che permette questa elevazione».

Ancora una volta Sassetti cercò di protestare, ma ancora una volta Cosimo lo interruppe:

«Andate, amico mio. Si fa tardi. Temo di aver predicato nel deserto. Andate...»

Bruges, il giorno dopo

Quando Idelsbad si svegliò, la giovane donna dormiva ancora. Si spogliò, conservando solo i pantaloni, e uscì dalla capanna a torso nudo. Il cielo era tappezzato di nuvole rosa attraversate dai primi raggi di sole. Si diresse verso un pozzo a ruota, buttò il secchio e lo tirò fuori pieno di un'acqua limpida. Dopo essersi lavato rapidamente, tornò indietro e vide la giovane donna in piedi sull'uscio. Da quando lo stava osservando? Nell'istante in cui si incrociarono i loro sguardi, lei si voltò e rientrò precipitosamente in casa.

Lui la seguì e le chiese, infilandosi il farsetto:

«Avete dormito bene?»

Maude era in piedi accanto al focolare e fissava le ceneri fredde.

«No, ma non a causa del vostro letto. State andando a cercare i rapitori di Jan come avevate detto?»

«Certamente. Ma prima voglio condurvi al beghinaggio».

«No, vi accompagno. Voglio essere sicura che mio figlio sia sano e salvo».

«È impensabile! Ci mettereste tutti in pericolo. Potrebbero mettersi sul chi va là vedendovi».

«Non mi vedranno. Mi lascerete da qualche parte prima di arrivare alla locanda del Mulino ad acqua. Poi me la caverò. Non preoccupatevi, non mi farò notare».

«E una volta avvenuto lo scambio?»

«Non so. Non so più. Ho trascorso la notte a riflettere su ciò che mi avete detto. Su una frase in particolare».

«Quale?»

«"Lo avete abbandonato per amore, volevate evitargli il dolore, ma lui ha conservato solo l'idea dell'abbandono". È terribile».

«Avete creduto di far bene», rispose Idelsbad con una punta di compassione. «E poi, lo avete detto voi stessa: non avevate altra scelta».

«Ma oggi questa scelta ce l'ho! Potrei parlargli, cercare di spiegargli».

Ma subito ricadde nella disperazione.

«No. Mi disprezzerebbe. È ancora un bambino. È così lontano dai tormenti degli adulti e dalle emozioni che talvolta li trascinano a commettere atti insensati. Mi giudicherà e mi condannerà, ne sono certa».

«Non siatene così sicura, donna Maude. Non sono mai stato padre, e sbaglierei se volessi darvi un consiglio. Tuttavia, mi sembra che i bambini abbiano una percezione e una comprensione delle cose più profonda di molti adulti. Jan in particolare. Ve lo dico di nuovo: un errore confessato fa certamente male, ma il silenzio ferisce ancor di più. Cosa desiderate per lui? Che attraversi l'esistenza convinto di non essere stato amato?»

«Ho paura», disse lei, con voce tremante. «Mi capite? E provo tanta vergogna».

«Avete torto. Eravate giovane, avete agito per amore, sia nei confronti dell'uomo di cui eravate innamorata, sia nei confronti di Jan. L'amore non c'entra con la vergogna».

Lei abbozzò un sorriso, lo sguardo perso in lontananza:

«Che cosa sapete dell'amore, Idelsbad? Mi è parso di capire che abbiate bandito quel sentimento dalla vostra vita».

«È vero. Ma l'ho provato una volta, tanto tempo fa...»

Rimase pensieroso per pochi istanti:

«Il tempo passa».

«Parlerò con Jan. Gli parlerò», ripeté facendosi forza. «Spetta a lui decidere».

«Va bene», rispose Idelsbad. «Ma cosa succederà dopo? Credete che possa tornarsene a casa allegramente?»

«Non sarà facile, ma sapere che gli sono vicina, sapere che esisto, gli permetterà di sopportare meglio la sua vita accanto a Margaret. Adesso non sarà più solo. Ogni volta che avrà bisogno di sfogarsi, io sarò lì ad aspettarlo».

E si affrettò ad aggiungere:

«Il beghinaggio è poco lontano dalla casa di Van Eyck. Parlerò con la superiora; penso che capirà. Non viviamo in totale reclusione: abbiamo a disposizione un luogo d'incontro che ci permette di vedere i nostri famigliari. Jan potrà farmi visita regolarmente».

«Dimenticate un particolare: finché questi assassini sono a piede libero, vostro figlio sarà in pericolo».

«Che fare?»

«Ci ho pensato. Voglio andare dal borgomastro e raccontargli tutto. Gli parlerò delle minacce di De Veere e di Moser. Parlerò anche a donna Margaret. Bisogna proteggere il bambino».

Lei approvò.

«Siete un uomo buono», disse fissando Idelsbad negli occhi. «Siete della stessa stoffa di Van Eyck».

«Sbagliate. Non ho mai avuto e probabilmente non avrò mai la sua generosità. Sono un marinaio, un solitario. Scelgo, smisto, scarto. Non so cosa sia la carità, ho solo il senso del dovere».

«Dove finisce la generosità?» chiese lei con un sorriso. «Dove comincia il senso del dovere?»

«Dobbiamo andare», disse lui eludendo la domanda.

Un'ora dopo entravano a Bruges.

Come d'accordo, Idelsbad lasciò la giovane donna all'angolo di una strada, accanto alla nicchia con l'emblema della città: l'orso bianco. L'animale era raffigurato rampante, con un grande collare d'oro al collo, dei budrieri posati sulla pelliccia bianca dipinta sul petto, uno scudo rosso e oro tra le zampe.

«Non fate imprudenze. Aspettatemi qui, e non fatevi vedere per nessun motivo».

«Ve lo prometto».

Idelsbad spronò il destriero e si diresse verso la locanda del Mulino ad acqua. Una volta arrivato davanti all'edificio, esaminò la piazza. A parte pochi tintori che andavano a lavorare, il luogo era deserto.

La torre campanaria suonò tre colpi; al quinto, Jan, accompagnato dai tre spagnoli, apparve in fondo alla strada. L'uomo dal volto emaciato camminava davanti. Il vento che si era messo a soffiare gli incollava il mantello al petto.

Quando furono a poche tese da Idelsbad, i suoi compagni si fermarono e lui avanzò da solo incontro al portoghese.

«Hai la mappa?»

Senza parlare, il gigante infilò la mano sotto il farsetto e ne tirò fuori la pergamena accuratamente piegata in quattro.

«Liberate il ragazzino», ordinò.

«Prima la mappa, poi il ragazzo».

«No!»

«Come faccio a essere sicuro che non è un documento senza interesse?»

«Giudicate da voi», replicò Idelsbad brandendo la mappa sotto il naso dello spagnolo. «C'è tutto, latitudini, distanze. Tutto».

«Latitudini?»

«Certo. Perché vi meravigliate?»

«Non sapevo che conosceste quel termine».

«E io non sapevo che voi lo ignoraste. Cosa decidete?»

Ci fu un attimo di esitazione, poi l'uomo urlò:

«Liberate il ragazzo!»

Idelsbad incoraggiò Jan:

«Corri!»

Ma il ragazzo stava già correndo verso di lui: risalì la strada e terminò la corsa fra le gambe del gigante.

«La pergamena!» urlò lo spagnolo.

Idelsbad gliela consegnò. L'uomo la esaminò febbrilmente e domandò:

«Ricordami il tuo nome».

«Francisco Duarte».

«Sei portoghese...»

«Fin dalla notte dei tempi».

«Bene e adesso ascoltami bene, Francisco Duarte, e scolpisci queste parole nella tua memoria: se per caso questa mappa si rivelasse un falso, ti giuro che ti ritroverò, ovunque tu sia, dovessi metterci un anno o mille. E quando saremo uno di fronte all'altro, maledirai il giorno in cui tua madre ti ha messo al mondo. Sono stato chiaro?»

«Non so quanto ti paghi la corte di Castiglia per questa missione», replicò Idelsbad calmo. «Ma, se fossi in te, non mi accontenterei dei soldi. Quale che sia la cifra pattuita, non è niente in confronto alle ricchezze che potresti trovare sulla costa della Guinea. Se vuoi un consiglio: non esitare, imbarcati sul primo vascello. Non lo rimpiangerai. E quando ci rivedremo, benedirai mia madre. *Adios amigo*!»

Il gigante prese il ragazzo per mano e si allontanarono a grandi passi.

«Temevo di non vedervi più», balbettò Jan, sperduto.

«Non ti hanno fatto del male, vero?»

«No. Ma ho avuto paura. Soprattutto quando il morto vivente ha minacciato di prendersela con Katelina».

«Il morto vivente?»

«Sì. Il capo. Non ho mai visto un essere così brutto in tutta la mia vita».

Stavano arrivando in via dell'Orso bianco. Idelsbad si fermò:

«Devo dirti una cosa, Jan».

Il ragazzo si fermò a sua volta e aspettò perplesso.

«C'è qualcuno che ti aspetta e che vuole parlarti».

«Qualcuno?»

«Sì. Una donna. Un'amica».

Jan ebbe un moto di paura.

«Volete abbandonarmi, è così?» urlò straziato.

«No! Ti sbagli, al contrario».

«Sì», ripeté con forza, «volete abbandonarmi. Avete deciso di riportarmi da Margaret».

«Fidati. Non è Margaret. Si tratta di qualcun altro. Io...»

Si interruppe, balbettando, cercando le parole e alla fine, scoraggiato, disse:

«Te lo spiegherà lei. Vieni!»

Maude era là. Li osservava, immobile, le mani incrociate sul petto, come se stesse pregando.

Erano a un passo quando Jan la riconobbe. Bisbigliò allibito:

«Ma voi siete... la dama del beghinaggio».

«Mi chiamo Maude».

In un moto pieno di pudore, prese la mano del ragazzo e la tenne fra le sue.

«Venite», suggerì Idelsbad. «Andiamo a sederci da qualche parte: potremo parlare più comodamente».

Nel momento in cui passarono accanto alla nicchia con l'Orso bianco, lei alzò la testa:

«Curioso animale, vero, Jan? Non ho mai conosciuto la leggenda...»

La frase finì in un urlo:

«Attenzione!»

In un primo momento, Idelsbad non capì l'avvertimento. Si guardò attorno e non vide niente.

Lei urlò di nuovo. Questa volta, non era più un grido, ma il ruggito di una belva:

«Jan! No!»

Solo allora il gigante vide l'uomo affacciato a una finestra sulla strada. I suoi occhi mandavano lampi più scintillanti della lama del pugnale che aveva appena lanciato contro il ragazzo. Inorridito Idelsbad si voltò verso Jan. Il ragazzo era steso a terra, il corpo interamente coperto da quello di Maude. I due esseri erano diventati una cosa sola.

Il pugnale si conficcò con un rumore secco nelle reni della giovane donna, che si contrasse appena sotto l'effetto del dolore.

«Dio mio... non è possibile», gemette Idelsbad.

Si inginocchiò. Estrasse velocemente la lama e, con

mille precauzioni, girò Maude sul fianco, poi sulla schiena, liberando così anche Jan.

Infilando la mano sotto la nuca della giovane donna, la confortò:

«Resistete. Adesso vi portiamo all'ospedale. Andrà tutto bene».

«Non siete solo un egoista, dom Francisco», rispose lei con un filo di voce, «siete anche un bugiardo».

Voltò la testa verso Jan che la guardava, pallido, le labbra tremanti, gli occhi sgranati dalla disperazione.

Gli tese la mano, lui l'afferrò e la strinse con tutte le sue forze.

Ansimante, lei trovò la forza di mormorare:

«Jan... promettimi, non dimenticare mai. Ti amo. Ti ho sempre amato...»

Lui annuì, con espressione smarrita.

Lo sguardo del gigante andava dall'uno all'altra. Stava per confidare al ragazzo: «È tua madre». Ma nel vedere la sua faccia, tacque. Era inutile. Lo sapeva già.

20

Un nugolo di corvi si addensava sopra il cimitero. Ma era un'illusione. Quei corvi, che Jan credeva di vedere lassù, volavano nella sua mente piena di rumori e di tempeste. Man mano che la bara veniva calata nella fossa, sentiva che una parte di sé si strappava dal suo essere per accompagnare le spoglie di Maude e stringersi a lei per l'eternità.

Le sue labbra articolarono: «Mamma». Il potere di quella parola, che non aveva mai potuto pronunciare, lo annientò: era come se tutte le galere delle Fiandre stessero naufragando contemporaneamente.

Nulla sarebbe più stato come prima.

Ritrovare finalmente ciò che si credeva inaccessibile per vedersene privato risvegliava in lui un sentimento inesprimibile. Non era disperazione, era un abisso sul ciglio del quale vacillava, incapace di allontanarsene o di gettarvisi una volta per tutte. Aveva sentito il profumo di Maude, aveva toccato i suoi capelli, sfiorato la sua pelle, aveva fatto parte di lei quando gli si era allungata sopra per proteggerlo. Lei gli aveva dato la vita due volte.

Nulla sarebbe più stato come prima.

Quanti anni, quanti secoli sarebbero occorsi a Jan per dimenticare che non aveva avuto il tempo di dirle che la perdonava, e che di tutta la storia raccontatagli da Idelsbad aveva serbato solo gratitudine e tristezza, un'immensa tristezza?

Mamma...

Essa aveva raggiunto Van Eyck. Forse lassù, avrebbe ricominciato a posare per lui se, in cielo, Dio permetteva ai geni di portare avanti la loro opera. Ma che ne sarebbe stato di lui?

Semincosciente, Jan sentì la mano del gigante afferrare la sua e si lasciò guidare docilmente verso l'uscita. Appena furono fuori, Idelsbad si fermò e prese l'adolescente per le spalle:

«Ascoltami. Adesso ce ne andiamo. Dobbiamo lasciare le Fiandre».

I suoi occhi si illuminarono.

«Noi?»

«Sì, Jan. Finché quei pazzi sono liberi, tu qui sarai in pericolo. E anch'io».

«Ma dove andremo?»

«Ti porto a Lisbona. Poi andremo da Enrique a Sagres. Mi è parso di capire che ami il mare e le navi. Sarai al sicuro».

Jan protestò debolmente:

«Non vorrei essere di peso. Ho ancora la possibilità di imbarcarmi su quella nave che parte per Pisa e un giorno, chissà, con un po' di fortuna riuscirò ad arrivare a Venezia».

Poi fece spallucce con imbarazzo:

«Purtroppo non ho più soldi. Il denaro di mio padre mi è stato rubato dagli uomini che hanno cercato di affogarmi. Devo chiedervi un prestito. Ma potete fidarvi, ve lo restituirò, lo giuro!»

«Lo spero bene!» rispose Idelsbad scherzando.

Poi aggiunse:

«No, Jan. Un ragazzo della tua età non parte da solo alla ventura. Prima andiamo a Lisbona, poi avrai tutto il tempo per realizzare il tuo sogno».

Jan fissò il gigante e insisté:

«Ne siete sicuro? Non lo rimpiangerete? Volete davvero portarmi con voi?»

«Sì».

Un fremito leggero percorse le sue labbra, e aggiunse un po' goffamente:

«Mi farebbe piacere».

Le guance di Jan avvamparono. Rimase in silenzio, ma si capiva che era al settimo cielo.

«D'accordo», bisbigliò.

«Adesso che abbiamo deciso il da farsi, propongo di andare a Sluys. Ci diranno quando parte la prossima nave per Lisbona. Ma prima, ricordi? Mi avevi fatto una promessa».

«La mappa?»

«Sai davvero dove Van Eyck l'ha nascosta?»

«Credo di saperlo».

«Allora non mentivi quando mi hai proposto il patto?»

«No».

«Benissimo. Ti ascolto».

«Poco tempo prima di morire, mio padre mi ha portato a vedere il polittico che aveva dipinto con Hubert».

«Hubert?»

«Suo fratello. Quel giorno, ha accennato a una sua opera, un libro d'ore. Quando mi sono stupito di non averlo mai visto, si è limitato a dire: "È al sicuro". Un po' più tardi, mi ha fatto una strana raccomandazione. Mi ha detto: "Se un giorno dovesse capitarmi una disgrazia, se dovessi morire, ricordati il libro d'ore". Perché mi avrebbe fatto quella raccomandazione, se non perché cercava di trasmettermi un messaggio?»

«È plausibile. Ma ritorniamo a quel libro: dove credi che sia?»

«In un posto solo: a Gand, nella chiesa di San Giovanni dove si trova il polittico».

«Da dove ti viene tanta certezza?»

«Poco dopo l'irruzione degli spagnoli, mio padre è uscito di casa a cavallo. Non amava andare a cavallo. È tornato solo la sera del giorno dopo».

«Pensi che sia andato a Gand a nascondere il libro?»

Jan annuì.

«Ebbene, in tal caso, non ci resta che verificare la tua intuizione».

Di colpo Idelsbad sembrò preoccupato.

«Ma ti senti di affrontare un viaggio così faticoso? Dopo tutto, se hai ragione, la ricerca potrebbe essere lunga e nel frattempo, i mari non avranno più segreti per il Portogallo, né per il resto del mondo».

«No», rispose il ragazzo con determinazione. «Dobbiamo andarci».

E dichiarò, con lo stesso tono:

«Non mi sono mai sentito così forte».

Stava per aggiungere che era stato grazie a lui, Idelsbad, a quella nuova speranza che gli aveva infuso con la sua proposta di portarlo con sé a Lisbona. Sempre grazie a lui, la fiducia si era riaccesa, come una stella nella sua notte e finalmente se n'era andato quel senso di desolata solitudine. Ma come ogni volta, quando era travolto dall'emozione, le parole gli rimasero in gola.

«A proposito di soldi», riprese Idelsbad, «anch'io sono rimasto a secco. Ma ho un amico portoghese che ci può fare un prestito. Prima di partire, passeremo dal palazzo della cancelleria. Lavora lì. Andiamo!» concluse prendendo Jan per mano.

Quando entrarono nell'ufficio di Rodrigues, il giovane freddoloso non aveva più lo scaldino in mano ma il fuoco continuava a crepitare.

In poche parole, Idelsbad gli espose il suo problema.

«Certo, dom Francisco. Avrete la somma che desiderate. Purtroppo, non potrò consegnarvela prima di domani; capirete bene che non conservo qui i fondi che mi arrivano da Lisbona. Ma posso anticiparvi qualcosa dalla mia cassa personale per i vostri bisogni più urgenti».

Unendo il gesto alla parola, Rodrigues slegò la borsa che gli pendeva dalla cintura e la offrì a Idelsbad.

«Grazie, ci rivedremo al nostro ritorno da Gand».

Il giovanotto ebbe un attimo di esitazione prima di informarsi con una punta di imbarazzo:

«Scusate la mia indiscrezione, dom Francisco, avete trovato la mappa?»

«Non ancora. Ma se tutto va per il verso giusto, ce l'avremo questa sera».

«E gli spagnoli?»

«Dovrebbero essere già diretti all'inferno».

«Dio sia lodato!»

Un sospetto apparve sul volto di Idelsbad:

«Mi sembri stranamente preoccupato all'improvviso. C'è qualche novità?»

«Non so. Questa mattina uscendo di casa, ho creduto di essere pedinato. Ma forse era solo un'impressione».

Il gigante lo rassicurò:

«Un'impressione, certamente. Ignorano tutto della tua esistenza».

«Non potrebbero avervi seguito quando siete venuto qui quarantotto ore fa?»

«Ne dubito. D'altro canto, ho consegnato loro ciò che cercavano. Una mappa, ovviamente falsa. Se ne accorgeranno solo in mare, e sarà troppo tardi».

Senza aspettare oltre, tagliò corto:

«Suvvia. Smetti di tormentarti. Ci vediamo domani».

E fece cenno a Jan di seguirlo.

Viaggiarono sotto uno splendido sole. L'estate sembrava aver definitivamente trionfato delle nebbie e dei venti cattivi. Ma Jan non vedeva l'estate: stava rivivendo il cammino percorso qualche settimana prima a fianco di Van Eyck. Allora il cielo era grigio e le nuvole scivolavano basse sui canali. E Van Eyck era vivo. Quanto duravano dolore e nostalgia? Scomparivano un giorno come per incanto, o covavano in noi per tutta la vita, dissimulate nel nostro cuore, indolori, ma non meno presenti? D'ora in poi, all'immagine del maestro si sarebbe sovrapposta quella di Maude. E dire che aveva creduto che lei non l'avesse mai amato!

«Non si giudica quando non si sa.

Sappi che talvolta l'abbandono può essere uno straordinario atto d'amore».

Oggi le parole di Van Eyck assumevano il loro pieno significato; non le avrebbe mai dimenticate.

Quando alla fine del pomeriggio arrivarono davanti al sagrato della chiesa di San Giovanni, il ragazzo si sentì sconvolto: il maestro era lì, con la sacca in spalla, e saliva i gradini della chiesa. Poteva vederlo, sfiorarlo. E proprio come era accaduto a suo padre qualche settimana prima, Jan barcollò.

«Stai bene?» si inquietò Idelsbad. «Sei sicuro di voler andare avanti?»

«Sì».

Si spinsero lentamente fino all'altar maggiore, ai piedi del polittico.

«Cosa suggerisci?»

Il ragazzo sembrava sperduto:

«Forse mi sono sbagliato».

«No, Jan, non credo. Ma immagino ciò che stai provando. Coraggio. Rifletti».

«Il polittico... Le figure. Forse la risposta è lì».

Il ragazzo si avvicinò ai pannelli, li studiò uno per uno, mentre nella sua mente echeggiavano le parole di Van Eyck:

«Avvicinati. Voglio rivelarti uno dei segreti di questo polittico. Guarda bene questo pannello. Vedi i due cavalieri?»

«Quelle narici spesse, quelle sopracciglia prominenti... Siete voi! Un po' più grasso dell'autoritratto che avete dipinto pochi mesi fa. Ma siete proprio voi! Chi è l'uomo più anziano?»

«Mio fratello Hubert. Aveva vent'anni più di me».

Lentamente, fece il giro della pala in modo da trovarsi dietro al pannello raffigurante Hubert. Chiunque altro non avrebbe visto niente di strano, ma lui notò immediatamente un'asse simile a quella nella miniatura veneziana, un'asse che non aveva motivo di essere, con un dettaglio in più: tra essa e il pannello era stata infilata una sottile tavoletta di noce.

«Credo che sia qui», disse a Idelsbad che lo aveva seguito.

Con l'aiuto del gigante, il ragazzo tirò via la tavoletta.

Il libro d'ore era lì effettivamente, infilato in verticale. Appena liberato dall'involucro, scivolò fuori e Idelsbad ebbe appena il tempo di afferrarlo prima che cadesse a terra.

«Complimenti, ragazzo. Avevi ragione».

Aprì delicatamente il volume.

Van Eyck non aveva esagerato quando lo aveva definito straordinario. Il libro era concepito nella più pura tradizione dei salteri: il calendario delle feste religiose e dei santi precedeva le due preghiere alla Vergine, *Obsecro te* e *O intemerata*, poi venivano brani dei Vangeli, seguiti dalle preghiere che punteggiavano la giornata, mattutini, laude, prima, terza, sesta e nona, vespri e compieta. Le pagine erano ornate da miniature di grande bellezza che raffiguravano gli evangelisti e le scene della vita di Cristo.

Tra due pagine dei salmi Idelsbad trovò la mappa. Ma c'era anche una lettera. La tirò fuori dal libro e la tese a Jan:

«Credo che sia indirizzata a te...»

Il ragazzo esitò un attimo, prese la lettera con mano tremante.

Mio amato Jan,

so che il tempo passa e che i miei giorni sono contati. Non so se rivedrò un'altra estate, se mi vedrai ancora a lungo davanti al cavalletto.

Ma se tieni questa lettera in mano, significa che io non ci sono più e che tu sei in pericolo.

Per te, come per tutti quelli che mi sono stati vicini, sono stato solo un artista. Lo sono stato, è vero, ma sulla mia vita di pittore si è innestata una vita parallela, un lontano giorno del 1425. Dopo la morte del mio primo protettore, il conte d'Olanda, Giovanni di Baviera, sono entrato al servizio del duca Filippo. Lo sai, fui il suo pittore preferito, ma ben presto divenni il suo paggio, o meglio il suo scudiero e, insensibilmente, il suo uomo di fiducia. Ben presto, il duca mi incaricò di alcune missioni segrete. Questa scelta potrebbe sorprendere, ma ciò significherebbe conoscere male il duca. Da quando suo padre, Giovanni senza Paura, fu barbaramente trucidato, egli vive nel terrore di essere tradito a sua volta. Diffida di tutto e di tutti. Credo di poter dire che, oltre a me, il solo uomo che trova grazie ai suoi occhi è il cancelliere Nicolas Rolin.

Non entrerò nei particolari degli incarichi che dovetti assolvere, il loro contenuto interessa solo coloro che fanno e disfano il destino degli uomini. Ciò che conta è quel che segue: dal mio ultimo viaggio in Portogallo, ho riportato, per conto del duca, una mappa di valore inestimabile. Anche in questo caso, non vorrei stancarti raccontandoti nei dettagli i motivi che le conferiscono questo valore; sappi solamente che sono di ordine militare e commerciale.

Ho commesso quest'azione per fedeltà al duca Filippo e per amore della mia terra, le Fiandre. Se, a prima vista, puoi giudicarmi male, di' a te stesso che non ho fatto nulla di particolarmente spregevole: il mondo del potere è fatto in modo che i portoghesi cercano di dominare gli spagnoli; gli spagnoli i portoghesi; gli arabi gli spagnoli, i veneziani, i fiorentini; i genovesi i veneziani; i turchi l'Occidente, e che ciascuno tenta di accaparrarsi tutto ciò che può per rafforzare la sua potenza. Siamo parte di un gioco che risale alla notte dei tempi e che, temo, durerà finché gli uomini non impareranno la saggezza: cioè fino all'alba del Giorno del Giudizio. Di conseguenza, ciò che alcuni leggeranno come un tradimento verrà considerato da altri come un gesto eroico.

Sono proprio queste rivalità che, temo, provocheranno la mia morte. Tramite le loro spie, gli spagnoli hanno scoperto che avevo la mappa. Non vedrò il duca – lontano da Bruges – prima di quarantotto ore. Nel frattempo, può succedere di tutto. È la ragione per cui ho deciso di mettere la mappa al sicuro dopo l'aggressione di cui siamo stati vittime.

Se dovessi morire prima di aver compiuto la mia missione, sarete voi, i membri della mia famiglia a essere in pericolo. Penso soprattutto a te, il più grande. Non smetteranno di tormentarvi, finché non avranno ottenuto ciò che vogliono.

Alla mia morte, non voglio che dobbiate subire le conseguenze dei miei atti.

Se sei qui, significa che hai trovato la borsa che ho nascosto dietro la miniatura veneziana che ami tanto e, soprattutto, che ti sei ricordato della raccomandazione che ti avevo fatto a proposito del libro d'ore. Prendi la mappa e, senza indugi, restituiscila a quella gente. Nessun segreto, nessun tesoro merita che gli esseri a me cari soffrano e vivano nel tormento. Sbarazzatene al più presto e sarete liberi da ogni minaccia. Invece, conserva preziosamente il libro d'ore. Come ti ho detto, è stato fatto interamente da Hubert. L'opera gli fu commissionata da Guglielmo IV, che morì due anni dopo, prima di vedere il lavoro ultimato. Alla morte di Hubert, l'ho ereditato io. Oggi, te lo regalo. Ti ricorderà che l'amore che provavo per mio fratello era forte come quello che provo per te.

Ovunque vada, sentirò la tua mancanza, Jan. Non so se un giorno sarai un pittore. Curiosamente, non ti auguro di diventarlo. La vita di un artista è un continuo dissidio, una battaglia quotidiana. Di rado, vittoria e serenità si incontrano. Ma qualunque cosa tu faccia, falla con eleganza, sincerità e volontà di migliorare te stesso.

Ti abbraccio teneramente...

Tuo padre, Jan Van Eyck

Jan tese la lettera a Idelsbad, con un nodo in gola.

«Prendete. Leggetela. Forse cambierete opinione su mio padre».

Il gigante la lesse a sua volta con espressione grave.

«Ti amava, Jan, è tutto quello che capisco».

Senza altri commenti, si diresse verso un vassoio con una decina di ceri accesi infilati su corti steli triangolari e avvicinò la mappa alla fiamma.

Nel giro di pochi istanti la pergamena era diventata un mucchietto di cenere.

«E ora», disse tornando da Jan, «andiamo a cercare una locanda. È tardi per tornare a Bruges».

«Ne conosco una. Quella del Cappone Rosso. Avete nulla in contrario se scendessimo lì?»

«Benissimo. Ma perché quella e non un'altra?»

«Perché ci andava mio padre».

«E vada per il Cappone Rosso».

Nel momento di uscire, il portoghese si voltò verso la pala per ammirarla un'ultima volta.

«Non ho mai visto nulla di così bello. Tuo padre aveva davvero del genio».

«Più che il genio, egli possedeva la bontà».

Quella notte Jan dormì male.

Appena Idelsbad aprì gli occhi, gli domandò:

«Perché io?»

«Che cosa vuoi dire?»

«Non ho smesso di pensare a quella gilda, a quella gente. Perché vogliono la mia morte?»

«Maude mi ha rivolto la stessa domanda. Non so, Jan. Eppure deve esserci una spiegazione».

Il gigante si alzò dal letto e si avvicinò alla finestra. La strada era deserta. Il disco rosso del sole si alzava lentamente sopra la torre campanaria.

«Immaginiamo», riprese, «immaginiamo che a tua insaputa tu conosca un segreto. Che questo segreto sia talmente importante da mettere in pericolo questa cospirazione».

«Ma io non so niente!»

«Ho precisato "a tua insaputa"», sottolineò Idelsbad. «Tuo padre non era un comune mortale. Ha avuto un'esistenza ricca, complessa, ha frequentato personaggi importanti. Non può essere che un giorno ti abbia confidato un segreto?»

«No», rispose il ragazzo senza esitazioni. «Neanche lui capiva niente di quegli omicidi. Se avesse avuto un'idea, se avesse supposto che fossero direttamente legati alla sua persona o a segreti che solo lui conosceva, non avrebbe espresso ripetutamente la sua incomprensione. Ma c'è di più...»

Jan si sedette sull'orlo del letto e spiegò:

«Avete letto la lettera. Difendere la sua famiglia era per lui una priorità assoluta. Nel momento in cui ha capito che potevamo essere in pericolo, ha reagito immediatamente, trascurando la sua missione, il duca e tutto il resto. Credete che, se avesse commesso l'imprudenza di confidarmi un segreto non mi avrebbe messo in guardia come ha fatto per la mappa?»

«È vero», ammise Idelsbad. «Ti avrebbe certamente avvertito».

Si diresse verso la sedia dove aveva riposto i suoi vestiti.

«In ogni modo, non è più affar nostro. Rientriamo a Bruges. Rodrigues ci aspetta al palazzo della cancelleria».

Rodrigues non li stava aspettando. Era steso in un lago di sangue, accanto al focolare, e teneva le dita strette al ventre, dove si disegnava una ferita aperta.

Inorridito, Idelsbad ordinò a Jan di restare sull'uscio e si precipitò accanto al giovane che socchiuse le palpebre, i tratti già sfigurati dai colpi di maglio della morte.

«Dom Francisco...» gemette. «State attento... vi stanno cercando...»

«Chi?»

«Degli italiani... Devono avervi seguito... sapevano...»

Si girò leggermente verso un angolo della stanza.

«Il denaro... nella cassetta... Non lo hanno preso... Ieri... ho dimenticato di avvertirvi. C'era un messaggio per voi da Lisbona... da parte del principe Enrique...»

«Che dice?»

Non ci fu risposta.

«Rodrigues! Ti prego! Coraggio! Che dice il messaggio?»

«Enrique... il principe è in partenza per Firenze... Teme per voi... È...»

Le ultime parole rimasero soffocate nella gola del morente. Ebbe un sussulto. La sua mano strinse più forte quella di Idelsbad, poi ricadde inerte.

Il gigante rimase immobile, incapace di muoversi.

Enrique... a Firenze? Com'era possibile? Se Rodrigues diceva la verità – e perché dubitarne? – significava che l'infante era ormai in pericolo.

Gli tornò in mente l'avvertimento di Petrus Christus: «L'epilogo è vicino... una volta per tutte si sbarazzeranno della feccia della terra. Quel giorno, Firenze e i suoi eresiarchi scompariranno nel fuoco dell'inferno. Sarebbe stata l'Apocalisse... il giorno dell'Assunzione».

Si alzò, andò al cofanetto, alzò il coperchio: c'era una borsa. La prese e tornò da Jan che, in piedi sulla soglia, si era voltato, nascondendosi il viso tra le mani. Il gigante lo allontanò lentamente e richiuse la porta.

Sulla piazza del Marais, la luce parve accecante in contrasto con quel mondo di tenebre che continuava instancabilmente a volerli racchiudere nella sua desolazione.

Idelsbad si avvicinò a una panca di pietra, e vi si lasciò cadere come un peso morto. Rimase in silenzio, assorto nei pensieri. Jan, seduto al suo fianco, lo scrutava angosciato, non osando turbare la sua riflessione.

«Decisamente», mormorò alla fine il gigante, «la vita è ben strana. Perché diavolo Enrique ha deciso di andare in Italia? Perché adesso? Dopo che per anni ha recalcitrato all'idea di abbandonare il suo antro di Sagres».

«Forse la voglia di navigare?» azzardò Jan. «Mi avevate detto che non si è quasi mai imbarcato?»

«Se così fosse, ha scelto il momento peggiore! Ti immagini le conseguenze? Se davvero una catastrofe rischia di abbattersi su Firenze, anche lui potrebbe esserne vittima».

E dopo un attimo di pausa:

«Non partiamo più per Lisbona», dichiarò con fare risoluto.

Jan prese un'espressione di muta interrogazione.

«Cos'hai capito? È il mio amico e anche il mio principe. Non posso abbandonarlo. Non mi hai detto che c'era una nave diretta a Pisa?»

«Sì. Se il funzionario non si è sbagliato, dovrebbe salpare una caracca oggi stesso».

«Allora non abbiamo un attimo da perdere. Dio voglia che sia ancora attraccata», disse alzandosi.

La caracca era ancora attraccata al porto di Sluys e splendeva sotto il sole. Bassa sull'acqua, tonda e tozza, faceva pensare a un grosso uovo galleggiante, mentre in cima all'albero sventolava la bandiera con le armi di Pisa.

Sul molo erano accatastati casse, barili e botti che quella

mattina erano stati estratti dal ventre dell'imbarcazione. Marinai si affaccendavano sul ponte, pronti a mollare gli ormeggi, altri lavoravano ai piedi della randa di mezzano e del pennone. Le vele erano spiegate. La partenza era imminente.

Appoggiato al parapetto, Anselm De Veere credette di essere vittima di un'allucinazione. Afferrò con tale violenza il braccio di Lucas Moser che questi lanciò un urlo di dolore:

«Che cosa vi ha preso?»

«Là», balbettò De Veere. «Guardate!»

Puntò l'indice in direzione del molo: un gigante e un bambino correvano verso la caracca.

«Non è possibile», mormorò Moser, allibito. «Che ci fanno qui?»

«Cosa credete? Stanno per salire a bordo».

«Per Dio! È incredibile».

«Venite! Presto!» ordinò De Veere. «Non devono vederci».

A capo chino, si lanciarono in direzione del cassero di prua.

Idelsbad salì per primo sulla passerella, seguito da Jan. Questi avanzava esitante, l'aria incredula. Dopo tanti anni passati a osservare le navi da lontano, non riusciva a convincersi che il suo vecchio sogno si stava avverando. I profumi speziati che saturavano il cielo accentuavano la sua ebbrezza.

Quando fu salito sul ponte, sentì le doghe di legno sotto i suoi piedi. Non era un sogno. Si avvicinò al parapetto. Le torri di Bruges, di Termuyden e di Oostkerke si stagliavano in lontananza. Per la prima volta, avrebbe potuto contemplare quelle alte masse di pietra e vederle diventare delle piccole aste piantate all'orizzonte.

Non avrebbe potuto dire quanto tempo passò a osservare la scena e il viavai dei marinai, ma, finché fosse vissuto, non avrebbe mai dimenticato il rombo che si alzò dalle viscere della nave quando gli anelli della catena dell'ancora cominciarono ad arrotolarsi attorno all'argano.

21

Firenze, quella stessa notte

La città sonnecchiava ai piedi della loggia del Bigallo, dove venivano esposti per tre giorni consecutivi i bambini smarriti o abbandonati prima di collocarli, se necessario, in famiglie ospitali.

La sala era poco illuminata. L'unica candela era quasi finita e lo stoppino tremolava su un mozzicone di cera. Un uomo era seduto nell'angolo più buio. Una bautta di velluto nero gli copriva parzialmente il volto emaciato. Attese pazientemente che il dottor Piero Bandini terminasse la sua esposizione prima di esprimere la sua approvazione.

«Complimenti. Il vostro piano è ingegnoso, per non dire raffinato, e mi convince molto più di tutti i *conium maculatum*, e altri veleni noti e stranoti».

«Non ho fatto che applicare le vostre raccomandazioni, monsignore».

«Lo so. Ma ciò che mi seduce in modo particolare, non è l'ingegnosità dell'approccio, ma il suo aspetto simbolico. Mi piace molto l'idea di fondere insieme la vita e la morte. In fondo, che cos'è la vita se non la morte *in fieri*? Ma sarete pronti per la data prevista?»

«Manca un mese all'Assunzione. Ho tutto il tempo che mi occorre».

«Bene. Comincio a essere stanco di vivere nell'ombra, di questi nostri incontri in luoghi sinistri», con la mano indicò la loggia, «come questo, ad esempio».

Con un dito sfiorò distrattamente la bautta di velluto.

«Finalmente ci sbarazzeremo di questi propalatori di caos. Ah! Se solo uomini come me avessero avuto il coraggio di opporsi prima, non saremo arrivati a questo punto! Abbiamo perso più di cento anni! Come saprete, la Bestia dell'Apocalisse è nata con quel sedicente poeta: Petrarca! Alla sua morte, speravamo che le sue idee nefaste lo avrebbero seguito all'inferno. Macché! Hanno continuato a diffondersi».

Citò con voce senza espressione:

«"Una delle sue teste era come ferita a morte, ma la sua ferita mortale era stata guarita; allora, piena di meraviglia, la terra intera seguì la Bestia". Apocalisse, capitolo tredici, versetto tre. Capite, Bandini? La terra intera! È quest'epidemia che abbiamo il sacro dovere di stroncare. È bastata un'idea», continuò fissando il medico, «un solo essere nefasto perché vacillassero le fondamenta del nostro mondo».

«Certo, Petrarca. Ma secondo me anche l'autore del *Decameron* non è tanto meglio!»

«Volete dire quel bastardo? Giovanni Boccaccio?»

Bandini annuì con disgusto:

«Tutti questi giovani, queste fanciulle ossessionati dall'idea del piacere...» Poi chinandosi verso l'uomo vestito di velluto: «Avete letto la prefazione?»

«Naturalmente. Tralasciamo la scrittura inconsistente, l'orrenda sintassi, che follia dedicare l'opera alle donne! Commiserarle perché la loro condizione impedisce loro di recarsi nelle palestre o dedicarsi a occupazioni riservate agli uomini. Osare dichiarare: "Le leggi devono essere comuni e promulgate con il consenso di coloro ai quali esse si indirizzano. Ora, le donne non sono mai state consultate"! Inoltre, Boccaccio non è stato solo un misero poeta, ma un traditore e un diffamatore. A parte il fatto che ha sempre preferito Napoli a Firenze, la sua città natale, le sue critiche alla nostra città non sono altro che un'accozzaglia di menzogne, se non addirittura ingiurie mascherate».

Bandini approvò e riprese:

«Sapevate che le idee di quella gente hanno cominciato a contaminare anche la medicina? Non più tardi di ieri sera ho sentito un collega dichiarare che dovremmo fare *tabula rasa* del passato, che è ora di abolire il divieto di dissezionare i cadaveri! Che gli insegnamenti di Galeno e di Ippocrate devono essere ridiscussi, per conservare solo "la loro purezza originaria". In poche parole, è giunta l'ora di stabilire le basi di un'"altra" medicina, e questo in nome dell'affrancamento dello spirito!»

«Tranquillizzatevi. Fra poco, tutte queste idee perniciose non avranno più eco: non ci sarà più nessuno in grado di trasmetterle. Abbiamo perso tempo; ammetto di aver commesso un errore di giudizio».

Citò ancora:

«"Poi vidi una bestia che emergeva dal mare: aveva dieci corna e sette teste, sulle sue corna dieci diademi e sulle teste nomi di bestemmia". Sì, ho commesso uno sbaglio. Credevo di poter tagliare le teste una alla volta. Non avevo capito che la Bestia era l'Idra di Lerna: da una testa tagliata ne rinascono sette. In verità, avremmo dovuto strapparle il cuore. Senza cuore, il corpo era votato alla putrefazione. Ma state in guardia!» concluse. «Il minimo passo falso potrebbe avere conseguenze disastrose. Pensate agli errori commessi nelle Fiandre. Che incapaci!»

«E l'affare Ghiberti... Nemmeno quello è riuscito».

«Visto che stiamo elencando gli errori commessi... Sapete nulla del ragazzo? Lo hanno preso?»

Bandini parve imbarazzato:

«No. Non so nulla. La lentezza dei corrieri...»

«Non voglio neanche pensare che sia sfuggito alla trappola».

Seguì una nuova pausa e domandò ancora:

«Avete notizie di Anselm e di Lucas?»

«Nessuna. L'ultima cosa che ho saputo è che annunciavano il loro arrivo a Firenze. Se le mie informazioni sono corrette, si sono imbarcati oggi a Bruges».

L'uomo mascherato si alzò, segno che la conversazione era finita.

Anselm De Veere lanciò un'occhiata di disprezzo a Lucas Moser disteso sulla cuccetta, il volto pallido, i tratti tirati.

«Non sapevo che foste così debole, amico mio».

«Perché non sapete cos'è il mal di mare. La sensazione di avere lo stomaco in gola, di vedere il soffitto e il pavimento continuamente in movimento. È orrenda. È...»

Il pittore ebbe appena il tempo di afferrare la scodella accanto a sé e si mise a vomitare a getti sporadici.

De Veere distolse gli occhi nauseato.

Passato il malessere, riprese:

«Il vostro stato è spiacevole. Comunque non ce l'avremmo fatta in due a uccidere l'uomo e a sbarazzarci del ragazzo. Che coincidenza però!»

«Per fortuna non si sono accorti della nostra presenza!»

«Come facevano ad accorgersene? Occupiamo una delle due sole cabine passeggeri, e non siamo saliti sul ponte da quando siamo partiti».

Moser si asciugò la fronte con il rovescio della manica brontolando:

«E non credo che sarò in grado di salire per un bel po'».

«State scherzando, mi auguro! Il viaggio durerà un mese. Tre settimane, se i venti saranno favorevoli. Non avete mica intenzione di restare chiuso in cabina per tutta la traversata!»

«Anselm, vi pregherei di non tormentarmi più. Si tratta di me, della mia salute. E poi, permettetemi di ricordarvi che, se uscissimo, quell'uomo ci riconoscerebbe subito. Cosa fareste allora?»

«Quello che avrei dovuto fare a Bruges: lo ucciderei».

Moser fece una smorfia.

«Se fossi in voi, non ci proverei. Avete visto la sua taglia? Un vero colosso! E non siamo nemmeno armati».

«Che importa. Ci sono altri modi. Ricordatevi che si crede al sicuro sulla nave e non è in guardia».

Il pittore aprì la bocca per protestare, ma le parole gli si strozzarono in gola e rituffò pietosamente la testa nella scodella.

Appoggiato al parapetto Jan scrutava il cielo notturno. Mai in tutta la sua vita aveva visto tante stelle. Dovevano essere nate spontaneamente dalla notte per illuminare la marcia trionfale della nave. Quello che lo affascinava ancora di più era il loro riflesso sulla superficie glauca del mare, migliaia di goccioline d'oro che si scioglievano nell'incavo delle onde prima di morire nelle profondità.

In lontananza, era possibile immaginare la costa delle Fiandre.

«Straordinario, vero?» commentò Idelsbad.

«Più bello di quanto mi sarei mai immaginato».

Il gigante indicò un angolo del firmamento:

«Laggiù, a destra, c'è Aldebaran. Proprio sopra di noi, Sirio».

«Peccato», disse Jan con una punta di malinconia.

«Che vuoi dire?»

«Peccato che gli esseri che ho amato non siano qui a condividere con me questo momento».

«Cosa ne sai? Forse sono presenti, attorno a noi».

«Credete? È possibile?»

Idelsbad alzò le spalle:

«Nulla vieta di pensarlo. Dopotutto, nessuno sa davvero dove vadano le persone dopo la morte. Perché non potrebbero continuare a vegliare su coloro che hanno amato?»

Il ragazzo rifletté prima di rispondere.

«Poniamo il caso che sia come dite voi. Sento comunque la loro mancanza».

«Maude?»

«Maude è sempre stata assente. Mi sono abituato a farla vivere in me. Ma c'è mio padre. E Katelina, anche se so che un giorno la rivedrò».

Poi di colpo domandò:

«Perché non mi avete lasciato a Bruges?»

«Mi meravigli. Credevo di averti già risposto».

Il ragazzo fece una smorfia di dubbio.

«Non sei convinto?»

«Non del tutto. Ho buona memoria. Qualche giorno fa

mi avete detto: "Non sono venuto a Bruges per fare da balia a un ragazzino". Eppure siete qui».

«Credi che siamo sempre consapevoli dei nostri atti, delle conseguenze che essi comportano? Sbagli. Un uomo è come una nave: ci sono momenti in cui decide il vento, o il mare, o qualcos'altro di imprevedibile che lo costringe a modificare la sua rotta, ad affrontare la tempesta o a rassegnarsi alla calma piatta».

Tacque, per poi riprendere con voce distante:

«In verità, per lungo tempo ho vissuto solo. Per lungo tempo ho creduto che lo scopo della mia vita fosse il mare, il sodalizio tra marinai, l'avventura. Da un po' di tempo a questa parte, ho imparato che c'è dell'altro. Che il dono di sé può essere più fruttuoso di qualsiasi scoperta e che un'emozione, per quanto intensa, può diventare ancora più intensa nel momento in cui è condivisa. Mi capisci adesso?»

«Non del tutto».

Idelsbad emise un grugnito:

«Perché non vuoi capire!»

«Sarebbe molto meglio...»

«Cosa?»

«Se mi diceste semplicemente che mi amate un po'», disse il ragazzo con un sorriso ineffabile.

Il gigante lo fissò con sorpresa prima di rispondere, burbero:

«E va bene, ti voglio bene. Sei contento?» E cambiando subito argomento: «Santo cielo! Com'è lenta questa nave!»

«La vostra era più veloce?»

«Era una caravella, molto più maneggevole di questa caracca».

«Ed eravate il capitano?»

«Sì».

«Un giorno», mormorò il ragazzo riportando la sua attenzione al mare, «anch'io sarò capitano».

«E la pittura?»

«Non sarò mai come Van Eyck. Lui, sì, che era dotato».

«Jan, amico mio, se credi che per fare ciò che si ama bisogna essere dotati, la maggior parte degli esseri sulla faccia della terra se ne starebbe con le mani in mano. È già tanto amare ciò che si è deciso di fare».

«Allora diventerò marinaio!»

«Dici così perché non sai niente della vita del marinaio. L'apprendistato di un mozzo non è paragonabile a quello di un artista».

«Si vede che non avete mai passato ore e ore a macerare mezzo chilo di lacca di garanze!» disse Jan corrugando la fronte. «È snervante!»

«Forse. Ma il compito del mozzo è molto più stancante. Deve lavare le pentole, raccogliere legna da ardere quando scende a terra, e quando la nave è in porto, ripulire luride stive con aceto per disinfettarle in vista del viaggio successivo, lavare e rammendare i vestiti. Quando splende il sole, quando il vento è calato, deve versare per ore secchiate d'acqua sul ponte per impedire che le tavole coperte di pece si spacchino al caldo. E questo è niente. D'estate si brucia, d'inverno si gela. Si dorme su un pagliericcio scomodo, il cibo non ha gusto. Senza parlare dei mille pericoli che minacciano i navigatori. D'altronde, te ne accorgerai da solo durante questo viaggio».

«Se capisco bene, non amate molto ciò che fate».

«Vuoi sapere la verità?» scoppiò a ridere Idelsbad. «Il mare è impietoso, ma l'uomo che lotta contro gli elementi è più ricco del più ricco principe».

«Gli adulti sono così complicati», sospirò il ragazzo. «Avreste potuto cominciare dalla fine».

Poi domandò:

«Cosa faremo una volta arrivati a Firenze?»

«È probabile, se non certo, che l'infante ci abbia preceduto. Dovrò mettermi in contatto con lui: non sarà difficile, il rappresentante degli interessi commerciali del Portogallo a Firenze è un uomo che conosco bene: Pedro de Meneses. Più di vent'anni fa, combatté al mio fianco in una spedizione contro i Mori di Ceuta».

«Ceuta?»

«Te ne parlerò un'altra volta. Meneses saprà certamente dov'è Enrique. Lo metterò in guardia contro i pericoli che lo attendono e cercherò di convincerlo a lasciare la città prima della data fatidica indicata da Petrus».

«L'Assunzione?»

«Proprio così».

«E poi?»

«Ci imbarcheremo sulla nave di Enrique, diretti a Lisbona».

Per un istante, lo sguardo del gigante si perse:

«Purché arriviamo in tempo...»

«Speriamo», sospirò Jan.

«Dobbiamo proprio dormire nella stiva con gli altri?» proseguì soffocando uno sbadiglio. «Non potremmo dormire sul ponte?»

«Stavo per proportelo. Ma rischiamo di avere freddo: vado a prendere due coperte».

Il firmamento continuava a sfilare sopra il mare e la caracca a fendere le onde, scavando dietro di sé un solco latteo ribollente di spuma. Tranne il timoniere e il marinaio di quarto, il resto dell'equipaggio e i passeggeri erano addormentati.

Il gigante era sveglio, guardava Jan che dormiva tranquillo, e ripensò alle sue parole.

«Qualche giorno fa mi avete detto: "Non sono venuto a Bruges per fare da balia a un ragazzino". Eppure siete qui».

Era lì, effettivamente. A sua insaputa si erano stretti legami indissolubili tra lui e il ragazzo. Se solo avesse avuto meno pudore, avrebbe ammesso che non riusciva più a immaginare la sua vita senza Jan. Il suo pensiero riandò a Maude. Com'è che le donne hanno questa facoltà, che non apparterrà mai ad altri che a loro, di difendere la vita che hanno dato al prezzo della propria? Non c'era stata ombra di esitazione nel gesto della giovane donna. Aveva protetto la carne della sua carne, anche se ne era rimasta lontana per tredici anni. Strano destino il suo. Aveva vissuto per tanti anni nell'ombra e ne era uscita solo per immolarsi.

Rimboccò dolcemente la coperta sulle spalle di Jan e portò con sé la sua immagine nel sonno.

La prima alba si alzò sul mare, altre seguirono. Man mano che facevano rotta verso sud, l'aria si impregnava di un tepore umido, le nubi si facevano più rare e quelle che resistevano si sfilacciavano ogni giorno di più. Finalmente un mattino, il cielo fu tutto pieno di un trionfante azzurro.

Giunsero alla punta di Finisterre, dove la tensione si diffuse tra i membri dell'equipaggio. Per aver navigato in quella regione, anche Idelsbad sapeva che le scogliere lungo la costa erano spesso nascoste dalla nebbia o dalla pioggia. In realtà, non era tanto il timore di naufragare che angustiava il portoghese quanto quello di non poter avvertire Enrique.

Ma il tempo era bello. Doppiarono il capo senza problemi.

Alla punta della penisola, aggirarono l'isola di Ouessant, altra trappola mortale per le navi. Quando la si vedeva, di solito era troppo tardi per evitarla. Da lì probabilmente il vecchio adagio: «Chi vede Ouessant, vede il proprio sangue».

Jan trascorreva le giornate in uno stupore perennemente rinnovato. Per quanto ogni giorno portasse con sé una scoperta nuova, provava la strana sensazione di conoscere da sempre quel mondo, e che nulla gli fosse estraneo delle cose del mare. Un mattino, colmandolo di gioia, Idelsbad lo aveva aiutato a issarsi fino alla gabbia di vedetta. Per un'ora intera, Jan ebbe l'impressione che il cielo, l'orizzonte immenso appartenessero solo a lui.

Poi arrivarono nell'Atlantico.

Fecero una prima sosta a La Rochelle, dove scaricarono balle di lana e aringhe secche in cambio di vini di Bordeaux.

La tempesta scoppiò nel golfo di Guascogna, sommergendo la caracca con raffiche di vento, trombe d'acqua e fulmini. Per tutto il tempo, Jan rimase stretto al gigante, pregando la Vergine e implorando la pietà di san Bavone.

Poi, videro le coste della Galizia, quelle del Portogallo, disseminate da banchi di sabbia la maggior parte dei quali non era segnalata sulle carte. A ovest, dove tramonta il sole, cominciava il grande mistero.

«Cosa c'è dall'altra parte?» domandò Jan indicando l'orizzonte.

«Non si sa», rispose Idelsbad.

«Potrebbero esserci terre vergini?»

«È più che probabile; io ne sono convinto. A Madera ho visto fiori, frutta che non esistono sul nostro continente. Sono certo che le loro semenze sono state portate dai venti caldi che soffiano da ovest. Uno dei miei compagni, Joao Gonçalves, ha trovato su una spiaggia dell'isola un ramo costituito da un fusto di legno a forma di cilindro che nessuno di noi aveva mai visto prima. Ma la cosa più sorprendente, fu quell'imbarcazione che si arenò sulla spiaggia: vi abbiamo scoperto dei cadaveri dai volti singolari. I brandelli di pelle ancora attaccati alle ossa avevano una tinta olivastra».

Si interruppe, per sottolineare con un gesto della mano:

«Sì. Ci sono sicuramente delle terre a ovest. Ma a che distanza? Mille leghe? Diecimila? Centomila? Un'imbarcazione, per quanto carica di approvvigionamenti, non può stare in mare più di tre mesi».

«Un giorno certamente qualcuno si lancerà in quell'avventura».

«Spero che sarà un portoghese!» disse il gigante.

«O un fiammingo!» rispose Jan alzando il mento.

«Perché no?»

«Comunque sia, è un'impresa che mi tenta».

«Se ci credi con passione, ne farai parte».

Poi si affrettò a rispondere:

«A meno che nel frattempo non ti preceda un marinaio più audace degli altri...»

All'inizio della terza settimana, la caracca doppiò capo San Vincenzo, la punta più a sud del continente, che i marinai salutarono passando.

Nell'ora in cui la nave si infilò fra le colonne d'Ercole, il portoghese prese Jan per il braccio e indicò un punto invisibile.

«Ricordi? Qualche giorno fa ti ho parlato di dom Pedro e di una spedizione contro Ceuta. La città è laggiù. Ho rischiato di morirvi».

«Cos'è successo?»

«Accadde una ventina d'anni fa. Avevamo cacciato i Mori dal Portogallo, ma questi continuavano a essere un pericolo. In mare, in terra, le loro razzie minacciavano il nostro commercio e i nostri contadini. Per porvi fine, il re Joao decise di conquistare il porto moresco più vicino: Ceuta. Enrique faceva parte della spedizione; chiese a dom Pedro e a me di accompagnarlo. Più di duecento navi e velieri con ventimila soldati scesero il Tago. L'infante aveva ottenuto dal padre l'onore di sbarcare per primo in terra africana e guidare l'assalto. Ero al suo fianco. Fu durante la battaglia che fui ferito all'inguine da una lancia. Rimasi per una settimana tra la vita e la morte».

Idelsbad alzò gli occhi al cielo:

«Qualcuno lassù mi ha protetto!»

«Avete conquistato la città?»

«Sì. Presi alla sprovvista, i Mori resistettero poche ore. Ma fu un bagno di sangue. Dopo la resa della roccaforte, i nostri soldati si lanciarono in una vera e propria razzia. Credo che quella sera Enrique capì di non essere fatto per la guerra e decise di dedicarsi alle esplorazioni marittime, tant'è vero che, appena tornammo in Portogallo, chiese al padre il permesso di ritirarsi a Sagres. Qualcuno credette che si trattasse di un ritiro spirituale. Si sbagliava. Enrique aveva capito prima degli altri che la conquista di Ceuta era stata inutile. Solo la scoperta di nuove terre avrebbe fornito al Portogallo le risorse necessarie al suo commercio».

«Che ne è stato del vostro amico, dom Pedro?»

«È rimasto a difendere la roccaforte. Ma nove mesi fa circa, il re lo ha nominato a Firenze per ricompensarlo della sua devozione».

Dando un'occhiata al mare, commentò con una punta di nervosismo:

«Questa nave è lenta... Il viaggio non finisce mai».

Dopo aver costeggiato il sud della Francia, la caracca sostò ancora nel porto di Genova. La città si presentò ai loro occhi pigiata contro la costa scoscesa, massa compatta di tetti, coronata dalle torri merlate dei palazzi fortificati e dalle cupole delle chiese.

Uno straordinario viavai regnava nel porto e Jan non smetteva di osservarlo. Tendendo l'orecchio, sentiva il lamento delle navi ferite di ritorno dalla battaglia, i racconti trasportati dalle onde delle ultime razzie dei pirati mori e delle avventure dei pellegrini di ritorno dalla Terra Santa. Ormeggiate ai moli c'erano navi di ogni forma, di ogni provenienza, disseminate di escrementi e di macerie, avvolte da nugoli di mosche. Barchette commerciali venute dalla Corsica, cariche di meloni, cercavano un posto tra caravelle e galere. Queste ultime avevano gettato l'ancora al riparo di un fortino costruito all'imbocco del porto, dominato da un camminamento di ronda. Ufficiali armati montavano la guardia, il naso tappato da spicchi d'aglio, unico mezzo per allontanare l'odore fetido sprigionato dagli schiavi incatenati ai remi.

Quella notte, mentre la caracca era ancorata nel porto, la luna piena fluttuava sul mare, diffondendo una luce lattiginosa sul paesaggio addormentato. Idelsbad sonnecchiava sul ponte accanto a Jan. Nel silenzio salivano i rumori del porto e quelli più vicini dello sciabordio delle onde contro lo scafo.

Una figura superò il trinchetto e si diresse a passi felpati verso il punto dove dormivano il gigante e il ragazzo. Nel suo movimento, l'ascia che l'uomo teneva in mano rifletteva di tanto in tanto lo scintillio delle stelle. Le sue dita si stringevano sempre più sul manico man mano che si avvicinava. Quando arrivò accanto al portoghese, le falangi erano bianche.

Nell'istante preciso in cui l'uomo stava per assestare il colpo, il marinaio di quarto, testimone della scena, lanciò un grido d'allarme. Tutto si svolse in un batter d'occhio. Idelsbad rotolò sul fianco, evitando per un soffio la lama dell'ascia che andò a conficcarsi nelle doghe del ponte. I riflessi acuiti da notti passate in luoghi ostili, dall'abitudine di affrontare l'imprevisto, dall'assuefazione al pericolo furono gli elementi che giocarono in favore del portoghese. Era già in piedi.

Anselm De Veere si sentì letteralmente strappato da terra e proiettato con una violenza inaudita contro il parapetto. Per quanto stordito dall'urto, riuscì a rialzarsi, ma l'altro gli era già addosso. Con la rabbia della disperazione, il fiammingo si dibatté, vibrando colpi all'impazzata nel tentativo di liberarsi. Invano. Idelsbad lo afferrò alla vita, lo sollevò con una facilità sconcertante e lo lanciò fuori bordo. La sorte di De Veere sembrava segnata. Ma non era così: il suo corpo pendeva nel vuoto, mentre Idelsbad lo tratteneva con forza per l'avambraccio.

«No», urlò Jan. «No! Non uccidetelo!»

«Tranquillo», rispose il gigante senza voltarsi. «Non ne ho l'intenzione».

Chinandosi su De Veere, chiese con voce tagliente:

«Voglio un nome...»

Un'espressione di incredibile durezza deformò il volto dell'uomo. Sulla sua tempia, una vena batteva, mentre gli occhi mandavano lampi di odio immenso, lucido e freddo.

«Meglio bruciare all'inferno...»

«Non ne sei tanto lontano. Un nome!»

Di colpo, prendendo Idelsbad alla sprovvista, il fiammingo riunì tutta la sua energia e riuscì a liberare il braccio. Per una frazione di secondo, il suo corpo sembrò sospeso tra mare e cielo, poi si staccò e scivolò nei flutti.

22

Arrivando a Pisa, Jan si accorse che l'atmosfera che vi regnava non aveva nulla a che vedere con quella di Genova, tantomeno con quella di Bruges. Era come una città spenta. Di fronte allo stupore del ragazzo, il gigante gli spiegò che i tempi gloriosi in cui la città trattava da pari a pari con le potenze veneziane e genovesi, in cui dominava la Sardegna e la Corsica, in cui, grazie alle crociate, i suoi mercanti viaggiavano nel Vicino Oriente, quei tempi erano finiti. La Sardegna e la Corsica erano cadute in mano alla corona d'Aragona; la flotta pisana era stata annientata dai genovesi e, da più di quarant'anni, dopo un assedio durato mesi, i fiorentini erano i signori della città. Inoltre, precisò il portoghese, alla sua sfortuna politica si era aggiunto un disastro naturale. Da qualche anno, come il porto di Bruges, anche quello di Pisa si insabbiava, invaso dai depositi alluvionali dell'Arno: la Venezia del Nord e la città dalla torre pendente affondavano inesorabilmente nella morte.

Appena sbarcati, comprarono una puledra da un commerciante di cavalli alle porte della città. Jan salì in groppa e poco dopo i due varcavano il ponte di Mezzo per imboccare la via del sud. Meno di venti leghe li separavano da Firenze.

Non erano campi, quelli che si dispiegavano sotto i loro passi, ma un giardino; un giardino immerso in un soffio caldo e profumato di aromi selvaggi. Il verde ondeggiante delle valli, i cipressi centenari che fiancheggiavano il pendio delle colline a perdita d'occhio, gli ulivi schiacciati dalla calura, il bagliore di quella luce ossessiva, che nulla pareva in grado di vincere, tutto si univa perché agli occhi di Jan il contrasto con le nebbie delle Fiandre fosse ancor più forte. L'incantesimo non lo abbandonò per un istante e continuò anche quando la notte era calata su quello spettacolo.

L'indomani, mentre il sole delineava i poggi, scorsero i primi contrafforti degli Appennini.

Jan, attaccato a Idelsbad per la vita, sudava abbondantemente. In tutta la sua breve vita non aveva mai avuto tanto caldo.

«È questo l'inferno?» gemette, stremato.

«No», rispose il gigante imperturbabile, «è l'estate».

Una decina di leghe più tardi, cominciò a scendere il crepuscolo sulle terre color ocra. Si fermarono e Idelsbad osservò il paesaggio con un'aria contrariata.

«Che c'è?» domandò il ragazzo.

«Niente di grave. Ci siamo un po' allontanati dalla nostra strada. Dopo Empoli, avrei dovuto voltare più a ovest».

Indicò una collina di fronte a loro:

«Quella è Fiesole. Siamo a due o tre leghe da Firenze. Guarda, laggiù, a sinistra».

In lontananza, sull'orizzonte blu metallico, si scorgevano il campanile e la cupola di Brunelleschi.

«Basta fare il giro del villaggio e saremo arrivati».

Con un colpo secco dei talloni, fece ripartire la puledra. Lassù, in cima alla collina, già si affacciavano i tetti dell'abbazia. Nuovamente sospinta da Idelsbad, la cavalla si infilò in un viottolo polveroso che scendeva verso est.

«Ascoltate!» gridò Jan. «Sembrano gemiti».

Il gigante tese l'orecchio. Il ragazzo aveva ragione. Ma non erano semplici gemiti, era un rumore sordo che aumentava man mano che si avvicinavano alla collina.

Insensibilmente, il rumore divenne più forte, un lamento continuo, straziante, che riempì tutta la piana del Mugello. Sembrava che stesse morendo un popolo intero.

«Mi domando cosa sia», mormorò Idelsbad.

Lanciò la sua cavalcatura verso il villaggio.

Adesso il gemito si era trasformato in grida acute, fortissime.

Pochi istanti dopo, entrarono in pieno nell'orrore. Era la piazza Mino? O un cimitero con tutte le tombe scoperchiate? Accanto alla fontana, all'abbazia, delle creature – non potevano essere uomini – urlavano, si torcevano, le membra consumate da un fuoco invisibile. Gli occhi fuori dalle orbite scintillavano come carboni ardenti. Alcuni avevano perso le braccia, altri le gambe, altri ancora avevano il volto a brandelli, altri si rotolavano a terra, strappandosi i vestiti e graffiandosi a sangue. Una sagoma, un essere che un tempo doveva esser stato una donna, si avvicinò a Jan e a Idelsbad, barcollante. Era quasi nuda. Attraverso la tunica si intravedevano orrende piaghe aperte, scavate nel petto.

Prima che il gigante avesse il tempo di allontanarsi, lei gli afferrò la scarpa e singhiozzando disse:

«Pietà... brucio... portatemi via».

Idelsbad, terrorizzato, tirò le redini. La puledra fece uno scarto, buttando a terra la donna. Ma appena fu caduta, un'altra forma si precipitò su di loro. Un uomo, a meno che non fosse stata la sua ombra, si lanciò davanti al cavallo che, colto dal panico, si impennò, rischiando di calpestarlo.

«Presto!» urlò Idelsbad. «Andiamocene!»

Inorridito, Jan osservava, la bocca spalancata, incapace di proferire un suono.

Spronata dal gigante, la puledra attraversò la piazza a briglia sciolta sollevando volute di polvere, evitando di misura coloro che cercavano di sbarrarle la strada. Come se sentisse ciò che il suo cavaliere si aspettava da lei, fiutò i passaggi, saltò sopra i fossati, si infilò tra i cadaveri, tra le mani alzate in gesti di supplica, senza mai rallentare.

Jan aveva parlato di inferno: adesso stavano certamente costeggiando le rive dello Stige.

Una volta uscita dal villaggio, la bestia, con un galoppo meno irregolare, più scorrevole, continuò a scendere velocemente la collina. Finalmente, sbucando da una radura, ritrovarono la strada di Firenze. Il portoghese riportò la puledra al trotto.

«Che cos'era?» balbettò Jan tutto tremante. «Che cos'è successo a quelle persone?»

«Non so. Non ho mai visto niente di simile. Mai!»

A giudicare dallo straordinario pallore che aveva invaso il volto del gigante, si indovinava che anche lui era stravolto.

Cercò di tranquillizzare il ragazzo:

«Fra poco saremo arrivati».

«E se fosse stata la peste?»

«Non credo. Conosco gli effetti della peste; posso assicurarti che non sono assolutamente paragonabili a ciò che abbiamo appena visto. Quei poveretti sembravano divorati da un fuoco interiore. Ricordati le parole della donna: "Brucio", diceva. No. È qualcos'altro. Forse una specie di epilessia?»

«La donna vi ha toccato. Speriamo che non sia contagioso».

Idelsbad non rispose. Si accontentò di lanciare la cavalla al galoppo.

Quando varcarono le mura di Firenze, il sole cominciava a scomparire dietro le colline di Belvedere e di Bellosguardo. Il ragazzo ebbe immediatamente l'impressione che non stessero entrando in una città, ma in un palazzo maestoso. La luce al tramonto conferiva ai muri, al selciato, una tinta rosso-ocra. No, non era una città, era un miracolo.

Mentre costeggiavano un edificio interamente ricoperto di marmo rosa, il gigante, in un toscano quasi perfetto, interpellò un mercante senza età che spingeva davanti a sé una carriola piena di verdure.

«Messere, potete indicarmi la casa del Portogallo?»

L'uomo indicò pigramente:

«Laggiù in fondo. Prendete la strada dei Calzolari, poi voltate a destra, a sinistra, a destra di nuovo, e troverete il palazzo dei Signori. La casa che cercate è quella a fianco».

«Come faccio a riconoscere il palazzo?»
Il mercante scoppiò a ridere:
«Dal fatto che non somiglia a un palazzo».
Poi aggiunse:
«Dalla torre quadrata».
Il gigante ringraziò. Stava per seguire la direzione indicata quando il mercante gli domandò:
«Sentite un istante! Da dove venite?»
«Dalle Fiandre».
«Dalla strada di Pisa?»
Idelsbad annuì.
«Siete passato da Fiesole?»
«Sì».
«Muoiono ancora?»
«Temo di sì».
Il mercante si segnò e si rimise in cammino.
«Sapete cosa sta succedendo laggiù?» domandò il portoghese. «Che malattia è?»
L'uomo scoppiò a ridere:
«Una malattia? Dite piuttosto una calamità, un flagello! E se volete il mio parere...»
Bisbigliò:
«È certamente un colpo congegnato da quei diavoli di ebrei! Sono capaci di tutto. C'è da aspettarsi qualsiasi cosa da gente capace di crocifiggere bambini».
«Crocifiggere bambini?» chiese Jan terrorizzato.
«Ma certo, piccolo».
«Suvvia, sragionate», protestò Idelsbad.
«Come! Non sapete nulla? Ma da dove venite?»
Il mercante tornò indietro di un passo.
«Ogni Settimana Santa, per schernire la passione di Nostro Signore, un bambino cristiano viene rapito e messo in croce! D'altronde, cosa credete che mescolino a quel pane senza lievito di cui si cibano nei giorni di Pasqua?»
Idelsbad alzò le spalle, dubbioso.
«Sangue! Il sangue di un bambino cristiano. Basta guardare le loro gallette piene di macchie rosse per esserne

convinti. Un consiglio: tornate presto da dove venite e vegliate sul ragazzo. Alla velocità con cui si diffonde, il male sarà presto alle porte di Firenze».

«È contagioso?» chiese allarmato Jan.

«E chi lo sa? Lo saprete se non sarete morti nel giro di due giorni».

Il gigante trattenne un brivido e spronò la puledra.

«È vero quello che ha detto a proposito degli ebrei?» gli chiese Jan.

«È un vecchio pazzo. Non è il solo. Ne ho conosciuti anche in Portogallo. Laggiù, appena un villaggio viene colpito da un'epidemia, si alzano sempre delle voci per accusare gli ebrei. Cosa ci vuoi fare, bisogna sempre trovare un capro espiatorio. Ma se quella gente fosse come la descrivono, il principe Enrique non sarebbe circondato da persone come Jehuda Cresques».

«Chi è?»

«Un grande geografo. Lo era anche suo padre. Paradossalmente, sono stati gli ebrei, regolarmente cacciati da ogni luogo, a far progredire la nostra cartografia».

«Ah... E voi? Siete ebreo?»

«Che domanda. No. Ma non ho scelto io».

Il palazzo dei Signori somigliava in qualche modo alla descrizione che ne aveva fatto il mercante. Effettivamente, non aveva nulla, almeno in apparenza, del palazzo ma piuttosto della fortezza. Non si poteva dire lo stesso della casa del Portogallo che emanava un lusso al limite della stravaganza. Finestre bifore si aprivano su due piani. I muri erano coperti di alabastro, e il portone di quercia massiccia somigliava a quello di una cattedrale.

Idelsbad batté tre colpi. Un ometto tarchiato, l'occhio scuro, apparve all'uscio.

«Cosa desiderate?»

«Vorrei incontrare Pedro de Meneses. È qui?»

«Chi siete?»

«Un amico. Dom Francisco Duarte».

A sentire il titolo, l'uomo divenne subito più rispettoso.

Si affrettò a condurli attraverso un dedalo di corridoi, una sfilata di stanze dal pavimento splendente, e li introdusse in un vasto salone le cui pareti scomparivano sotto affreschi e tappezzerie.

«Aspettatemi qui, vi prego. Vado ad avvertire dom Pedro».

Jan si guardò attorno, sbalordito dal lusso di quell'arredamento.

«Non sapevo che i portoghesi fossero così ricchi».

«Credevi che vivessero nel lusso solo i fiamminghi?»

«No. Ma credevo che l'unico posto al mondo che potesse rivaleggiare con Bruges, fosse Venezia».

«Be', ti sbagliavi. C'è Venezia, ma ci sono anche Siena, Lisbona, Parigi, Vienna, Londra e tante altre. Il mondo è pieno di meraviglie».

Per un attimo, Jan si vide a bordo di una nave, scivolando sui mari, scendendo i fiumi che lo avrebbero portato verso grandi paesi e città belle come sogni.

«Francisco! Che sorpresa!»

La voce allegra di Meneses interruppe il suo fantasticare. Ebbe appena il tempo di intravedere il padrone di casa. Questi si era lanciato tra le braccia di Idelsbad e lo stringeva a sé con un'esuberanza che sorprese Jan.

«Vent'anni!» esclamò guardando il gigante. «Una vita! Sei sempre grande!» disse con una luce maliziosa negli occhi.

«E tu sempre bello tondo!»

«Lo so. Eppure dopo tutti gli anni passati in una fortezza nel deserto dovrei essere pelle e ossa. Bah! Ma che ci fai qui? Ti credevo in giro per il mondo a solcare il mare».

«È una lunga storia, amico mio».

Meneses lanciò uno sguardo con la coda dell'occhio al ragazzo:

«Tuo figlio?»

«No, ma qualcuno che mi è molto caro. Si chiama Jan».

«Sii il benvenuto, Jan», esclamò il portoghese.

Nel suo entusiasmo, afferrò il ragazzo alle spalle e gli

schioccò un bacio sulla guancia. Indicando un divano coperto di raso – o forse di broccato – li invitò a sedere, mentre lui si calava in una morbida poltrona:

«Avrete sete», disse.

Allungò la mano verso un cordone di seta e si arrestò:

«Che sciocco! Avrete certo la pancia vuota».

Non aspettò una conferma e tirò ripetutamente il cordone. L'uomo tarchiato riapparve immediatamente, prese gli ordini di Meneses e si eclissò.

«Sai che sei fortunato? Non immagini chi sia arrivato a Firenze pochi giorni fa».

«Il principe Enrique».

Meneses lo squadrò sbalordito.

«Lo sai già?»

«È per questo che sono qui».

«È straordinario!»

«Te l'ho detto. È una lunga storia».

«Bene, mi piacciono le storie. A Ceuta sentivo solo racconti di imboscate e la preghiera dei morti».

«Ahimè, la mia storia non è molto diversa», disse Idelsbad serio. «Per quanto concerne la morte, comunque».

«Mi preoccupi. Cosa succede?» gli domandò Meneses impressionato.

«Adesso ti racconto tutto. Ma prima rispondimi: sai come raggiungere l'infante?»

«Certo. Cosimo de' Medici gli ha offerto ospitalità nella sua casa. Ma spiegami cosa sta succedendo».

Il gigante sospirò profondamente:

«Tutto è cominciato a Bruges...»

La voce di Idelsbad risuonò a lungo nel silenzio del salone, punteggiata a intervalli irregolari dalle esclamazioni volta a volta incredule e costernate del suo interlocutore.

Quando tacque, la luce dei candelabri aveva sostituito quella del crepuscolo. Dom Pedro aveva perso la sua esuberanza. Non era più la stessa persona che li aveva accolti un'ora prima, ma un uomo dai tratti smorti, che non controllava più la sua emozione.

«Così», disse con voce sorda, «tutto si spiega. O quasi. Tocca a me adesso raccontarti alcuni eventi. Da qualche tempo in qua, la città è in continua tensione. Degli artisti e un prete sono stati minacciati di morte. Non più tardi di ieri, è stato ritrovato sulle rive dell'Arno il corpo di un discepolo del maestro Donatello, con la gola sgozzata. E...» disse in un soffio, «la bocca piena di terra di Verona».

«Come Sluter», osservò Jan.

«Vedi bene», dichiarò Idelsbad, «tutti questi elementi confermano che il centro della cospirazione si trova qui».

«Certamente. Ma quello che mi preoccupa, è il pericolo che rischia di abbattersi sulla città. Petrus ha proprio lasciato intendere che Firenze sarebbe stata devastata?»

«Non ha fatto altro che riportare ciò che aveva sentito: "Firenze e i suoi eresiarchi scompariranno nel fuoco dell'inferno"».

«Dopodomani», aggiunse Jan.

«Come fai a conoscere la data?» domandò dom Pedro con un sussulto.

«Perché l'uomo ha precisato la data: il giorno dell'Assunzione».

Il ragazzo chiamò Idelsbad a testimone:

«Non è vero?»

Il gigante confermò.

«Ma è terrificante. Ci restano appena quarantotto ore!»

«È il motivo per cui dobbiamo avvertire Enrique al più presto. Deve lasciare la città. Di colpo ho un orribile presentimento. E se l'autore di questa cospirazione non fosse altri che Cosimo?»

«Impossibile! Le idee di questi individui sono totalmente estranee a un uomo come il Medici. Lui è un amico delle arti, un mecenate! Un uomo che ha sempre rifiutato gli onori del potere e ha accettato il titolo di gonfaloniere di giustizia a malincuore e per un periodo di due mesi. Certo, non è un santo. Ma da lì a crederlo un assassino, un individuo capace di distruggere la propria città, massacrare i suoi abitanti... No. Non pensarci nemmeno».

«Bene. Quanto a Enrique, possiamo incontrarlo domani?»

«Dobbiamo. All'alba andremo da Cosimo, a costo di tirarlo giù dal letto».

Leggermente rassicurato, il gigante si voltò verso Jan.

Il ragazzo dormiva a pugni stretti.

23

Un sole radioso bruciava sulla città, ma la loggia del Bigallo, con le sue finestre sbarrate, era ancora immersa nella penombra. L'uomo con la bautta di velluto nero aveva preso posto, come al solito, nell'angolo più buio. Erano visibili solo la parte inferiore del viso e gli occhi che, in quell'istante, brillavano di esaltazione, o forse per la certezza della sua vittoria imminente. Le labbra strette, il viso chiuso al resto del mondo, non rivelavano nulla. Lui solo sapeva.

Di fronte a lui, alla sua destra, madido di sudore, si teneva Lucas Moser. A sinistra, un passo indietro, il dottor Bandini.

L'uomo mascherato commentò con voce affettata:

«Cinquanta morti. Che tristezza! Cinquanta vite innocenti costrette a pagare il riscatto che spettava ad altri».

«Monsignore, erano solo dei poveretti», precisò Bandini. «Individui di poca importanza. Avete rimpianti?» domandò con una punta di apprensione.

«Rimpianti? Scherzate, spero. Dei rimpianti, quando la responsabilità è di quegli empi che non credono né in Dio né al diavolo? Quei poveretti di Fiesole non sarebbero morti se chi li governa non si fosse mostrato tanto irresponsabile. Noi cerchiamo solo di porre un freno alla dissolutezza dei sensi e della morale. Siamo il braccio secolare del Signore, Bandini! Non dimenticatelo mai. È in nome Suo che agiamo, e sempre in nome Suo che separiamo il grano dal loglio».

Lucas Moser approvò con un grugnito e si affrettò ad aggiungere:

«Facciamo di più, monsignore. Noi prepariamo un

mondo senza tormenti, senza sconvolgimenti per le generazioni a venire. Grazie a noi, esse non conosceranno l'estremismo e il disordine, ma la serenità, la giustizia, l'arte pura che nulla mai avrebbe dovuto alterare. Ma chi si ricorderà di noi?» concluse con un sospiro. «Nessuno, temo. Pensate a quel povero Anselm. È morto da eroe. E la storia non serberà alcun ricordo della sua vita e del suo coraggio».

«Rassicuratevi, maestro Moser. Chi ha commesso quell'atto mostruoso pagherà e più presto di quanto non immaginiate, poiché la Provvidenza è dalla nostra parte. Avete detto che quell'individuo è sbarcato con voi a Pisa?»

«Con il ragazzo», confermò Moser. «Devono essere già arrivati a Firenze».

L'uomo mascherato batté seccamente le mani:

«Sono dunque alla nostra mercé!»

«Ma bisogna ritrovarli».

«È affar mio. Ma questo... Duarte... è così che si chiama, vero?»

«Sì. Francisco Duarte».

«Cosa sa esattamente?»

«Io credo che gli sfugga l'essenziale», rispose tristemente il pittore. «Sebbene Petrus abbia parlato, non può sapere molto, tranne che esiste il movimento e che ha sede a Firenze, nient'altro».

«Che importa!» riprese l'uomo con la maschera di velluto. «Non è che un granello di sabbia. Domani, lui e il ragazzo subiranno la stessa sorte degli altri».

Poi rivolgendosi al medico:

«Sarete pronto, vero?»

«Lo confermano i risultati di Fiesole. Per sicurezza, mi sono permesso di prolungare l'esperimento, a Firenze, nel quartiere d'Oltrarno».

«Cosa?» domandò Moser terrorizzato. «Qui? Ma avete pensato a noi?»

«Tranquillizzatevi, maestro. Non correte alcun rischio. L'Oltrarno è dall'altra parte del fiume. Non avete motivo di andarci, che io sappia».

«Che Dio me ne guardi!»

Bandini si rivolse all'uomo con la maschera di velluto:

«Nel frattempo, monsignore, cosa contate di fare con Duarte e il ragazzo?»

«Cosa credete? Voglio farli cercare. E quando li avremo trovati, deciderò».

Il medico si preoccupò:

«Siete sicuro che i vostri uomini riusciranno a identificarli? Firenze non è una piccola città».

«Vi ricordo che mastro Moser è pittore. Chi meglio di un pittore è in grado di descrivere un uomo? Dubitate forse della mia abilità nel risolvere questo problema?»

C'era una punta di sdegno nel tono, una durezza appena velata.

«No, monsignore», rispose umilmente il medico.

«In tal caso, abbiamo finito. A domani...»

Con fare nervoso, l'uomo mascherato invitò i suoi interlocutori a ritirarsi.

Un raggio di sole filtrò dalla finestra e illuminò il profilo del principe Enrique, figlio di Joao I, il rude soldato, e di Filippa di Lancaster, la virtuosa inglese. Era forse quel miscuglio di nord e di sud che conferiva all'infante quell'espressione al tempo stesso rigida e calorosa, allegra e malinconica, ma sempre carica di nostalgia?

Jan, che vedeva un principe per la prima volta, non smetteva di osservarlo da quando era entrato a palazzo Medici. Aveva notato che Enrique aveva la carnagione ancora più scura dell'amico Idelsbad, la costituzione più longilinea e gli occhi molto più scuri. A tutto questo si aggiungevano folti baffi dai riflessi dorati che ricadevano delicatamente sulla commessura delle labbra e che egli accarezzava con aria pensierosa. Che contrasto con l'aspetto caparbio del fiorentino seduto al suo fianco! In questo, si percepivano denaro e potere; in quello, il disinteresse dell'asceta e la lucidità del solitario. In fondo, pensò Jan, Enrique, avvolto nella sua lunga veste nera, faceva pensare a un monaco più che a un principe.

In piedi in controluce, di fronte ai due uomini, Idelsbad terminava la sua spiegazione. Un passo indietro, dom Pedro lo ascoltava, inquieto.

Quando il gigante tacque, la stanza rimase in silenzio, come se Cosimo ed Enrique dovessero meditare sulla realtà dei fatti che avevano appena ascoltato.

Alla fine, fu Cosimo a rompere il silenzio parlando con voce chiara:

«C'è dunque un traditore nella mia corte. Un traditore e un criminale».

E osservò:

«Questo complotto sarebbe meno orrendo se fossi l'unico bersaglio. Ma si tratta del mio popolo, della mia città».

«E di un bambino», aggiunse Enrique indicando Jan. «A costo di scandalizzarvi, questo particolare mi colpisce più di tutto il resto. Perché lui? Perché tanto accanimento? Immagino che tu non abbia una risposta?» domandò rivolto a Idelsbad.

«No, monsignore. Eppure Dio mi è testimone che mi sono posto la domanda cento volte».

Cosimo si alzò bruscamente e si mise a camminare su e giù per la stanza.

«È il problema nel suo complesso che mi sfugge. Un gruppo di individui è pronto a massacrare degli innocenti al solo scopo di far trionfare la loro causa. Ma quale causa? Guelfi e ghibellini, odi familiari, lotta per il potere, gelosie, vendette, interessi militari: sono stato testimone di discordie simili, e le nostre strade sono ancora macchiate del sangue versato. Ma in questo caso? Dov'è il motivo? Non ne vedo alcuno».

Si fermò e si voltò verso l'infante.

«Che ne pensate, monsignore?»

Enrique rifletté prima di rispondere.

«A prima vista, concordo con voi. È vero che i motivi sembrano oscuri. Tuttavia, se spingiamo più oltre la riflessione, credo di vedere una spiegazione».

Cosimo incrociò le braccia, e aspettò.

«Avete appena citato – correttamente aggiungerei – le principali cause che, in ogni tempo, hanno riportato l'uomo alla sua bestialità originaria. Ma ne avete dimenticata una che mi sembra altrettanto determinante».

«Quale?»

«Il confronto fra le idee».

Cosimo corrugò la fronte, guardingo.

«Sì, monsignore. Un'idea è impalpabile, invisibile, ma è più fermamente radicata nell'animo umano di una quercia in terra. Voi che difendete gli artisti, i creatori, voi che prodigate con tanto ardore il vostro sostegno all'arte, sapete meglio di chiunque quanto un pensiero innovatore possa sconvolgere l'ordine secolare».

Poi, interpellando Idelsbad:

«Vuoi ripeterci le parole che ha pronunciato quel pittore di cui non ricordo il nome?»

«Lucas Moser? Ha detto: "Non ditemi, *minheere*, che ignorate la differenza tra gli esseri che popolano il mondo conosciuto?" E a proposito degli schiavi neri della Guinea, ha aggiunto: "Credete che quei mostri dal volto umano abbiano un'anima? Sono solo le minute, gli schizzi incompiuti di Dio"».

«Intendevo l'altro pittore...» lo interruppe Enrique.

«Petrus?»

«Sì, lui. Se ricordo bene, ha lasciato intendere che questa corporazione aveva l'obiettivo di combattere "qualsiasi critica dell'insegnamento originale. Che erano pronti a uccidere se qualcuno si opponeva a loro"».

«È così».

Enrique si voltò verso Cosimo:

«Cominciate a capire? Voi, monsignore, avete dovuto affrontare nemici che, per lo più, cercavano di strapparvi il potere o di precedervi nella sua conquista. Uomini pericolosi, lo ammetto, ma, vedete, io ho conosciuto e conosco ancora un avversario altrettanto temibile: l'oscurantismo. Credete che le ricerche, cui mi dedico da trent'anni sul promontorio di Sagres, lascino gli animi indifferenti? Credete che non senta le voci di coloro che giudicano la mia impresa assurda, sterile, vana? Un attimo fa, ho parlato delle idee e della violenza che da esse deriva. Cosa impedisce maggiormente il progresso dei marinai? I mezzi? Non mancano. Si tratta di ben altra cosa...»

Inspirò brevemente:

«Un'idea. Una semplice idea che ha nome paura».

Segnò una nuova pausa prima di proseguire:

«Voglio confidarvi un ricordo personale. Dopo la scoperta del capo Bojador, nessuno voleva avventurarsi oltre, a nessun costo. Si diceva che una volta doppiato il capo, ci attendevano il nulla, le tenebre, gli inferi, che, varcato quel punto, non ci sarebbero stati né uomini né luoghi abitati. Bojador era diventato il capo della paura. Io ero convinto del contrario. Dieci anni! Quindici spedizioni! Ogni volta che ne tornava una, sentivo le stesse parole: arrivati all'altezza del capo, il mare si scatenava, piogge di sabbia rossa e terribili valanghe cadevano da scogliere più alte del cielo! Uno spettacolo da fine del mondo, dicevano. Fino al giorno in cui ho trovato un navigatore più audace degli altri, e il capo fu doppiato. Devo forse aggiungere che il luogo si rivelò meno temibile di molte altre barriere varcate precedentemente dai nostri marinai?»

E concluse:

«Cercavate una causa agli intrighi di questa gilda? Un'idea, monsignore. Ho il presentimento che si tratti di un'idea».

Cosimo assentì, visibilmente sconvolto da quelle parole.

«Non vinceranno!» urlò con violenza. «Non ho intenzione di mutare in nulla la mia filosofia, tantomeno di abbandonare i miei. Non lascerò Firenze, dovessi morirci».

Si affrettò a precisare rivolgendosi all'infante:

«Ma voi, amico mio, nulla vi trattiene qui. Partite. Riprendete il mare. Rientrate a Lisbona».

Si abbozzò un sorriso sul volto impassibile di Enrique:

«Dopo il discorso che vi ho appena tenuto sulla paura?

Sarebbe come tradire me stesso. Ho iniziato questo viaggio per diverse ragioni; una di queste mi fu ispirata dal desiderio di conoscere il nostro continente e di incontrare coloro che lo governano. Non ho cambiato opinione. Firenze, mi è stato detto, è una città dai molteplici splendori. Devo rinunciare alla possibilità di ammirarli?»

«Ma potreste perire!» intervenne Meneses inquieto. «Pensate alle conseguenze!»

«Mio caro dom Pedro, è da più di trent'anni che i miei marinai rischiano la vita per me. Dovrei forse fuggire la sola volta in cui la mia vita è in pericolo?»

Idelsbad fece un passo verso Cosimo:

«Il vostro coraggio onora entrambi, ma non pensate che dovremmo riflettere sui mezzi per impedire questo flagello? Mancano poche ore all'Assunzione. Dobbiamo forse aspettare che un flagello si abbatta sulla città, senza agire?»

«Agire?» esclamò Cosimo. «Non chiedo di meglio! Ma dove? Come? Non abbiamo un solo indizio! Nemmeno un nome. Solo delle iniziali, N.C., e un nome di battesimo, Giovanni. Non conosco nessuno nella mia cerchia il cui nome inizia con quelle lettere. E i Giovanni sono numerosi come i cipressi in Toscana!»

«Monsignore», insisté il gigante, «vi ricordo le parole di Petrus Christus: "Firenze e i suoi eresiarchi scompariranno nel fuoco dell'inferno. Un'Apocalisse"».

«Ho inteso bene! Cosa suggerite?»

«Come potrebbero ottenere un simile risultato se non con il veleno o con il fuoco?»

«È probabile in effetti. Vorreste quindi che facessi sorvegliare i pozzi, il fiume, i quartieri della città? Molto bene. Darò ordine in tal senso. Ma se volete la mia opinione, temo che sia fatica sprecata».

Di colpo Cosimo si fermò: qualcuno bussava insistentemente alla porta:

«Entrate!»

Un lanzichenecco apparve sull'uscio, ansimante, l'aria scarmigliata:

«Perdonate, monsignore. Ma stanno succedendo cose gravi. È...»

«Parla dunque!» lo interruppe Cosimo. «Di che si tratta?»

«La malattia di Fiesole! Si è diffusa nel quartiere d'Oltrarno. È orribile. Le strade sono piene di agonizzanti».

Cosimo si fece orrendamente pallido. Si voltò verso Idelsbad:

«Non è già troppo tardi?»

Ma continuò con determinazione:

«Vado a ispezionare l'Oltrarno. Quanto a voi, monsignore...»

Enrique era già in piedi e lo interrompeva con un cenno della mano:

«Vi accompagno. Anch'io voglio vedere quel che ci attende».

«Permettete che venga con voi», propose Idelsbad.

Cosimo ordinò al lanzichenecco:

«Resta con il ragazzo! Non lo lasciare solo per nessun motivo al mondo. Ti ritengo responsabile della sua vita!»

Sull'Oltrarno si aprivano le porte dell'inferno. Cadaveri distesi in mezzo alle strade. Uomini in ginocchio, il viso stravolto dalla sofferenza; altri che cercavano la liberazione nell'acqua dell'Arno, preferendo la morte per annegamento piuttosto che lasciarsi consumare dalle fiamme invisibili che avevano preso possesso dei loro corpi. Ovunque terrore, rantoli.

Sulla piazza Santa Felicita, il cocchiere di Cosimo, circondato dalla folla, rischiò di perdere il controllo dei due cavalli che tiravano il cocchio. Seduto all'interno, il Medici e i suoi ospiti osservavano lo spettacolo con un misto di incredulità e di orrore.

«Com'è possibile?» disse rivolto all'infante. «Credete che sia questo l'abominio preannunciato da quella gente?»

«Lo temo proprio», rispose Idelsbad.

«Ma no!» obiettò dom Pedro. «Forse si tratta di una

nuova malattia sconosciuta, un'epidemia, un male nuovo, che so?»

«A ventiquattro ore dall'Assunzione? Guardate quei poveretti. È impossibile. Non può trattarsi di una coincidenza. Sono convinto che stiamo assistendo alle premesse di un cataclisma che ci attende tutti».

«Ma come riescono a ottenere questo risultato?» esclamò Enrique. «Quale macchinazione diabolica potrebbe provocare una tale infezione?»

Le labbra strette, il volto pallido, Cosimo restava in silenzio, ma si sentiva che in fondo al suo essere vibrava un'ira intensa. La sua città, il suo popolo stavano morendo, e lui era impotente. Come se la visione gli fosse diventata intollerabile, urlò al cocchiere:

«Torniamo a palazzo!»

24

A mezzogiorno, nella piazza del Duomo, Jan avanzava, pensieroso, tra Idelsbad e dom Pedro.

Il dramma che si stava svolgendo nel quartiere d'Oltrarno era sulla bocca di tutti e ovunque si udiva la stessa domanda: «Quando? In che giorno? In quale momento il male varcherà il fiume?»

La paura, che il principe Enrique aveva descritto così bene, aveva finito con l'insinuarsi in Jan e non lo abbandonava più.

Dov'era finita la sua gioia di vivere? A quale pagina del libro, in quale punto era stato cancellato il capitolo in cui fiammeggiava la sua infanzia? Sentiva che una parte di sé lo aveva lasciato, che i suoi occhi si erano aperti a un mondo per lui insospettabile. Il mondo degli adulti? Un mondo avvolto nelle tenebre dove si saccheggiano le stelle. Era questo il luogo nel quale avrebbe dovuto imparare a vivere d'ora in poi? Non voleva crederci. Van Eyck, Idelsbad, Cosimo, dom Pedro, Katelina, il principe Enrique, Maude erano la prova che non c'era solo il buio. Esisteva la luce, ma quant'era dolorosa la sensazione che si scavava nel suo cuore! Ieri orfano di Van Eyck, oggi in lutto per una parte della sua stessa vita. Una porta si era richiusa, come quella che proteggeva la "cattedrale" del maestro; ma di questa non avrebbe mai avuto la chiave.

«Guardate!» disse di colpo dom Pedro. «Laggiù, davanti a una delle porte del battistero. Quell'uomo calvo, è Lorenzo Ghiberti. Venite, andiamo a salutarlo».

Appena si avvicinarono, furono interpellati da due lanzichenecchi.

«Sono desolato», disse uno di loro, «ma non potete andare oltre. L'accesso è vietato».

«Lo so», rispose dom Pedro. «Ma sono un amico di Lorenzo».

Portando le mani alla bocca, chiamò lo scultore:

«Lorenzo!»

Ghiberti, indaffarato davanti a uno dei pannelli della *Porta del Paradiso*, si voltò. Un sorriso caloroso gli si disegnò in volto.

«Lasciateli passare!» ordinò alle guardie.

Il portoghese invitò Idelsbad e Jan a seguirlo.

«Ebbene», esclamò Pedro abbracciandolo, «sei più protetto di un re!»

«È un onore di cui avrei fatto volentieri a meno, credimi».

Pedro si affrettò a fare le presentazioni:

«Francisco Duarte. Il mio più vecchio amico».

Poi, posando la mano sulla spalla del ragazzo, annunciò:

«Jan Van Eyck».

Un'espressione incredula apparve sul volto del fiorentino:

«Van Eyck? Il figlio del pittore?»

Il ragazzo annuì.

«Che coincidenza! Solo poche settimane fa abbiamo parlato di tuo padre e brindato alla sua memoria. Conosco almeno due persone che saranno felici e onorate di stringere la mano al figlio di Van Eyck», aggiunse voltandosi verso dom Pedro.

«Chi?»

«Due colleghi: Donatello e Alberti».

«Alberti?» domandò Jan sgranando gli occhi. «Leon Battista Alberti? L'autore del *De Pictura*?»

«Proprio lui. Lo conosci?»

«Certamente. Ho letto il suo trattato».

«Questo gli darà un immenso piacere. Secondo Alberti, tuo padre stimava quell'opera».

«È vero. La citava spesso».

Lo scultore si mostrò rallegrato.

«In tal caso, rendiamoli felici. Stavo proprio per andare a colazione con lui. Ci sarà anche Donatello e altri colleghi. Vi unirete a noi».

Dom Pedro indicò la *Porta del Paradiso.*

«Quando pensi di terminarla?»

«Non so più», rispose stanco Ghiberti. «È da diciassette anni che ci lavoro. Cos'è un anno in più o in meno? Talvolta, rimpiango di aver vinto il concorso che mi oppose a Brunelleschi, a Della Quercia e agli altri!»

Jan e Idelsbad si erano avvicinati e contemplavano in ammirazione i pannelli coperti di foglie d'oro.

«Diciassette anni», mormorò Jan, sfiorando uno dei riquadri che rappresentava Caino che uccide Abele.

«Sì, ragazzo mio. E non vedo la fine».

«Quante scene avete previsto?»

«Dieci. L'ultima raffigurerà il re Salomone che accoglie la regina di Saba. Spero di cominciarla un giorno». Poi aggiunse con voce cupa: «Se la malattia che ha colpito l'Oltrarno non mi ucciderà prima. Ma lasciamo i brutti pensieri! Seguitemi. Ci staranno già aspettando».

Le guardie li seguirono passo passo.

Appena ebbero varcato l'uscio della taverna dell'Orso, Jan credette di essere finito in mezzo al banchetto di un matrimonio. Schiamazzi, risate, applausi. Sopra il frastuono si sentiva il canto di un liuto. E il vino colava a fiotti.

«Lorenzo! Siamo qui!» urlò qualcuno.

«Ancora vivo?» disse ironicamente il locandiere dietro il banco.

«Ti seppellirò io!» grugnì Ghiberti facendosi strada faticosamente verso la tavola dove lo aspettava una decina di persone.

Arrivato accanto a loro, lo scultore prese Jan per il braccio e annunciò forte:

«Silenzio! Abbiamo un ospite d'onore!»

E con fare da cospiratore disse:

«Vi presento Jan Van Eyck. Figlio del grande Van Eyck».

Passato il primo attimo di sorpresa, tutta la tavolata si alzò per applaudire. Alberti indicò un posto e invitò il ragazzo a sedersi accanto a lui, provocando un diluvio di proteste.

«No! Vieni a sederti accanto a me!» esclamò Donatello.

«No, qui!» disse Fra' Angelico.

«Calma!» protestò Ghiberti. «Un po' di contegno, che diavolo! Il povero ragazzo crederà che siamo tutti barbari al Sud».

Guidando il ragazzo, lo fece sedere al posto d'onore, a capo tavola.

«Così non sarà di nessuno e di tutti».

Intimidito, Jan si lasciò cadere tranquillamente sullo sgabello. Era commosso e orgoglioso. Orgoglioso per Van Eyck. Orgoglioso di vedere il talento del maestro apprezzato e riconosciuto. Orgoglioso soprattutto, forse, di essere suo figlio.

Cercò Idelsbad. Questi lo tranquillizzò con un cenno di complicità prima di sedersi tra Brunelleschi e Alberti.

«Dimmi», cominciò quest'ultimo, «è vero ciò che mi hanno detto degli amici fiamminghi? Tuo padre aveva una copia del mio *De Pictura*?»

A mo' di risposta, il ragazzo recitò:

«Nella mano dell'artista, perfino uno scalpello deve trasformarsi in pennello, uccello libero».

Se il sole fosse rotolato nella locanda, non avrebbe avuto un effetto maggiore su Leon Battista Alberti. Il viso gli si illuminò, le labbra si aprirono in un sorriso radioso.

«Non lo avrei mai creduto», disse con sincera emozione. «Ho terminato l'opera sei anni fa, e da allora non faccio che chiedermi se sia davvero utile. Ed ecco che sento le mie parole nella bocca di questo ragazzo delle Fiandre».

«E questo significa», commentò Brunelleschi tra il serio e il faceto, «che uno scritto viaggia ben più facilmente di una cupola. Chi conosce il mio nome fuori Firenze?»

«Sai, ragazzo mio», intervenne Donatello, «durante un viaggio a Napoli, ebbi la fortuna di ammirare un quadro di tuo padre. Un ritratto del duca di Borgogna. Rimasi sconvolto dalla trasparenza della vernice e dalla ricchezza delle sfumature. Van Eyck doveva possedere una padronanza dei colori eccezionale. Su che legno lavorava?»

«Tavole di noce, su cui incollava una tela di lino».

«Ma il fondo?» domandò Fra' Angelico.

Jan rispose diligentemente:

«Usava gesso fine, purgato e inumidito in un mortaio per più di un mese».

«È lo stesso metodo che usiamo noi».

«E il suo rosso?» riprese Donatello. «L'ho trovato particolarmente luminoso. Immagino che usasse del cinabro tritato?»

«È così. Ma lo frantumava lui stesso in un atanor».

«Toh?» si stupì Fra' Angelico. «Perché mai? È un lavoro lungo e noioso e, in fin dei conti, non serve a molto».

«Mio padre credeva che molti speziali alterassero il cinabro con polvere di mattoni o mescolandolo al minio».

«Incredibile!» disse Alberti. «Gli speziali fiorentini non rischierebbero mai simili manipolazioni: vedrebbero dileguarsi la loro clientela come neve al sole. E lavorava anche a fresco?»

«No, mai. I dipinti murali non lo interessavano».

«Strano. In Italia è una delle arti più diffuse. Basta vedere le nostre chiese e i nostri palazzi. Ma è vero che la durata di vita di quelle opere è piuttosto effimera. Sopravvivono male alle intemperie».

«È proprio per questo che preferisco lavorare il bronzo», sottolineò Donatello. «Il bronzo ha un'anima, lo sento. Una statua di questo materiale può resistere alle prove del tempo».

Si chinò verso Ghiberti e lo prese a testimone:

«Non ho ragione?»

«Certamente».

Jan esclamò di colpo altero:

«Io posso garantirvi che le opere di mio padre vivranno quanto le statue di bronzo. Né il sole né la pioggia potranno mai intaccarle».

L'affermazione del ragazzo provocò un sorriso di divertimento e di tenerezza.

«Ragazzo mio», gli fece notare Fra' Angelico, «devi sapere che le nostre tavole, dipinte a tempera, sono sfortunatamente molto fragili. E la vernice che le protegge spesso appanna i colori».

«Non le opere di mio padre», insisté Jan.

Non vollero contraddirlo, anzi lo approvarono, ma il ragazzo non si lasciò ingannare. Nessuno credeva alle sue parole. Ma perché tutti quegli artisti parlavano sempre e solo di tempera? Non era certamente il solo metodo!

Il pranzo proseguì allegro e disteso, fino al momento in cui si accennò alla strana malattia che aveva colpito l'Oltrarno. A quel punto, gli animi si fecero tesi e quando venne l'ora di separarsi, i cuori non erano più gioiosi.

Fermi al loro posto, i lanzichenecchi aspettavano Ghiberti sull'uscio della taverna.

«Vi lascio», disse lo scultore improvvisamente stanco. «È l'ora della siesta. Nel mio letto, perlomeno, non temo nulla».

Nel momento di partire chiese:

«Domani vi vedrò in cattedrale?»

«A Santa Maria del Fiore? Certamente», annuì dom Pedro. «Cosa credi? I portoghesi sono buoni credenti quanto gli italiani. A meno di essere sul letto di morte, non gli verrebbe mai in mente di mancare una messa, tanto meno la festa dell'Assunzione!»

«Allora a domani! Addio, amici miei».

Si allontanò in direzione di palazzo Salviati. Pareva invecchiato di dieci anni.

«Stavo per metterlo in guardia. Non avrei dovuto?» sussurrò dom Pedro a Idelsbad.

Il gigante scrollò la testa:

«A che pro? È già stato minacciato e per giunta avresti contravvenuto gli ordini di Cosimo. Ci ha fatto giurare di non divulgare la notizia. E a ragione. Se la notizia della minaccia si diffondesse, la città sarebbe immediatamente presa dal panico».

Strinse nervosamente i pugni.

«Che rabbia però! Siamo ridotti ad aspettare che le cose succedano, senza fare niente. E poi c'è Jan... Dobbiamo metterlo in salvo. Non può restare qui».

«No!» urlò il ragazzo, stringendosi spontaneamente a Idelsbad. «Non voglio più lasciarvi!»

«Che cosa hai pensato? Non ho nessuna intenzione di separarmi da te. Sto solo pensando alla tua sicurezza».

«Rientriamo», disse dom Pedro. «A casa potremo riflettere più tranquillamente».

Ripartirono lentamente attraverso il dedalo di stradine, in direzione della casa del Portogallo. Qua e là, si vedevano i primi soldati che prendevano posto accanto ai pozzi.

All'angolo di una stradina videro una bottega inondata di sole. Jan gettò un'occhiata all'interno. Un ragazzo della sua età dipingeva in piedi davanti al cavalletto, assorto dalla sua opera, completamente isolato dal resto del mondo. Jan si avvicinò alla finestra che si affacciava sulla stradina. La tavola rappresentava una Vergine con il bambino. Nonostante fosse eseguita a tempera, aveva colori straordinariamente vivaci, quasi della stessa trasparenza dei quadri a olio di Van Eyck.

Ripensò alla frase pronunciata a Gand dal maestro:

«Farò di te il più grande».

Anche se avesse continuato l'apprendistato, non sarebbe mai stato capace di realizzare un'opera così bella; il ragazzo invece possedeva un vero talento. Era un peccato che si limitasse all'uso della tempera, laddove l'olio avrebbe certamente accresciuto la luminosità e la purezza delle tinte.

«Che ne pensi?» domandò Idelsbad, preso anch'egli dalla contemplazione dell'opera.

«Lo invidio. Ma capisco anche perché non sarei mai diventato un grande maestro».

Dom Pedro, divertito dal tono serio di Jan, obiettò:

«È solo un ragazzo! Non sappiamo se diventerà un buon pittore».

«Oh sì!»

«Da dove ti viene questa certezza?»

«È semplice: ama con passione ciò che fa».

Dom Pedro bussò alla finestra e fece cenno al ragazzo di aprirgli. Questi obbedì, per quanto leggermente sorpreso.

«Sai chi è Van Eyck?» gli domandò Meneses.

Il giovane pittore rispose negativamente:

«È un grande artista. Forse il più grande. E questo è suo figlio», disse presentando Jan. «Ammira il tuo quadro ed è convinto che tu abbia davvero del talento. Volevamo dirtelo».

Il piccolo fiorentino scambiò un sorriso di complicità con Jan, chinò leggermente la testa in segno di gratitudine e tornò alla sua tela.

I tre ripresero il cammino, ma quando furono in vista del Bargello, prigione e sede del magistrato civile, Idelsbad si fermò di colpo.

«Che succede?» gli domandò Meneses.

«Vedi quei due uomini che discutono davanti alla porta dell'edificio? Ne riconosco uno».

«Chi è?»

«Lucas Moser! Ti ho parlato di lui».

«Il complice di De Veere?»

«Esattamente».

«Ma che ci fa a Firenze?»

«Doveva essere sulla nostra nave», intervenne Jan. «È strano che non lo abbiamo visto».

«Quel che è ancora più strano», osservò il gigante, «è la sua presenza qui. Certamente sa ciò che sta per accadere in città: l'Apocalisse, il fuoco dell'inferno... Secondo ogni logica, avrebbe dovuto essere lontano mille miglia. Eppure è qui. Non è normale. Sai chi è con lui?»

«È la prima volta che lo vedo».

«Se c'è qualcuno che deve sapere cosa si sta preparando, quello è Moser. Tornate a casa! Vi raggiungo presto!» disse bruscamente.

«Dove andate?» gli domandò Jan preoccupato.

«Voglio mettere le mani su quella carogna!»

Abbandonò il bambino e dom Pedro e si lanciò verso il Bargello.

Chi, tra Lucas Moser e il dottor Bandini, fu il primo ad accorgersene? Moser certamente, poiché fu sul punto di svenire.

«Lì... balbettò, l'uomo che ci corre incontro: è l'assassino di Anselm!»

«Cosa?! Ne siete sicuro?»

«Sicurissimo! Deve avermi riconosciuto!»

Terrorizzato, cercò di fuggire.

«Non da quella parte», urlò Bandini. «Seguitemi».

«Ma...»

«Per Dio! Fidatevi di me!»

Nel momento in cui Idelsbad era solo a una tesa, il medico si presentò a una delle sentinelle di guardia alla prigione.

«Guardia! Aiuto! Sono il dottor Piero Bandini, medico personale di Cosimo de' Medici».

Indicò Idelsbad con fare accusatorio:

«Quell'individuo vuole aggredirmi!»

Il gigante si fermò di colpo.

Ci fu un'esitazione tra i soldati. Erano perplessi.

Bandini reiterò l'urlo:

«Lo ripeto ancora una volta: sono il medico personale di Cosimo de' Medici».

Il portoghese cercò di afferrare Lucas Moser che fece un salto indietro, terrorizzato.

«Fermatelo, santo cielo! È pazzo! Vuole ucciderci tutti».

Vedendo che una sentinella si avvicinava a lui, Idelsbad capì che era perduto. Volle scappare, ma il suo tentativo sortì l'effetto di eliminare le ultime esitazioni delle guardie e confermare le parole di Bandini.

In un batter d'occhio, si ritrovò accerchiato da una decina di uomini armati.

Non cercò nemmeno di difendersi.

25

Le pareti della cella trasudavano umidità. Non si vedeva quasi nulla, eppure l'alba era sorta già da due ore. A poche tese dal pavimento, una minuscola feritoia con le sbarre lasciava filtrare solo un pallido raggio di luce. Seduto su un materasso lurido, la schiena appoggiata alla parete di pietra, Idelsbad aveva trascorso la notte a rimuginare sulla leggerezza del suo atteggiamento del giorno prima. Come aveva potuto agire così scioccamente? Non solo era stato incapace di fermare Moser, ma aveva allertato il medico che ora certamente era al sicuro, lontano da Firenze.

E Jan? Cosa gli sarebbe successo?

Era il giorno dell'Assunzione. E lui era lì, prigioniero, costretto a spiare un suono, un rumore, un segno che gli annunciasse il cataclisma previsto. Chiuse gli occhi, cercando di controllare l'angoscia e i battiti rabbiosi del suo cuore. Alla fine, stremato, esausto, si lasciò vincere dal sonno.

Dormiva così profondamente che quando la pesante porta di metallo girò sui cardini, non la sentì.

«Signor Duarte!» urlò una voce. «Sveglia. Siete libero».

Idelsbad si rialzò sbattendo le palpebre, incredulo. Un uomo, il carceriere, era chino su di lui.

«Che dite?»

«Siete libero. Perdonateci, abbiamo commesso un errore».

«È quello che vi ho detto e ripetuto», rispose di malumore il portoghese. «Ma nessuno voleva starmi a sentire».

«Siamo davvero spiacenti. Non potevamo immaginarci...»

«A chi devo la mia libertà?»

«Non lo so di preciso. So solamente che un messaggero ha consegnato ai miei superiori una lettera firmata da Cosimo in persona, che ordinava la vostra immediata scarcerazione. Qualcuno vi attende all'esterno».

Meneses, di sicuro, pensò Idelsbad. Doveva esser intervenuto presso Cosimo.

Varcò la soglia della cella e si lasciò condurre dal carceriere fino alla porta del Bargello.

Il suo amico era lì fuori ad aspettarlo.

«Sei in debito con me», disse questi. «Se non avessi assistito a tutta la scena, saresti ancora lì a marcire in quel buco».

«Hai tutta la mia gratitudine. Ma avresti potuto evitarmi di passarci la notte».

Meneses allargò le braccia in segno di impotenza.

«Ho fatto quello che ho potuto. Purtroppo ho incontrato Cosimo solo questa mattina».

«Dov'è Jan?»

«Al sicuro. Con il principe Enrique. L'infante ha voluto tenerlo con sé. Ci aspettano in cattedrale».

«La cattedrale?»

Dom Pedro ebbe un gesto di impazienza:

«È giorno di messa alta, a Santa Maria del Fiore».

Trascinò Idelsbad per il braccio:

«Sbrighiamoci. La funzione deve essere iniziata da tempo».

Mentre camminavano verso piazza del Duomo, domandò:

«Hai idea di chi fosse l'uomo che ha protetto Moser?»

«Se non ha mentito alle guardie, è il medico personale di Cosimo. Ha detto di chiamarsi Piero Bandini».

«Bandini? Il nome non mi è nuovo, infatti. Fa parte della cospirazione?»

«Come interpretare altrimenti la sua reazione? Per quale ragione avrebbe protetto Moser?»

«Il medico di Cosimo», ripeté Meneses soprappensiero. «Decisamente quella gente si è infiltrata ovunque. Per ora, comunque, l'epidemia d'Oltrarno non ha varcato il fiume e non sono stati segnalati tentativi di avvelenamento di pozzi. È una cosa strana, ma non c'è mai stata tanta calma a Firenze. C'è da credere che i nostri timori siano infondati».

«Andiamo, Pedro! Credi davvero che quell'epidemia sia nata per caso?»

«Perché no? Cosa dicevo quando eravamo nella carrozza di Cosimo? Forse si tratta di un'infezione sconosciuta».

Idelsbad aggrottò la fonte. Non solo non credeva a una sola parola, ma, a giudicare dall'ansia dipinta sul suo volto, le affermazioni dell'amico, lungi dal rassicurarlo, avevano fatto nascere in lui una nuova inquietudine. Giudicò inutile far commenti e allungò il passo.

Man mano che avanzavano verso il centro, Idelsbad fu costretto ad ammettere che dom Pedro non aveva esagerato quando aveva parlato della calma che regnava in città. Ma non aveva precisato, a meno che non se ne fosse accorto, che si percepiva una straordinaria tensione. L'atmosfera era pesante. L'assenza dei passanti era stata riempita da una presenza invisibile, minacciosa.

Anche i dintorni di Santa Maria del Fiore erano quasi deserti, cosa del tutto insolita per un giorno di festa. Era stato il cordone di soldati a guardia del sagrato e attorno alla piazza che aveva spaventato i fedeli? Oppure il timore del contagio teneva i fiorentini tappati in casa?

I due uomini salirono di corsa i gradini che portavano all'entrata principale e penetrarono in Santa Maria del Fiore. La cattedrale era mezza vuota. Altra stranezza, pensò Idelsbad. La paura si era impossessata degli abitanti. Invece, le prime file erano tutte occupate da notabili e dignitari.

Il gigante bagnò la destra nell'acquasantiera e si segnò mentre con gli occhi cercava Jan. Il ragazzo era in prima fila, in piedi tra Cosimo e il principe Enrique. Rassicurato, si sedette accanto a dom Pedro, all'ombra di una colonna.

Sopra la navata si ergeva la sagoma gigantesca della cupola di Brunelleschi. Maestosa, aerea, sublime. Dall'apertura sulla sommità scendeva un torrente di luce.

Idelsbad bisbigliò a dom Pedro:

«Perché hanno tenuto quell'apertura?»

«I lavori non sono finiti. Stanno costruendo una lanterna che chiuderà tutto».

Il coro intonò un'antifona in gloria della Vergine. Il canto passò come un'onda lungo i mosaici, accarezzò le vetrate, prima di rimbalzare ai piedi dell'altar maggiore.

Si stava avvicinando il momento dell'offertorio.

«Non vedo il tuo amico Ghiberti», sussurrò il gigante.

«C'è. È lì, dietro a Cosimo. C'è un prete accanto a lui. Padre Cusano. Non ho mai visto tanti geni riuniti contemporaneamente, nello stesso luogo. Brunelleschi, Alberti, Fra' Angelico, Donatello, Michelozzo e ne dimentico certamente qualcuno».

Fu interrotto dalla voce cristallina di un bambino del coro che declamava il responsorio.

Quando tornò il silenzio, il celebrante prese l'ostia a forma di galletta, s'inginocchiò, la presentò al crocefisso sul tabernacolo, mentre l'assemblea s'inchinava religiosamente. Poi, spezzò il pane e ne prese un pezzetto. In seguito, preso il calice, bevve un sorso e rimase un attimo in raccoglimento.

Fu solo quando si rialzò che il coro intonò un cantico alla gloria dell'Onnipotente. Stava per iniziare la distribuzione della comunione.

Idelsbad riportò la sua attenzione su Jan. Cosa gli stava capitando? Aveva le guance pallide, il viso tesissimo, come se portasse una maschera di cera.

Inquieto, il gigante diede una gomitata a dom Pedro:

«Guarda Jan! Credo che si senta male».

Cosimo de' Medici avanzava ai piedi dei gradini che separavano l'altare dalla navata. Arrivato di fronte al sacerdote, s'inginocchiò e socchiuse le labbra, pronto ad accogliere il santo sacramento.

«No!»

L'urlo di Jan risuonò terribile sotto la volta.

«No, monsignore! Non mangiate l'ostia!»

Scostando Enrique e gli altri dignitari, si buttò giù per la navata centrale e corse verso Cosimo.

«No», ripeté. «Non fatelo! Potreste morire!»

Cosimo aggrottò la fronte, disorientato:

«Che dici, ragazzo?»

«È nel pane. La malattia è nel pane! Le ostie sono avvelenate».

Ci fu un'agitazione nell'uditorio. Nessuno capiva, tantomeno il sacerdote che, perplesso, stava ancora tendendo l'ostia a Cosimo.

Questi riprese, ma con una punta di irritazione:

«Suvvia, cos'è questa storia? Non vedi che stai interrompendo la funzione?»

«Vi giuro, monsignore. Dovete credermi! Il male di Fiesole, d'Oltrarno, viene dal pane. Ci hanno messo della segala cornuta».

Idelsbad era corso accanto al ragazzo:

«Jan, vuoi spiegare con calma cosa sta succedendo? Perché parli di segala cornuta?»

«Tanto più che le nostre ostie sono fatte con frumento senza lievito...» volle precisare il sacerdote.

«Spiegaci», insistette il gigante.

«Me l'ha detto un fornaio di Damme... un giorno che andavo proprio a ritirare delle ostie».

Recitò febbrilmente:

«La segala cornuta è una piccola escrescenza provocata da un fungo che si sviluppa a danno del grano. Mescolata alla farina, può provocare un fuoco che divora le viscere, tremiti, dolori incredibili; a poco a poco le membra si staccano e cadono in polvere».

«È assurdo!» interruppe una voce. «Una sciocchezza incredibile!»

Tutti si voltarono verso chi aveva appena parlato. Era Antonio Sassetti, uno dei consiglieri di Cosimo. La sua figura emaciata si era alzata in controluce. Il suo volto, di solito impavido, ostentava un'incredibile durezza.

Si avvicinò a Jan e gli afferrò il braccio con violenza.

«Forza, piccolo. Torna al tuo posto. Stai creando disordine. Abbi un po' di rispetto».

«No!» grugnì Idelsbad. «Lasciatelo parlare».

«La malattia che colpisce la gente...» continuò Jan, «ha gli stessi sintomi di quelli descritti dal fornaio. Voi...»

Sassetti lo interruppe per la seconda volta:

«Tutto questo non ha senso! Se la farina fosse contaminata, la città intera sarebbe in preda all'epidemia, non solo un quartiere o un borgo! Ve lo ripeto: queste ipotesi sono sciocchezze!»

«Forse non è così, signor Sassetti!»

Un uomo di una sessantina d'anni si pose davanti al consigliere di Cosimo.

«Sono medico e questo ragazzo non sta dicendo delle sciocchezze. Lo stavo ascoltando e mi sono tornate in mente le nozioni sulla segala cornuta. Anticamente la malattia è davvero esistita. All'epoca era stata battezzata "male degli ardenti". Possiedo a casa un libro antico dove si dice che, attorno al 997, Limoges fu devastata da questo male, tanto che l'abate e il vescovo si accordarono col duca e ordinarono agli abitanti di digiunare per tre giorni di seguito. Tre o quattro secoli dopo, si parlò – non ricordo più in quale regione – di un segreto giudizio di Dio che mandò sul popolo la vendetta divina. E il testo precisa: "Un fuoco mortale divorò molte vittime, sia fra i notabili sia fra la gente delle classi medie e inferiori; alcuni rimasero amputati di una parte delle loro membra, a esempio delle generazioni seguenti". Vedete che le parole di questo ragazzo non sono infondate».

Sassetti si era ripreso. La sua espressione era tornata a essere glaciale, impenetrabile. Disse a labbra strette:

«Non credo a una sola parola».

Fra la folla dei fedeli, alcuni avevano abbandonato il

loro posto per avvicinarsi all'altar maggiore. Sul loro volto si leggeva uno smarrimento totale.

«Trovo il vostro scetticismo per lo meno curioso», sibilò Idelsbad.

«Che intendete dire?»

«Perché volete a tutti i costi farci prendere questa comunione? La logica non vorrebbe che, nel dubbio, ci astenessimo?»

«Il dubbio? Quale dubbio? Secondo voi, dovremmo credere alle divagazioni di un ragazzino?»

«E perché, secondo voi, dovremmo rischiare la nostra vita?»

Sassetti alzò le spalle con sdegno e non rispose.

«Ha ragione», aggiunse Cosimo. «Il medico, qui presente, non ha appena detto che il ragazzo potrebbe aver detto la verità?»

Silenzio.

Cosimo squadrò sospettoso il suo consigliere:

«Credo che noi due dovremmo avere una spiegazione, Sassetti. È strano. Ripenso di colpo a quella storia del prestito. Non mi avete ancora portato le informazioni che vi avevo chiesto a proposito dei due mercanti azionisti delle miniere di allume a Tolfa. Non avete dimenticato, vero?»

Un leggero tremito apparve agli angoli delle labbra del consigliere.

«Non capisco che cosa c'entri adesso l'allume, monsignore», mormorò fra i denti. E rivolto al prete: «Non avete appena preso la comunione, padre?»

«Sì... in effetti», balbettò il prete.

«Provate un qualsiasi malessere? Dolore? Nausea?»

Il sacerdote si affrettò a rispondere negativamente.

«Eppure, se dobbiamo credere al medico e al ragazzo, dovreste essere agonizzante, in preda a mille tormenti!»

Voltandosi verso Cosimo, proseguì:

«Le anime fragili sono troppo influenzabili. Voglio dimostrarvelo, monsignore».

Si inginocchiò davanti al prete e dichiarò con fare solenne:

«Datemi la comunione, padre».

Dato che il prete non reagiva, egli insistette:

«Mi avete sentito? Voi, meglio di chiunque, dovreste sapere che la morte non può entrare nel corpo del Salvatore».

Ripeté, ma questa volta con tono di comando:

«Datemi la comunione!»

Il sacerdote cercò l'assenso di Cosimo che glielo diede con un cenno degli occhi.

Allora, nel silenzio più totale, il prete si rassegnò a deporre l'ostia tra le labbra di Sassetti. Questi chinò il capo, congiunse le mani e si mise a pregare. La cattedrale era immersa in un'attesa muta, col fiato sospeso.

Dopo una breve pausa che sembrò un'eternità, si alzò e allargò le braccia:

«Dov'è la morte?» disse con fare trionfante. «Dov'è questo cosiddetto male degli ardenti?»

Il suo sguardo passò sopra l'assemblea dei fedeli, mentre continuava:

«Siete forse diventati pagani, che rifiutate il corpo di Nostro Signore Gesù Cristo, simbolo di vita eterna?»

Fece un passo verso la navata laterale e afferrò la mano di un uomo seduto tra Fra' Angelico e Alberti.

«Voi, amico mio, date l'esempio!»

Lucas Moser – era proprio lui – si liberò violentemente e voltò la testa.

Sassetti ripeté la sua richiesta, ma senza effetto.

«Venite», disse voltandosi verso il prete, «avvicinatevi, vi prego. Date la santa eucarestia al nostro fratello. Sono convinto...»

Il resto della frase rimase incompiuta. Moser aveva abbandonato il suo posto, pallido, la fronte madida di sudore. Come un animale braccato, scostò violentemente il suo vicino, cercando di allontanarsi dalla fila di banchi.

Sassetti lo afferrò in extremis.

«Dove state andando, fratello mio? Conservate il vostro sangue freddo».

«No! Non voglio. Non voglio morire!»

«Chi vi parla di morire? Riprendetevi! Il vostro atteggiamento è ridicolo!»

La voce di Idelsbad coprì le ultime parole del fiorentino:

«Quell'uomo, monsignore, fa parte della cospirazione!»

Allibito, Cosimo ebbe un attimo di esitazione.

«Lasciatemi!» urlò Moser. «Lasciatemi uscire!»

Il gigante si precipitò verso di lui, mentre il Medici, riavutosi dalla sorpresa, ordinava:

«Guardie! Arrestate quegli uomini!»

Ci fu un pigia pigia nel recinto sacro. Rumori di passi. Come se avessero aspettato solo quel momento, i lanzichenecchi arrivarono dai quattro angoli della cattedrale. Prima afferrarono Lucas Moser che si dimenò, scalciò, lottò, ma invano.

Il consigliere di Cosimo, invece, non si mosse. Rimase di ghiaccio quando i soldati lo ebbero raggiunto.

«È inutile!» dichiarò con disprezzo. «Non so cosa sia la vigliaccheria. Io non sono di quelli che fuggono».

Poi rivolgendosi a Cosimo de' Medici:

«Di grazia, evitatemi l'umiliazione...»

La sua voce si trasformò in un sussurro quasi impercettibile:

«Fra ventiquattro ore sarà tutto finito».

Un brivido attraversò l'assemblea. Artisti, dignitari, fedeli anonimi scrutavano il consigliere di Cosimo con una costernazione mescolata all'orrore. La scena era stata reale oppure Santa Maria del Fiore era scivolata in qualcosa di indefinibile, tra allucinazione e incubo?

«Così», disse Cosimo, sconvolto, «il ragazzo aveva ragione. Il vostro odio deve essere immenso perché vi siate sacrificato al solo scopo di trascinare anche noi nella morte...»

Sassetti rimase rigido, chiuso in se stesso.

Di colpo suonò la campana; sembrava un funebre rintocco che si levasse dalle viscere della terra.

Lorenzo Ghiberti lasciò la fila che occupava e si avvicinò a Sassetti, seguito da padre Cusano, Fra' Angelico, Alberti, Brunelleschi e gli altri.

«Perché?» interrogò l'orefice della *Porta del Paradiso.* «Perché io? Perché i miei compagni?»

Il volto di pietra del consigliere si animò appena:

«Perché voi rappresentate il Male!»

Indicò gli astanti:

«Voi e tutti loro!»

Ghiberti scoppiò in una risata fragorosa:

«È forse la segala cornuta che già vi rode il cervello?»

Sassetti aveva cambiato atteggiamento. Adesso sembrava sfidare tutti, la fronte alta.

«Sì, il Male!»

Ignorando il suo interlocutore, salì i gradini dell'altare maggiore, e con i pugni alzati al cielo, si rivolse direttamente alla folla:

«Fratelli miei! A sud e a nord della Schelda si è instaurato il regno della barbarie! Siamo all'alba di un'era maledetta: quella del caos, che preannuncia il crollo della nostra civiltà. Da Bologna, Napoli, Mantova, Colonia, Parigi, s'innalzano gli echi portatori di bestemmie, rinnegamenti, abbandoni. Anche qui, a Firenze, questi echi hanno assunto una tale ampiezza che sono diventati assordanti. Ci fanno credere che i nostri figli sono abbrutiti da sterili formule, che non devono più ripetere e imparare a memoria le leggende dei santi. Eresia!»

Tacque, come per cercare di calmare la febbre che aveva invaso tutto il suo essere.

Nella navata, non c'era un solo movimento, non un respiro. Sopra le teste, la cupola sembrava oscillare sul bordo di un abisso.

La voce di Sassetti salì di un grado:

«Ho sentito, con le mie stesse orecchie, un insegnante dichiarare che le sole fonti del sapere venivano dalla Grecia, da Roma, che si dovevano esumare le sculture profane e pagane dell'Antichità e ristabilire lo studio dei testi di Plinio, Platone, Apuleio, Seneca! Sapevate che quest'uomo...»

Indicò Cosimo:

«Quest'uomo e il suo seguito si attribuiscono nomi ispirati a eroi antichi? Che declamano il *Canzoniere* di Petrarca tanto religiosamente come fossero versetti dei vangeli? Petrarca, simbolo assoluto di questa fauna depravata!»

Strinse il pugno. Ora il sangue gli pulsava alle tempie. Ogni fibra del suo corpo urlava odio e follia:

«Come si può lasciar proliferare idee simili? Come si può accettare di vedere sprofondare secoli di sacrifici, minacciata la nostra fede, insozzata la Santa Chiesa, profanate le sepolture dei nostri martiri in nome di Eros e di Danae? Ci vengono predicate inezie, si distrugge l'ordine stabilito. Cosa? Cosa dicono? Sembra che non ci sia niente al mondo di più ammirevole dell'uomo? Ma sappiamo bene quanto vale l'uomo! In questi barbari cenacoli, essi insegnano che i nostri figli sbocceranno solo se saranno affrancati da tutte le costrizioni morali e religiose. Peggio! Predicano che bisogna criticare i testi sacri per restituire loro una sedicente purezza originaria! Empietà...»

Indicò il gruppo degli artisti presenti:

«Capite ora perché questi individui rappresentano il Maligno? Con le loro sculture, le loro pitture profane, distruggono l'ordine acquisito. Che cosa ci propongono in cambio? L'incertezza!»

Fissò padre Cusano:

«E dire che voi, padre, un uomo di Chiesa, pensate di mettere in dubbio il sistema di Tolomeo, riconosciuto e benedetto dalla nostra Santa Chiesa? Non la Terra sarebbe il centro dell'universo, bensì il sole? Quest'universo creato dall'Onnipotente, secondo principi immutabili».

Tacque abbastanza perché nel silenzio si alzasse la voce tremolante di Jan:

«Ma io? Cosa vi avevo fatto io?»

Un sorriso cinico animò le labbra del fiorentino:

«Fra tutti, tu forse sei il maggior pericolo, la più grande minaccia».

Affondò lo sguardo in quello del ragazzo:

«L'ambra! L'ambra e il suo mistero, che non avresti mai dovuto conoscere. La scoperta del grande segreto».

«Non capisco...» balbettò Jan, allibito. «Vi giuro che non capisco! Di che cosa state parlando?»

Sassetti lo osservò, improvvisamente sconcertato. La risposta del ragazzo lo aveva preso in contropiede. Per la prima volta sembrò smarrito. Alzò le spalle con disprezzo, riprendendo con maggior foga:

«E dire che tramite la scrittura artificiale, attraverso i libri, libri fabbricati in poche ore, in migliaia di copie, sfuggendo a qualsiasi controllo, quel miscredente di Laurens Coster voleva diffondere il sapere tra le folle, affinché fosse alla portata del primo venuto! Follia! Ignorava forse che il sapere è un'arma? Che dal suo controllo dipende l'arte di governare i popoli? E che cos'è un popolo, se non la strada che prende la natura per arrivare alla grandezza di un solo uomo! Un uomo del volgo non può, né deve accedere al sapere, a meno che non sia giudicato superiore e istruito dall'iniziato. Solo pochi esseri hanno il diritto di esserne i depositari e hanno la sacra missione di proteggere la Conoscenza affinché essa non cada mai in mani empie. Dio ci ha concesso questo privilegio. Dio ci conservi!»

In un angolo, in secondo piano, la statua di Santa Reparata sembrò percorsa da un brivido nella sua tunica d'alabastro. Un sudario era sceso sull'assemblea. Quel discorso non esisteva, non poteva essere stato vero. Nessuno avrebbe mai potuto pronunciarlo, né oggi, né domani e neppure nei secoli a venire.

L'atmosfera si era fatta irrespirabile. Si soffocava fra i banchi.

Ghiberti fece un passo avanti e squadrò il fiorentino:

«Vi compiango, Sassetti», disse con voce piatta. «Vi compiango: non solo perché la vostra mente è malata, ma soprattutto perché ignorate il senso della vita, il coraggio e la generosità. Senza queste tre qualità, qualsiasi creazione, qualsiasi idea, per quanto sublime, è solo un astro morto. Come voi, Sassetti. Un astro morto...»

Il silenzio ripiombò nella cattedrale fino a che Cosimo decise di romperlo:

«Lasciatelo andare», ordinò alle guardie. «Nessuna prigione, nessun castigo sarebbero adeguati alle sue azioni. Che scompaia, come gli innocenti di Fiesole e d'Oltrarno. E se uno di voi lo dovesse incrociare, scarnificato, gemente nelle strade di Firenze, che si accontenti di ripetergli le sue stesse parole: "Noi sappiamo quanto vale l'uomo..."»

Con passo lento, Sassetti risalì la navata centrale, aprì la porta e scomparve, inghiottito dal sole.

Non si ebbe alcun sollievo, la tensione non si allentò. Nelle menti continuavano a risuonare le parole pronunciate dall'uomo: risuonavano anche nella cattedrale, riprese dai mosaici e dalle pietre, dai panneggi delle statue e dai riflessi delle vetrate. Attraverso l'apertura della cupola di Brunelleschi, si alzarono verso l'azzurro, scorrendo fino ai confini della terra. Qualcuno, un giorno, le avrebbe raccolte...

«Vieni», disse Idelsbad prendendo Jan per mano. «Andiamocene».

Il gigante e il ragazzo si allontanarono, indifferenti al frastuono scoppiato nella navata. Fuori, la luce era straordinaria. Sembrava che il cielo fosse avvolto da un'aria rinnovata, pura, trasparente come le tele di Van Eyck.

Dopo un lungo lasso di tempo, Idelsbad domandò:

«Dimmi, Jan, che cosa voleva dire quando ha parlato dell'ambra e del grande segreto?»

Assorto nella sua meditazione, il ragazzo rimase in silenzio per un po' prima di rispondere:

«Comincio a intravedere la verità».

«Di che si tratta?»

Il ragazzo non rispose. Un fiume di ricordi risaliva le rive della sua memoria. Vedeva scene sfilare sotto i suoi occhi. Rivedeva Van Eyck in giardino il giorno in cui Katelina aveva protestato per l'odore acre di olio cotto.

Il maestro aveva versato nel crogiolo il contenuto di un vasetto che teneva in mano: olio di spigo.

«Vedrai. Così funzionerà meglio. A causa della sua volatilità, lo spigo evaporerà velocemente e sulla tela resterà solo una sottile pellicola di olio cotto. Inoltre, mi sono accorto che la combinazione dei due resta stabile sulla tavola, mentre l'olio cotto da solo tende a colare».

Ripensò all'officina ingombra di strani oggetti... il fornello di ceramica, le storte, l'atanor, i liquidi grigiastri color cenere che emanavano un forte odore di muschio, la reazione di Van Eyck, la prima volta, di fronte al suo stupore:

«Ragazzo mio, bisogna saper tacere, soprattutto quando si sa».

Il curioso atteggiamento del maestro che proteggeva così gelosamente i suoi quadri dagli sguardi estranei e questo anche molto dopo che i colori erano ben asciutti. Contemporaneamente, gli tornò in mente la scena alla taverna, gli artisti che insistevano a parlare di un solo metodo di dipingere, la tempera, e la frase di Donatello: «Rimasi impressionato dalla trasparenza della vernice e dalla ricchezza delle sfumature. Van Eyck doveva possedere una padronanza dei colori eccezionale».

Chissà come, si ritrovarono davanti alla bottega che avevano visto il giorno prima.

Il giovane pittore era sempre lì, affaccendato davanti alla sua tela.

Jan lo osservò a lungo, poi dichiarò in un soffio:

«Ho capito...»

Il gigante rimase in silenzio, all'erta.

«Ho capito», ripeté Jan.

Respirò a fondo e annunciò:

«Il segreto della pittura a olio...»

Il portoghese sgranò gli occhi:

«Mi vuoi spiegare?»

Il ragazzo ripeté:

«Mio padre aveva scoperto il segreto della pittura a olio!»

Continuò con fervore:

«In un'opera intitolata la *Schoedula Diversarum Artium*, un monaco, di nome Teofilo, descrive e condanna l'uso dell'olio e dice: "Ogni volta che dovete applicare un colore, non potete sovrapporne un altro prima che il primo non sia ben asciutto, e questo per i ritratti è cosa lunga e noiosa". E tuttavia, non ho mai visto mio padre dipingere se non a olio. Aveva dunque trovato il modo per superare gli ostacoli descritti dal monaco. Io, che sono cresciuto senza conoscere altri metodi, l'ho sempre considerato naturale. Non mi sarebbe mai venuto in mente che altri pittori potessero ignorarlo. Né in Fiandra né altrove. Evidentemente, mi sbagliavo. Mi sono accorto che gli artisti in Italia non sanno nulla sull'argomento. La prova: continuano a dipingere a tempera. I metodi di mio padre si basano su ricette molto complicate. Le vernici a base di olio e di resina che usano gli artisti italiani servono solo a verniciare i loro colori, ossia a ricoprirli di altre tinte per dare l'impressione di essere pitture a olio, e basta».

«Il segreto della pittura a olio... Così, per Sassetti, tu eri il possessore di una conoscenza nuova, determinante quanto l'arte di scrivere artificialmente. Un'arte capace di sconvolgere il passato, che rimetterebbe in discussione secoli di conoscenze acquisite. Una liberazione...»

Dietro la finestra della bottega, il giovane pittore si era accorto della loro presenza e sorrideva a Jan.

Questi si avvicinò e bussò alla finestra. Quando il ragazzo aprì, Jan disse al gigante:

«Potete chiedergli il suo nome?»

«Antonello», rispose il giovane pittore. «Antonello da Messina».

Jan approvò con un sorriso caldo. Poi bruscamente, portò la mano alla fronte, preso da vertigine. Sulla tavola dipinta dal giovane pittore, in basso, a destra, aveva appena letto la firma: A.M.

Di colpo, come in un sogno, rivide la miniatura veneziana che tanto amava.

«Vi prego», balbettò. «Chiedetegli se ha mai dipinto un quadro che raffigurava Venezia».

Idelsbad tradusse.

«Sì», rispose il ragazzo, sorpreso.

«È incredibile!» urlò Jan battendo i piedi. «Ne è sicuro? Imbarcazioni simili a ippocampi neri, coperte di raso di Damasco, velluto e tessuto d'oro? Vi prego, traducete!»

Ancora una volta il portoghese obbedì e ottenne la stessa risposta positiva.

«E nobili dimore con loggiati?»

Questa volta il giovane pittore non si limitò a una semplice conferma, precisò:

«E, affacciate ai balconi, belle donne che salutano un corteo».

Sconvolto, Jan tuffò il suo sguardo in quello di Antonello e lo fissò intensamente. L'altro fece lo stesso. I loro cuori si strinsero, legati l'uno all'altro come navi al molo.

Si parlavano. Era certo. In un linguaggio conosciuto solo da loro. Si scambiavano un mondo di colori e di conoscenze.

Alzando la testa verso il gigante, Jan bisbigliò:

«Potete venire a prendermi più tardi?»

«Più tardi? Ma quando?»

«Non so. Più tardi».

«Posso conoscere la ragione?»

Una luce illuminò gli occhi di Jan.

Sussurrò con fare enigmatico:

«È il mio segreto...»

Epilogo

Nel 1441, Antonello da Messina aveva grosso modo la stessa età di Jan. Se conosciamo da tempo l'importanza che ebbe nel mondo della pittura, la sua vita e la sua carriera restano un mistero. Diverse domande sulla sua formazione e sul catalogo delle sue opere hanno ancora oggi solo risposte provvisorie.

La sua vita propone una serie di enigmi. Che tipo di formazione ha avuto? È stato nelle Fiandre, come lasciano supporre alcune opere? Ha vissuto a Milano, a Roma, a Firenze? La storia del suo stile rimane un mistero.

Sta di fatto che fu lui a portare un cambiamento radicale: trasformò la tecnica pittorica del suo tempo introducendo il piombo nella cottura degli oli.

Tuttavia, se oggi occupa un posto di primo piano nella storia dell'arte, lo deve al suo raro talento e non all'originaria importanza delle sue scoperte cui nessun testo accenna esplicitamente.

Come ha potuto arrivare a scoprire la tecnica di Van Eyck? Nessuno oggi è in grado di spiegarlo con certezza.

Finito di stampare
nel mese di giugno 2010
per conto di Neri Pozza Editore, Vicenza
dalla Grafica Veneta S.p.A., Trebaseleghe (PD)
Printed in Italy

Questo libro è stampato col sole

GV
GRAFICA VENETA

Azienda carbon-free